일본의 프론티어는 일본 안에 있다

일본의 프론티어는 일본 안에 있다

「21세기 일본의 구상」 간담회

가와이 하야오 감수

김채수 역

보고사

「21세기 일본의 구상」 간담회

「21세기 일본의 구상」간담회(좌장 : 가와이 하야오〈河合隼雄〉·국제일본문화연구센터 소장)는, 21세기에 있어서 일본의 바람직스런 모습을 검토하기 위해 1999년 3월 오부치 게이조(小淵惠三) 내각총리대신 아래에 민간인 16명으로 발족되었다. 5월에는 민간인 33명을 추가하여 「세계 속에 사는 일본」 「풍요로움과 활력」 「안심과 여유가 있는 생활」 「아름다운 국토와 안전한 사회」 「일본인의 미래」라는 5분과회가 설치되어 약 10개월간 44회에 걸친 회합(會合), 총리도 참가한 합숙, 해외에서의 의견교환, 국민으로부터의 제언(提言)의 공모 등이 정력적으로 행해졌다. 본서는 2000년 1월에 오부치 게이조 총리대신에게 제출된 최종보고서로서, 「일내각(一內閣)을 뛰어넘은 대담한 중장기 비전」으로서 국내는 물론 해외에서도 커다란 반향을 불렀다.

김채수(金采洙)

고려대 일본학연구소장
고려대 일어일문학과 교수
고려대 문과대 영문학과 졸업
일본 쓰쿠바대 대학원 일반문화전공(문화박사)
미국 하버드대 동아시아 문화와 언어학과 포스트닥터코스 수료
홍콩 중문대, 중국 북경대 객원 교수
『21세기 문화이론 과정학』(교보문고, 1996)
『동아시아 文化과 文學 I, II』(보고사, 2001)
『글로벌시대 일본문학 어떻게 연구할 것인가』(보고사, 2001) 외 다수

일본의 프론티어는 일본 안에 있다

2001년 11월 30일 1판 1쇄 인쇄 · 2001년 12월 7일 1판 1쇄 발행

엮은이 · 가와이 하야오(河合隼雄)
역 자 · 김 채 수(金采洙)
발행인 · 김 흥 국(金興國)

발행처 · 보 고 사   등 록 · 1990년 12월(제6-0429)
전 화 · 922-5120~1   팩 스 · 922-6990
주 소 · 서울시 성북구 보문동7가 11번지 1층
E-mail · kanapub3@chollian.net   Home-page · www.bogosabooks.co.kr

ISBN 89-8433-105-8   정가 10,000원

본서가 이웃나라 한국에서 번역·출판되게 된 것은 본서의 저자 일동(一同)들에게 있어서 더할 나위 없는 기쁨입니다. 또한 나는 일동을 대표하여 이곳에 한국 독자들 여러분께 한 마디 인사말씀 드릴 수 있게 됨을 진심으로 영광으로 생각합니다.

본서는 고(故) 오부치 게이조(小渕惠三) 내각총리대신(內閣總理大臣)의 요청에 따라 1999년에 만들어진 「21세기 일본의 구상」간담회의 보고서입니다. 간담회에서는 이제부터 맞이하는 새로운 세기에 일본은 그 장래를 어떻게 생각할 것인가라는 점에 대해, 총리 자신의 말에 따르면,「오부치 내각이라는 한 내각의 틀을 넘어」, 될 수 있는 한 장기적인 전망을 가지고 토의가 행해졌습니다. 그 성과가 2001년 1월에 정리되어 본 보고서가 되었습니다.

이 보고서를 정리해 가는 과정에서 간담회의 멤버가 귀국(貴國)을 방문하여 귀국의 요인(要人), 식자(識者) 여러분들과 간담(懇談)의 기회를 얻었던 것은 매우 고마운 일이었습니다. 이 때, 아주 솔직하고 유익한 많은 의견을 받고, 보고서를 정리하는데 크게 참고가 되었습니다. 또한 보고서가 완성된 뒤에는 제1장만을 귀국의 언어로 번역하여 그것을 가지고 다시 귀국을 방문하여 요인, 식자 여러분들과 재차 의견 교환을 행하였습니다. 이것도 우리들에게 있어서는 아주 의미 깊은 일이었습니다.

두 번에 걸쳐 귀국으로부터 받은 호의에 대해 여기에 다시 한 번 마음으로부터 감사의 말씀을 드립니다.

유감스럽게도 양국의 관계는 오늘날에 이르러도 아직 곤란을 안고 있습니다. 그러한 중에 귀국(貴國)에서 본서를 출판해 주시는 것에 매우 감사드리며, 이것이 한일관계가 호전되는데 조금이라도 역할이 된다면 진심으로 기쁠 것이라 생각합니다.

21세기의 미래를 생각할 때, 우리들은 일본이 인접하는 여러 나라들과 우호관계를 한층 심화시키는 일이 극히 중요하다고 인식하고 있으며 본서에서도 일부러 「인교」(隣交)라는 새로운 말을 고안하여 그 중요성을 강조하고 있습니다. 이것이 장래에 실현될 것을 간절히 바라마지 않습니다.

글로벌라이제이션의 파도는 점점 높아지고 있습니다. 귀국(貴國)도 일본도 똑같이 그것에 어떻게 대처해 갈 것인가라는 과제에 직면하고 있습니다. 이러한 의미에서 귀국이 새로운 비전을 만들 때에 본서가 얼마간 참고가 된다면 이것보다 행복한 일은 없습니다.

마지막으로 21세기에 있어서 귀국의 번영과 한일양국의 한층 발전된 친선을 바라며 이것을 한국어판의 서문으로 하고자 합니다.

2001년 9월
「21세기 일본의 구상」 간담회 좌장 가와이 하야오(河合準雄)

본서는 「21세기 일본의 구상 간담회」 좌장, 가와이 하야오(河合準雄)[감수] 『일본의 프런티어는 일본 안에 있다』(日本のフロンティアは日本の中にある, 고단샤<講談社>, 2000년 3월)를 번역한 것이다.

본서의 감수자가 서문에서 밝히고 있듯이, 일본에서는 21세기로 접어들 즈음, 당시의 수상(首相) 오부치 게이조(小渕惠三)의 위탁에 의해 「21세기 일본의 구상 간담회」가 조직되었다. 간담회는 10개월에 걸쳐 21세기를 향하는 일본의 과제와 방책을 집중적으로 논의했다. 본서는 바로 그 「간담회의 결과를 중장기적 관점으로부터 정리해 널리 일본국민들의 논의에 도움을 주려는」 목적에서 기도된 책이다. 따라서 본서는 일본이 21세기로 들어서면서 자신과 세계에 대해 어떠한 생각을 했는지를 잘 드러내주는 자료라 할 수 있다.

미국의 페리호가 1853년 일본에 내항해 문호를 두드린 이래, 일본에는 150년 동안 일본을 주도해 온 그룹이 있다. 그 그룹은 국민들을 대표해서 지적으로 줄곧 일본의 천황과 수상을 보좌해 온 그룹니다. 그 그룹은 기본적으로 메이지유신(1868) 이전에는 일본의 역사를 배경으로 해서 나온 국학파 계열과 해외의 서구연구를 배경으로 해서 나온 양학자 계열 등을 주축으로 해서 이루어졌다. 메이지유신 이후에는 주로 도쿄대(東京大), 교토대(京都大) 등의 출신들로 이루어져 왔다고 볼 수 있다. 본서의 감수자 가와이 하야오 선생을 비롯한 「21세기 일본의 구상 간담회」에 참여한 분들도 기본적으로 그 계열출신들이라 할 수 있다.

일본의 근현대 문학·문화를 연구해 가는 본 역자의 소견으로 말할 것 같으면, 그 계열의 사람들은 한 마디로 말해 자신들이 처해 있는 일본을 주축으로 해서 자신, 가족, 사회, 인접국, 세계를 의식해 가는 사람들이다. 그들은 일본이 잘 되야 자신도, 가족도, 사회도 잘 되고, 또 일본이 잘 되야 동아시아도 잘 되고, 세계도 잘 된다는 입장을 취해 왔던 사람들로 고찰된다. 따라서 그들은 자신, 가족, 사회, 동아시아, 세계를 위한 하나의 안으로 애국적 입장을 취해 가는 사람들이라 할 수 있다. 그들이 그러한 입장을 취해가기 때문에 어떤 경우에는 그들이 애국자나 민족주의자로 의식되고 또 어떤 경우에는 국제평화주의자나 휴머니스트로 의식된다.

자신과 세계에 대해 그러한 입장을 취해 일본을 주도해 가는 그들은 21세기의 문턱에서 과연 자국 일본을 어떤 식으로 인식했는가? 또 그들은 동아시아와 전 인류에 대해서는 어떤 입장을 취했던 것인가? 우리가 일본을 이해할 수 있는 가장 효과적인 방법은 일본을 주도해 가는 바로 그들의 생각들을 파악하는 것이고, 우리가 금후 일본에 대해 알아야 할 가장 중요한 사안은 바로 그들이 21세기의 문턱에서 자국 일본을 어떻게 인식했으며 또 자신들이 소속해 있는 동아시아문화권의 인간들에 대해서는 어떤 입장을 취했는지, 또 전 인류에 대해서는 어떤 생각을 갖고 있었는지에 관한 것들이 아닐 수 없다.

본인이 본서를 번역한 목적은 일본을 주도해 온 그들의 그러한 생각들이 본서에 잘 정리되어 있기 때문이고, 한국의 지식층과 젊은이들, 그리고 일본을 연구해 가는 사람들이 그들의 그러한 생각들을 반드시 알아야한다는 생각을 했기 때문이다.

본인은 금후 한국을 이끌고 갈 사람들이 그들의 그러한 생각들을 충분히 파악하고 있을 때만이 금후 한·일의 우호관계가 한층 더 증진될 수 있으리라 생각된다. 본서의 번역을 쾌히 허락해 주신 본서의 감수자이시며, 현재 국제일본문화연구센터장이신 가와이 하야오 선생께 진심으로 감사드린다.

2001년 가을
역자 김채수

본 보고서는 오부치 게이조(小渕惠三) 수상의 위탁으로「21세기 일본의 구상」간담회의 10개월에 걸친 집중적인 논의 결과 나오게된 것이다. 이것은 다음 세기를 향한 일본의 과제와 방책을 중장기적 관점에서 정리하여 광범위하게 국민의 논의에 이바지해 보려는 뜻에서 의도된 것이다.

지금 일본이 중대한 전기─위기라 해도 좋다─를 맞고 있는 것은 만인이 인정하고 있는 점일 것이다. 그러한 자각 위에서 여기에서는 21세기를 향한 일본이 갖추어야 할 새로운 이념이라든가 조직, 15년이나 20년 후에 도달할 것으로 전망되는 일본인의 모습 및 그것에 이르는 경위가 서술되어 있다.

메이지 이후 서구에 대한 추적의 길을 걸어온 일본은 일본다움을 어느 정도 보존, 유지해왔다. 그 동안의 노력에 의해 현재의 일본은 비서양 문화권에서는 유일하게 선진국 대열에 끼어 그들과 어깨를 나란히 하고 있다. 그것은 자랑할만한 사실이다. 그러나 다음 세기에 세계전체를 휩쓸고 일어나려는 글로벌라이제이션의 강력한 힘을 보았을 때, 일본이 지금 이 상태로 좋다고는 결코 생각되지 않는다.

일본인이「일본의 장점」을 자랑으로 삼으려면 그것은 특수성에 갇혀 안주할 것이 아니라 보편을 향해 열려져 있는 것이어야만 한다. 그러기 위해서는 멈추어 서서 일본의 장점을 왈가왈부하기보다는 세계의 미래를 향해 전신을 던져 참여해 가는 것이 무엇보다 중요한 것이 아닐까? 그렇게 하는 것이야말로 때로는 모순으로 괴로울 때는 있어도, 일본의 장점－우리들조차 아직 모르는 잠재력도 포함해서－이 보편성을 갖는 것으로서 연마될 수 있는 것이 아닐까? 이러한 태도로 살아 간다면 일본의 프론티어는 일본안에 있다는 사실을 알 수 있게 된다.

이러한 생각에 기초하여 여기에 우리들이 나가야 할 방향성을 그려내고, 또 필요하다고 판단되는 방책(方策)과 관련된 제언을 될 수 있는 한 써 넣으려 노력했다.

본 보고서는 전 6장으로 구성되어 있다. 제1장은 총론이며 간담회의 책임 하에 이것을 정리하였다. 제2장부터 제6장에는 각 분과회의 책임 하에 정리된 분과회 보고서를 수록하고 있다. 구상(構想)의 전체 상(像)을 이해하려면 전편(全篇) 전체 를 읽으면 더 이상 바랄 것이 없겠다.

다양성이 중시되는 오늘날에 있어서 무엇에도 근거하지 않고 유일한 답(答)이 있다고는 생각되지 않는다. 그 중에서 우리들은 우리들 나름대로 방향성을 생각하 고 제언도 하였지만, 이것은 어디까지나 하나의 사고방식이다. 이 보고서가 토대 가 되어 나아가 국민적 논의가 활발히 일어나 「21세기 일본의 구상」이 국민들 사 이에서 착실하게 구축되어 가기를 간절히 바라는 바이다.

「21세기 일본의 구상」 간담회 좌장 가와이 하야오(河合準雄)

|차례|

한국어판 서문 _3_
역자서문 _5_
서문 _7_
「21세기 일본의 구상」 간담회의 경위 _11_
「21세기 일본의 구상」 간담회·간담회 분과회 참여자 _14_

제1장 일본의 프론티어는 일본 안에 있다(총론)
　Ⅰ. 일본의 거대한 잠재력 _21_
　Ⅱ. 변혁을 강제하는 세계의 조류 _27_
　Ⅲ. 무엇이 제기되고 있는가 _35_
　Ⅳ. 21세기 일본의 프론티어 _41_
　Ⅴ. 일본의 목표, 한 사람 한 사람의 목표 _66_

제2장 풍요로움과 활력(제2분과회 보고서)
　Ⅰ. 활력을 통해서 풍요로움으로 _73_
　Ⅱ. 「富의 창조와 富의 활성화」 _80_
　Ⅲ. 「참여해서 공(公)을 담당한다」 _91_
　Ⅳ. 중앙정부의 역할과 국민 _100_
　Ⅴ. 맺음말 _110_

제3장 안심과 여유가 있는 생활(제3분과회 보고서)
　Ⅰ. 머리말 _119_
　Ⅱ. 불안의 본질과 대처 _121_
　Ⅲ. 시대의 전환이 일으키는 불안 _123_
　Ⅳ. 전환기를 살려 21세기를 안심의 사회로 _129_
　Ⅴ. 안심과 여유가 있는 사회의 제안 _135_
　Ⅵ. 맺음말 _157_

제4장 아름다운 국토와 안전한 사회(제4분과회 보고서)

    Ⅰ. 열려진 사회의 환경과 안전의 확보를 향해 *161*

    Ⅱ. 물질과 정신이 함께 하는 풍요로운 삶 *164*

    Ⅲ.「서로 활력을 주는 사회」만들기 *170*

    Ⅳ.「지역」의 자결 *175*

    Ⅴ. 위기에 강한 나라 만들기 *180*

    Ⅵ. 맺음말 *185*

제5장 일본인의 미래(제5분과회 보고서)

    Ⅰ. 머리말 *191*

    Ⅱ. 교육이 갖는 이면성 *194*

    Ⅲ. 일본의 교육을 둘러싼 현상(現狀)과 과제 *197*

    Ⅳ. 개혁을 위한 제언 *201*

    Ⅴ. 맺음말 *204*

제6장 세계 속에 사는 일본(제6분과회 보고서)

    Ⅰ. 머리말 *211*

    Ⅱ. 20세기 재산목록 *215*

    Ⅲ. 21세기의 과제 *222*

    Ⅳ. 21세기의 세계에 살아남기 위한 국내기반 *249*

    Ⅴ. 맺음말 *258*

후기 *263*

「21세기 일본의 구상」 간담회의 경위

● 「21세기 일본의 구상」 간담회는 21세기에 있어서 일본이 나아가야 할 모습을 검토하기 위해 1999년 3월 30일 오부치 게이조(小渕惠三) 내각총리대신 아래 가와이 하야오(河合隼雄) 국제일본문화연구센터 소장을 의장으로 하는 민간인 16인에 의해 출범되었다. 2회의 간담회 회합을 거쳐, 5월 27일에는 새로이 민간인 33명을 추가하여 「세계 속에 사는 일본」, 「풍요로움과 활력」, 「안심과 여유가 있는 생활」, 「아름다운 국토와 안전한 사회」, 「일본인의 미래」라는 5개 분과회가 구성되었다. 이들 간담회와 분과회의 전 참여자의 명단은 뒤에 첨부하는 바와 같다.

● 간담회와 분과회를 병행하는 형태로 논의를 추진하였고, 1999년 3월말부터 2000년 1월 중순까지의 약 10개월 동안에 열린 회합은 간담회가 총4회, 분과회가 총 40회였으며 아울러 보고서 작성을 위한 개별 회합 등도 빈번하게 개최되었다. 8월에는 총리와 참여자 거의 전원이 참여하여 「합동합숙」이 개최되어, 각 분과회의 주요 논점의 정리와 논의의 방향 설정이 이뤄졌다. 총리를 포함하는 총 50여명이 같은 숙소에서 자면서 말 그대로 한 솥 밥을 먹으면서 분과회의 틀이라든가 각자의 전문영역을 초월하여 논의가 이뤄진 것은 이런 종류의 간담회에서는 처음 있는 시도이기도 하였으며, 또 전체회의가 보도진에게 공개된 것도 매우 드문 일이었다.

● 본 간담회에서는 구상을 잡아가는 과정을 중시하여 외부에 대해 보다 열린 형태로 논의를 심화하는 방안이 일관하여 추구되었다. 10월에서 11월에 걸쳐서는 해외를 방문하여 의견 교환을 하였다. 싱가포르, 워싱턴, 파리에서는 간담회 멤버가, 또한 서울과 베이징에서는 간담회와 제1분과회의 멤버가 합류하여 의견교환의 자리를 가졌고, 싱가포르와 파리에서는 인근 국가로부터도 참여자를 얻었다. 각지에서는 정치 지도자와의 의견교환, 지식인, 학자, 언론인, 정부관계자 들과의 워크숍을 통하여 주요 논점에 대한 의견과 조언을 얻는 동시에 21세기를 향한 각국의 구상에 관하여도 청취조사를 하였다. 일본의 장래에 대한 구상을 폭 넓게 생각하는 총리간담회가 이와 같이 해외 각지와 의견교환을 한 것은 처음 있는 일로 생각되는데 상호의존 속에 살아가는 일본에게 있어서는 당연한 과정이라고 말할 수 있으며, 해외로부터도 환영의 뜻을 가지고 받아들여졌다.

또한 12월에는 한국의 구상을 짜고 있는 정책기획위원회 대표단을 맞이하여 의견 교환하는 자리를 가졌다. 그리고 분과회에 따라서는 기업과 관청, 노조 등의 전문가를 초빙하여 강의를 들었고, 제1분과회는 오키나와에서도 학자들과 토의하는 자리를 마련했다.

● 아울러, 본 간담회에서는 국민의 제언을 구상에 반영시켜 가는 데 있어서도 노력을 기울였다. 총리 관저의 홈페이지에 간담회의 홈페이지를 개설하여, 의사개요를 계속적으로 공표하고 있으며, 그뿐만 아니라 포스터, 신문, 텔레비전, 라디오, 인터넷 홈페이지 등을 통하여 널리 국민으로부터 제언을 공모했다. 홈페이

지의 접속 건수는 월 5만 건이 넘었고 전국의 10세부터 91세에 이르는 국민으로부터 약 300건이 넘는 제언이 들어왔다. 이들의 제언은 분과회에서 충분한 검토를 받아 다양한 형태에서 논의로 활성화되어 갔다.

또한 11월에는 제언에 응모한 젊은이 중에서 18명을 총리 관저에 초대하여 「총리와 젊은이와의 대화집회」가 개최되었다. 고등학생, 대학생, 회사원, 주부 등의 참석자들은 교육문제라든가 출산율 감소현상, 고령화문제 등에 관해 폭넓은 의견을 내 놓았으며, 그 상황은 NHK에서 방영되었다. 이와 같은 직접적인 대화의 자리도 처음 있는 일이었다.

● 이상과 같은 경위를 거쳐 수합, 정리된 보고서는 2000년 1월 18일 오부치 게이조 내각 총리대신에게 제출하여 발표되었다.

한편, 1999년 3월의 간담회 출범과 동시에 내각관방(內閣官房)에 민간과 관의 협동에 의한 본 간담회 「담당실」이 설치되어 사무국을 맡고 있다.

「21세기 일본의 구상」 간담회 참여자

좌 장

    가와이 하야오(河合隼雄)   국제일본문화연구센터 소장

참여자 (히라가나 순)

    아사미 다모쓰(浅海保)   중앙공론신사 편집국 차장
    아마노 아키라(天野曄)   일본소아과의회 회장
    이오키베 마코토(五百旗頭真)   고베대학법학부 교수,
                                   일본정치학회 이사장
    오키나 유리(翁白合)   일본종합연구소 주임연구원
    가와카쓰 헤이타(川勝平太)   국제일본문화연구센터 교수
    고지마 아키라(小島明)   일본경제신문사 논설주간
    고바야시 요타로(小林陽太郎) 후지제록스주식회사 회장
                                   경제동우회 대표간사
    사사키 아쓰시(佐佐木毅)   도쿄대학법학부 교수, 동법학부 학장
    나카무라 게이코(中村桂子)   JT생명지 연구관 부관장
    후나바시 요이치(船橋洋一)   아사히 신문사 편집위원
    호시노 마사코(星野昌子)   일본NPO센터 대표이사
    미요시 아키라(三善晃)   작곡가, 도쿄문화회관 관장
    무카이 지아키(向井千秋)   우주비행사
    야마자키 마사카즈(山崎正和) 극작가, 평론가, 오사카대학 명예교수
    (간사)야마모토 다다시(山本正)(재단법인)일본국제교류센터 이사장

「21세기 일본의 구상」 간담회 분과회 참여자(*표시는 간담회 참여자)

제1분과회 「세계 속에 사는 일본」

의 장

　*이오키베 마코토(五百旗頭真) 고베대학 법학부 교수
　　　　　　　　　　　　　　일본정치학회 회장

참여자(히라가나순)

　기타오카 신이치(北岡伸一)　　도쿄대학 법학부 교수
　고쿠분 료세이(国分良成)　　　게이오기주쿠대학 법학부 교수
　세키카와 나쓰오(関川夏央)　　작가, 평론가
　소에야 요시히데(添谷芳秀)　　게이오의숙대학 법학부 교수
　다카라 구라요시(高良倉吉)　　류큐대학 법학부 교수
　다나카 아키히코(田中明彦)　　도쿄대학 동양문화연구소 교수
　지노 게이코(千野境子)　　　　산케이신문사 편집위원겸 논설위원
　나카니시 히로시(中西寬)　　　교토대학 법학부 조교수
　*후나바시 요이치(船橋洋一)　아사히신문사 편집위원

제2분과회 「풍요로움과 활력」

의장

　*고바야시 요타로(小林陽太郎) 후지제록스주식회사 회장
　　　　　　　　　　　　　　경제동우회 대표간사

참여재(히라가나순)

아키야마 미키오(秋山幹男)　　　변호사
이와사키 미키코(岩崎美紀子)　　쓰쿠바대학 사회학과계 조교수
오하라 겐이치로(大原謙一郎)　　(재)오하라미술관이사장
　　　　　　　　　　　　　　　전츄고쿠은행 부행장
오키나 유리(翁百合)　　　　　　일본종합연구소 주임연구원
(부의장)사사키 다케시(佐佐木毅)도쿄대학법학부 교수,
　　　　　　　　　　　　　　　동대학 법학부 학장
나이토 하루오(内藤晴夫)　　　　에자이주식회사 사장
히로이 요시노리(広井良典)　　　지바대학 법경학부 조교수
야쿠시지 다이조(薬師寺泰蔵)　　게이오의숙 상임이사 겸
　　　　　　　　　　　　　　　대학 법학부 교수
*야마모토 다다시(山本正)　　　(재)일본국제교류센터 이사장

제3분과회「안심과 여유가 있는 생활」

의　장

*나카무라 게이코(中村桂子)　　JT생명지 연구관 부관장

참여재(히라가나순)

이노키 다케노리(猪木武徳)　　　오사카대학 경제학부 교수
*고지마 아키라(小島明)　　　　일본경제신문사 논설주간
사카무라 겐(坂村建)　　　　　　도쿄대학 종합연구 박물관 교수
센토 나오미(仙頭直美)　　　　　영화감독
*호시노 마사코(星野昌子)　　　일본NPO센터 대표이사
마키 다로(牧太郎)　　　　　　　마이니치신문사 편집위원
미나미 히로코(南裕子)　　　　　효고현립 간호대학장
무라카미 요이치로(村上陽一郎)국제기독교대학 교양학부 교수

제4분과회 「아름다운 국토와 안전한 사회」

의 장

    *가와카쓰 헤이타(川勝平太)　국제일본문화연구센터 교수

참여재(히라가나순)

    *아사미 다모쓰(浅海保)　　중앙공론신사 편집국 차장
    *아마노 아키라(天野曄)　　일본소아과의회 회장
    이토 도요오(伊東豊雄)　　건축가
    우에타 가즈히로(植田和弘)　교토대학 경제학부 교수
    기사라기 고하루(如月小春)　극작가, 연출가
    구로다 레이코(黒田玲子)　도쿄대학 대학원 총합문화연구과 교수
    하마 미에(浜美枝)　　여배우, 농정(農政)저널리스트
    혼마 마사아키(本間正明)　오사카대학 경제학부 교수, 부학장
    마쓰이 다카후미(松井孝典)　도쿄대학대학원 신영역창성과연구과 교수

제5분과 「일본인의 미래」

의 장

    *야마자키 마사가즈(山崎正和) 극작가, 평론가, 오사카대학 명예교수

참여재(히라가나순)

    오치아이 에미코(落合恵美子)　국제일본문화연구센터 조교수
    다카시마 하쓰히사(高島肇久)　NHK방송총국 특별주간
    쓰쓰이 기요타다(筒井清忠)　교토대학 대학원 문학연구과 교수
    미쿠리야 다카시(御厨貴)　정책연구대학원대학 교수
    미야자키 유코(宮崎裕子)　변호사

*미요시 아키라(三善晃)　　　작곡가, 도쿄문화회관 관장

*무카이 지아키(向井千秋)　　　우주비행사

와시다 기요카즈(鷲田清一)　　오사카대학 문학부 교수

「21세기 일본의 구상」 간담회 담당실(내각관방, 히라가나순)

실장: 와다 준(和田純)

주간: 아시다테 사토시(芦立訓)　　이노우에 세이이치(井上誠一)

　　　엔도 가즈야(遠藤和也)　　　오마에 고타로(大前孝太郎)

　　　오카무라 겐지(岡村健司)　　다카하시 다이조(高橋泰三)

　　　하시모토 요시히로(橋本美博)

실원: 이지마 노부오(飯島信夫)　　스즈키 도모코(鈴木智子)

1

일본의 프론티어는 일본 안에 있다 ● ● ● ● ● ● ● ● ● ● ●

일본의 프론티어는 일본 안에 있다

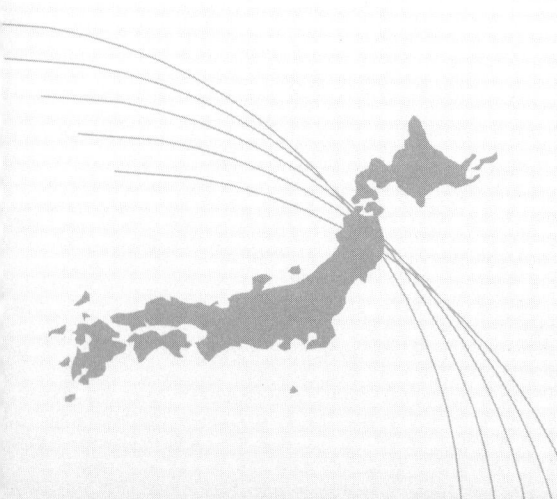

일본의 거대한 잠재력

우리들 일본인이 일본이라는 나라의 의미에 관하여 말할 수 없게 된 지 오래다.

국가의 존립상태라든지 국가상이라는 것을 이야기하는 것이 무언가 수치스러운 듯한, 시대착오적인 것 같은 분위기가 사회전반에 만연해 있었다.

시들함과 무관심, 그리고 정치불신과 행정불신의 시대가 계속되었다. 국회, 언론을 비롯해 정책비판은 가는 곳마다 들려왔으나 건설적인 제안은 거의 없었다. 국민이 그것을 하기에 충분한 정보를 정부가 공개해 오지 않았다고 하는 점도 있다. 이러한 것도 국민이 국가와의 거리감을 넓혀온 결과를 소개했으며, 국가의 존립상태를 정면으로 논의하는 것을 방해해 왔을지도 모른다.

우리들은 이번 「21세기 일본의 구상」을 세상에 제기하는 것으로 이러한 타성을 타파하기를 염원하고 있다.

이 보고서에서는 일본의 의지를 논한다. 일본은 이렇게 되어야 한다. 또는 일본을 이렇게 하지 않으면 안 된다고 하는 희망, 각오를 표명하고 있다. 「21세기 일본의 구상」에 관해서 정면으로 논하고, 문제제기를 하고 몇 개의 이념과 정책을 제언하는 것으로 한다.

우리들은 절박한 기분을 공유하고 있다. 이대로 일본은 쇠퇴하여 가는 것은 아닐까 하는 불안감을 안고 있다. 그만큼 일본을 휩싸고 있는 환경과 일본 자체의 환경은 어려움을 증식시켜 가고 있다.

일본의 국민은 1990년대에 들어와서부터 일본의 무언가가 크게 변화해 버린 것은 아닐까 하는 불안에 싸여 있다. 거품경제와 그 붕괴는 경제에서뿐만 아니라 정치라든가 사회, 더군다나 우리가 의거하고 있는 중심축이라고도 할 수 있는 가치체계나 윤리규범을 병들게 하지는 않았나 하고 자책하고 있다. 오랜 역사의 빈곤하고 괴로운 환경 속에서 우리들은 사회와 조직의 화합을 존중하는 윤리규범을 키워 왔다. 경제사회가 풍부하게 되어 국제화합에 따라 그러한 규범은 그대로의 형태로서는 힘을 발휘하는 것이 어렵게 되었다. 그러면서도 우리들은 풍부한 사회에 있어서 윤리관의 국민적 합의를 만들어 낼 틈도 없이 90년대의 좌절을 경험하고 글로벌화의 시대로 들어서고 있다.

한신(阪神)・아와지(淡路) 대지진의 충격도 있었다. 위기에 약하고, 비효율적이며, 설명책임이 결여된 정부(중앙·지방을 불문하고)는 과연 국민의 인명과 재산을 지킬 수가 있을 것인가 하는 심각한 의문을 국민은 품게 되었다. 그 후의 괴이한 사건들—예를 들면 옴 진리교 테러 사건이라든지 소년A의 고베(神戶)연쇄아동살상 사건—은 지금까지 일본인이 자랑으로 여겨왔던 가족의 정, 교육의 질, 그 중에서도 초등학교·중학교의 학습규범, 사회의 안정과 안전이라는 근간이 와르르하고 무너지는 듯한 붕괴감을 국민에게 안겨 주었다.

무엇보다도 90년대의 일련의 사건이라든가 일에서 극적으로 드러내었던 일본경제사회의 경직성과 취약성은 그 이전부터 일본 내부에 서서히 일상적으로 계속 축적되었던 것이라고 보아야 할 것이다.

「성공의 대가」라고 하는 것을 여기에서는 말하려 하고 있다.

전후의 일본은 기적의 부흥과 경이의 성장을 이루어, 순식간에 경제선진국의 대열에 들어섰으며 서방측의 일원으로 매진해 왔다. 일본은 평화와 안정과 번영을 손에 쥐고 유지해 왔다. 국민은 대개 이 시대를 성공담의 시대로서 기억하고 있다. 그와 함께 그 사이에 구축되었던 정치, 경제, 사회시스템도 성공모델로서 정착했다. 그것이 정치, 사회의 안정에 일익을 담당했던 것도 부정할 수 없다. 그럼에도 불구하고 오히려 이러한 전후의 일본의 성공모델이, 보다 정확히 말하면, 그 모델에의 과신이 지금에 와서는 일본의 활력을 죽이는 결과가 되고 있다. 그 사이에 형성된 기득권익(旣得權益)과 사회통념의 대부분이 경제사회를 경직화시키고, 진부화시키고 있다.

그 모델은 한 마디로 말하면 전후의 아니, 메이지(明治) 이후의 「따라붙어 앞지르기」의 모델이었다고 해도 무방하다.

일본은 그것을 뛰어넘는 모델을 찾지 않으면 안 된다. 그러나 세계에는 구미에 딱 맞아떨어지는 모델이 이미 존재하지 않는다. 해답을 밖에서 구하는 시대는 지났다. 세계의 대부분의 사회는 동일한 과제에 직면하고 있다. 21세기의 세계를 뒤덮게 될 글로벌화는 한편으로는 거대한 은혜를 가져오지만 다른 한편으로는 많은 문제를 돌출시킬 것이다.

어느 나라에 있어서도 그것은 동일한 도전을 제기할 것이다. 각 나라에서 다양한 대응과 시행착오가 이루어질 것이다. 고령화사회의 도래에 대해서도 비슷한 상황이 일어날 것이다. 그 도전에는 일본이 세계 어느 나라보다도 빨리 직면할 것이다. 세계가 일본의 실험을 지켜보고 있다. 세계에 당장 도움이 되는 모델은 존재하지 않는다. 우리들은 계속해서 세계의 많은 예를 참고로 하여, 일본 안으로부터 해결책을 찾아내지 않으면 안 된다.

이러한 때, 일본 안에 잠재된 훌륭한 자질, 재능, 가능성을 발굴해 내어, 그것을 충분히 활용해서 꽃피워 가는 것이 지금까지 이상으로 중요하게 될 것이다. 그 곳에야말로 일본 장래의 열쇠가 숨어 있다.

이제 한 가지 생각해 두지 않으면 안 되는 것이 있다.

21세기에는 개인이 이제까지와는 비교가 되지 않을 정도의 힘을 보유할 수 있는 세계가 될 것이다. 인터넷에 의해 일반시민이 세계에 아주 쉽게 접근할 수가 있게 되었다. 또 NPO(비영리조직)에의 참여라든지 자원봉사 활동을 통해서 활동범위도 넓어졌다. 다양한 네트워크를 통해서 개인의 힘이 넘쳐흐른다. 소위 엠파워먼트(empowerment)가 계속 침투하고 있다. 그러한 힘을 최대한으로 신장시키는 것이 중요하다. 동시에 그 힘을 정부와 사회의 활성화에 역할을 다하게 하여야 한다. 네트워크의 상승효과가 소승적(小乘的)인 개인 증폭뿐 아니라, 대승적(大乘的)인 공(公)의 강화에도 영향을 미치게 하는 것이 중요하다.

모든 문제는 현재의 일본에 있어서 그러한 인재가 각종 규제라든가 장벽, 사회통념에 저지되어 충분하게 활력화되고 있지 않다는 것이다. 잠재력이 잠든 채 그대로 방치되어 있는 것이다. 이 거대한 프론티어를 개척하지 않으면 안 된다.

일본의 프론티어는 지금 일본 안에 있다.

21세기를 열어감에 있어서 일본 및 일본인의 잠재력을 끌어내는 것을 최우선의 과제로 삼지 않으면 안 된다.

어떻게 그것을 실현할 것인가. 어떻게 하면 개인의 힘을 가장 잘 활용할 수 있는 것일까. 이 두 가지 변혁의 핵심을 제시하고자 한다.

하나는 국민이 국가와의 관련방식과 시스템을 바꾸는 것이다.

즉 국민이 정부에 책임을 맡기고, 정부가 국민으로부터 책임을 위임받아 행하게 되는 관계를 어디까지나 국민이 주체가 되어 감당하는 새로운 거버넌스(協治)로서 확립하는 것이다.

일본은 전후 민주주의를 사회 속에 정착시켜 왔다. 그러나 형식상으로는 바뀌어졌어도 실질 내용이 바뀌어지지 않았던 부분도 있다. 그 중에서도 「위에서 아래로」, 혹은 「관(官)에서 민(民)으로」라는 일방통행적인 의사전달, 권력과시의 사고회로와 조직론은 습성처럼 남아 있다. 이것을 「하」(下)와 「상」(上), 또는 「민」과 「관」의 긴장감이 있는 계약관계, 보다 대등한 관계로 전환한다는 것이다. 정부는 국민의 대리인이라는 의식을 국민은 더욱 더 갖지 않으면 안 된다.

또 하나는 시민사회에 있어서 개(個)와 공(公)과의 관계를 재정의(再定義)하고 재구축(再構築)하는 것이다.

그러기 위해서는 우선 개(個)를 확립해야 한다. 자유로이 자립해서 책임감을 갖는 견실한 개인이면서, 동시에 타자를 인간적 공감으로써 끌어안을 수 있는 포용력 있는 개(個)를 확산시킨다. 그렇게 씩씩하고 유연한 개(個)가 스스로의 의지로 공적인 장소에 참여해서 그것을 활성화시키는 것으로 약동적인 공(公)을 만들어 간다. 이와 같이 해서 육성된 공(公)은 개인에 대하여 보다 다양한 선택과 기회를 제공할 것이다. 그렇게 해야 만이 과감하게 위험을 감수하고 선구적인 도전을 감행하여 보다 창조적이고 상상력이 넘치는 다양하고 활력 있는 개인과 사회도 등장한다. 그러한 토대 위에서 그것을 촉진하기 위한 보수제도(報酬制度)라든가 실패했을 때의 안전망제도를 발판으로 구축하는 것을 고려해야 할 것이다.

새로운 거버넌스를 구축하고 개(個)를 확립하여 공(公)을 창출하는 데에는 지금까지의 일본의 사회에서는 표현의 장을 충분히 부여해 줄 수 없었던 자립과 관용이라는 두 개의 정신을 육성하지 않으면 안 된다.

자립—강건하면서 유연한 개개인이 뿌리내릴 수 없는 사회는 무너지기 쉽다. 자립한 개인의 그 하나 하나의 재능과 하고자 하는 의지와 결단, 윤리관, 미의식과 지혜가 국가의 골격과 품격을 만들고, 미래를 형성한다. 자립의 정신이 있을 때 개인은 잠재력을 밖으로 분출해 낼 수가 있는 것이다.

관용—사회는 각 개개인의 특질과 재능의 차이를 인정, 그것을 신장시켜 사회전체로서의 적재적소로 보다 잘 실현하는 관용의 마음과 포용력을 가져야 한다. 그렇지 않은 사회는 시들어 버리게 된다. 관용의 정신이 있어야 사회는 잠재력을 안으로부터 끌어낼 수가 있다.

Ⅱ 변혁을 강제하는 세계의 조류

21세기를 향하여 세계는 커다란 도전을 받고 있다. 20세기에는 경험한 적이 없는 엄청난 변화를 강요하는 조류가 지구의 구석구석까지 밀려들어오고 있다. 그 조류의 힘의 강력함도, 조류의 속도도 20세기와는 비교할 수도 없다.

21세기의 세계의 주된 조류는 「글로벌화」「글로벌리터러시」(global literacy, 국제대화능력) 「정보기술혁명」「과학기술」「소(少)자녀 고령화」이다.

▎글로벌화

글로벌화(globalization)는 이미 더 이상 프로세스가 아니다. 그것은 엄연한 현실이다. 세계의 시장과 미디어의 일체화가 진행되고 있다. 사람, 물자, 돈, 정보, 이미지가 국경을 넘어서 자유로이 대규모로 이동한다. 국가의 울타리는 점점 낮아지게 되고, 순식간에 세계는 서로 영향을 주고받고, 지구는 점차 더 좁아져 간다. 이러한 흐름은 21세기에는 더욱 더 가속화될 것이다. 그 결과, 경제·과학·학술·교육 등의 다양한 방면에서 제도라든가 기준의 범용성(汎用性)과 유용성이 세계표준과 대조되어 문제가 제기되고 평가된다. 어느 나라나 지금까지의 제도나 관행을 세계적인 시점과 기준에서 재검토하고 재평가하여 바꿔가지 않으면 안 될 것이다. 제도라든가 기준의 대경쟁시대의 도래이다. 그 영향은 정치와 외교로부터 경제, 사회, 생활에도 파급되어, 한 국가 안에서만 완결되는「폐쇄된 시스템」은 공동화(空洞化)하여 피폐해 갈 것이다.

글로벌화는 국내적으로도 국제적으로도 다양화를 급속하게 진행시킨다. 그것은 사람들에게 다양한 선택지와 가능성을 가져다주며, 활력을 고양시키는 방향으로 작용함과 동시에 이질적인 것이 미숙한 형태로 서로 접촉함으로써 새로운 알력이라든가 분쟁의 씨앗이 되기도 한다.

일본에 있어서 글로벌화란 그 스피드에의 대응, 규칙형성에서의 발언권, 개인 힘의 증대 등의 다종다양한 문제를 던지고 있다. 일본에서의 의사결정은 품의(稟議)제도에 의한 합의도출방식으로 이루어지므로 시간이 걸리고, 규칙은 명문화되지 않고, 이심전심이 존중되어 왔다. 이런 가운데 책임은 불명료하게 되고, 개인의 아이디어라든가 창조성은 활성화되지 못했다.

이렇게 해서는 앞으로의 시대에 불리하게 된다. 일본의 과제는 조직도 규칙도 누구든지 참여할 수 있도록 명시적이고 동시에 세계에 통용하는 기준이 되게 만드는 것이다. 설명책임을 지고 의사결정 과정을 투명하게 하고 가속화하여 개인의 지혜나 아이디어를 보다 더 소중히 해서 개인의 권한과 책임을 명확하게 하는 것이다. 선구적인 발상이나 활동에 있어서 선례, 규제, 기득권 등의 방해를 허용하지 않는, 그리고 실패할 경우에 재시도라든지 재도전이 가능한 사회를 육성하는 것이다.

글로벌화는 미국화에 불과하다. 아니 미국 기준의 강제라는 견해도 있다. 확실히 글로벌화의 과정에서 미국은 현재 압도적으로 유리한 입장에 서 있다. 그러나 미국이라 해도 그것에 따르는 국내와 세계에서의 소유격차의 확대와 그것에 대한 반발과 반감의 확대, 반미감정의 고조에 직면하지 않을 수 없다. 내·외에서 반글로벌화 운동이라든가 보수주의의 움직임이 높아지면 국제적 규칙에 대한 국제적인 합의 형성을 어렵게 한다.

일본은 그러한 글로벌화의 그늘진 부분에도 충분한 배려를 하면서 밝은 부분에서도 과감하게 활동해야만 한다. 또한 그것에 그치지 말고 글로벌한 제도와 기준형성, 더 나아가 규칙을 만드는 데 힘을 기울여 보다 적극적으로 참여해 가야만 한다.

▌글로벌리터러시(국제대화능력)

글로벌화는 지금까지의 제도, 관습, 기득권 등으로 포착될 수 없는 시대의 도래이기도 하다. 거기에서는 개개인이 국경을 넘어 새로운 도전에 응할 기회가 엄청나게 확대된다.

그러나 그러기 위해서는 정보를 순식간에 자유자재로 입수하고 이해하며 의사를 명확히 표명할 수 있는「세계에 접근하는 능력」「세계와 대화할 수 있는 능력」을 갖추고 있지 않으면 안 된다. 개인이 그러한 능력, 요컨대「글로벌리터러시」(국제대화능력)를 몸에 익히고 있는가 없는가는, 그 또는 그녀가 21세기의 세계를 보다 잘 살 수 있는가 없는가에 대한 여부를 결정할 것이다. 국민이「글로벌리터러시」를 제 것으로 만들어 가질 수 있는가 없는가의 여부는 21세기의 국제정치에 있어서 국민 파워의 증감, 나아가서는 흥망까지도 결정지을 것이다.「글로벌리터러시」의 수준이 낮은 나라에는 우수한 인재가 모이지 않으며 수준이 높은 나라에는 세계로부터 인재가 모여드는 현상이 반드시 일어난다.

이 능력의 기준은 컴퓨터라든가 인터넷이라고 하는 정보기술을 자유자재로 사용할 수 있는 능력과 국제공용어로서의 영어를 구사할 수 있는 능력이다. 이러한「읽기·쓰기·셈하기 능력」에 덧붙여 쌍방향이 동시에 다수 대 다수의 논의라든가 대화를 시행할 때의 표현력, 논지의 명쾌함, 내용의 풍부함, 설득력이라는 커뮤니케이션의 능력도 중요한 요소가 된다.

일본의 현상을 생각할 때, 이런 기본능력의 어느 것도 불충분하다. 영어에 관해서 말하면 일본은 1998년의 토플(TOEFL, 영어능력시험)에서 아시아 최하위의 성적을 냈다. 커뮤니케이션 능력의 결여는 일본인 자신이 통절하게 느끼고 있는 바이다. 일본의 좋은 점이라든가 일본의 진실을 세계에 전하고 싶다고 염원하면서 그것이 생각대로 되지 않는 안타까운 마음을 많은 일본인들이 가지고 있다.

▌정보기술혁명

정보기술(IT)혁명은 제3차 산업혁명이다고 일컬어질 정도로 사람들의 생활에서부터 사회의 제도, 국제관계에 이르기까지 거대한 영향을 끼치고 있다. 특히 인터넷의 발달은 정보의 흐름을 근본적으로 변화시키고 생활의 편리성을 향상시켜 개인이라든가 조직이 자신의 의사를 간단한 범주에서 순식간에 저비용으로 전달할 수 있는 혁명적인 수단을 제공하였다. 여기에서는 국적, 거주지, 소속 등을 묻지 않는 「분산화」가 급속하게 진행되고 있으며, 다른 한편에서는 영어가 국제공용어가 되어, 정보와 정보기술을 지배하는 것이 압도적 우위에 선다고 하는 「통합화」도 동시 진행되고 있다. 그리고 새로운 산업의 기업(起業)이 기존산업을 도태시켜 국가의 통제가 무력하게 되어 개인의 직접발언이 증대되는 가운데 정보로의 접근을 둘러싼 「가진 자」와 「가지지 못한 자」의 격차가 오히려 확대된다고 하는 「승리 조(組)」와 「패배 조」의 「재편화」도 진행되고 있다. 동시에 네트워크가 다중으로 구축되어 여성이라든가 사회적으로 약자시되었던 사람들의 사회적 활약의 기회가 확대되어 개인의 선택지와 자기실현의 길이 한꺼번에 열릴 가능성도 있다.

일본의 정보기술혁명에의 대응은 미국 등과 비교해서 훨씬 늦어지고 있다. 24시간 인터넷에 접속되어 있는 컴퓨터가 어느 가정이나, 학교, 기관에도 설치되어 아주 저렴한 가격에 고속으로 정보에 접근할 수 있는 인프라 정비를 서두르지 않으면 안 된다. 사용의 편리성과 저렴한 비용을 보증하는 것은 경제적, 사회적 약자에게 가능한 한 신속한 정보 접근을 보장하고 접근 격차의 확대를 예방하는 것이 된다.

정보기술의 개발, 특히 소프트웨어 개발이라든가 사회에서의 응용기술의 개발도 필수적이다. 특히 일본의 경우에는 국민의 대다수가 정보기술을 능숙하게 사용할 수 있도록 정보기술 교육을 각별히 강화하지 않으면 안 된다.

정보의 흐름이 비약적으로 커지고, 빨라지게 되면 정치라든가 행정의 상태, 나아가 범죄 등의 행태도 크게 변화한다. 정보의 보호와 정보 공개, 표현의 자유와의 균형 등에 관한 새로운 규칙이 필요하다. 그리고 중립·공정한 주체가 정부와 분담해서 그 규칙의 책정과 유지, 리스크 관리를 시행해 나갈 조직을 만들 필요가 있다.

▎ 과학기술

21세기에는 과학기술이 더욱 더 급진전하고 한층 더 거대화하여 나아가서 인간의 존재의 중심부분까지를 변화시킬 가능성이 생겨나올 것이다. 그것에 따르는 문명적인 진화도 진전되고 사람들의 생활은 보다 풍부하고 편리한 것이 되어 갈 것이다. 그렇지만 동시에 무엇을 위한 과학기술 개발일까라는 근원적인 질문이 지금까지 이상으로 제기되어 정치에 있어서도 커다란 과제가 될 것이다.

예를 들면 생명과학이라든가 바이오테크놀로지는 새로운 가능성과 함께 윤리라든가 가치관에 관련된 새로운 시련을 인류에게 가져다 주고 있다. 인간의 욕망을 충족시킬 수단이었어야 할 과학기술이 인간의 욕망 그 자체를 만들어내어 거꾸로 욕망에 휘둘리는 사태까지 이르지 않는다고 말할 수 없다. 자칫 잘못하면 그것은 인간을 조각조각 내어 부품을 교환하듯 의료라든가 생태계를 파괴하는 과학과 산업을 탄생시킬 수도 있다.

원자력을 비롯한 거대기술의 제어와 안전도 또한 문명사회에 커다란 도전을 해 올 것이다. 에너지 소비의 40퍼센트 이상을 원자력 발전에 의존하고 있으며, 장래는 더욱 더 그 의존도를 높여갈 것으로 예상되고 있는 일본에 있어서 그것은 에너지의 안전보장으로 그치는 것이 아니라 인간의 안전보장이며 문명의 안전보장이기도 하다. 과학기술에 의해 인간의 존재와 존엄이 더욱 더 시험받게 될 것이다.

21세기의 과학기술은 자연을 정복한다고 하는 것이 아니라 인간도 자연의 일부라는 의식을 가지면서 물질뿐 아니라 마음도 풍요로운 생활을 유지해 갈 수 있도록 하지 않으면 안 된다.

▌ 소자녀고령화(少子高齡化)

적은 자녀출생과 고령화는 많은 선진 제국들이 직면하고 있는 과제이다. 특히 고령화로의 진전은 피하기 어렵고 경제성장의 발목을 잡아, 사회적 비용을 증가시키며 세계경제의 지속적 발전이나 부의 분배에도 커다란 영향을 끼칠 것으로 우려된다. 소자녀화(少子女化)에는 정책적인 대응도 고려될 수 있으나 소자녀화가 진전되는 한 고령인구의 상대적 비율은 높아지고 고령화에 박차를 가할 것이 틀림없다.

소자녀고령화가 어디보다도 빠르게 진행하고 있는 나라가 일본이다. 2015년 경에는 네 사람 중 한 사람이, 21세기후반 경에는 세 사람 중 한 사람이 65세 이상으로 될 것으로 전망되고 있다. 일본의 고령화정책을 세계가 주목하는 까닭이 여기에 있다. 총인구는 2007년에 1억 2800만 명으로 절정에 달한 후에 감소로 전환, 21세기 중반 경에는 1억 명을 밑돌고, 21세기 말경에는 절반 가깝게 감소할 것으로 예측되고 있다.

소자녀고령화가 일본의 사회라든가 경제에 파급하는 영향은 크다. 확실히 고령자의 비율이 증가하고, 청년층이 감소하는 가운데 청년층의 의견을 어디까지 정치에 반영시킬 수 있으며, 비용을 둘러싼 세대간의 이해대립을 어떻게 조정하고, 사회의 활력을 어떻게 유지해 갈 것인가, 라고 하는 과제에 직면하게 될 것이다.

그럴 경우, 사회보장제도를 어디까지, 어떻게 계속해 갈 수 있을 것인가. 고령자의 자립은 어떻게 확보되며, 사회의 안전망은 어느 수준까지 유지 가능한 것일까, 젊은 세대만이 고령자를 지탱해야 하는 것인가라는 논의를 피할 수가 없다. 게다가 자원은 유한하며, 성장분야의 뒷면에는 쇠퇴분야가, 공급이행의 이면에는 부담이 존재한다.

현재, 각 방면에서 들려오는 일본쇠퇴론이라든가 일본비관론의 대다수는 일본의 소자녀고령화가 사회의 활력을 위축시켜 버리고 말 것이라는 추측을 전제로 하고 있다.

　그러나 여기에서도 다시 한 번 일본 사회 안에 잠들고 있는 잠재력을 최대한 끌어내는 것으로써 극복해 나갈 방법을 생각해야 한다. 예를 들어 여성의 사회와 노동에의 대규모적인 참여의 기회를 제도적으로 촉진하는 것이다. 외국인을 수용하는 것도 하나의 중요한 선택이 될 것이다.

　고령화는 그것 자체가 마이너스는 아니다. 고령화사회를 어둡고 정기(精氣)없는 짐스럽기만한 사회로 받아들이는 것은 옳지 않다. 그런 것이 아니라, 세대·남녀·국적을 불문하고 인생의 각자 자신의 라이프 스테이지에 따라 누구라도 그 시기에 적정하고 충실한 인생을 영위하는 그러한 성숙한 사회를 구축해 간다는 시각과 발상의 전환이 필요하다. 고령화도 그 라이프 스테이지의 한 존재 형태로서 자리매김 되어야 한다.

Ⅲ 무엇이 제기되고 있는가

　일본은 이러한 몇 개의 커다란 조류가 가져온 도전을 받고 자립하지 않으면 안 된다. 그것을 극복하기 위해서는 국민 한 사람 한 사람의 선구성(先驅性)을 신장시켜서 잠재력을 끌어내야만 한다. 거기에는 여러 가지 변혁이 필요하게 된다. 그 변혁의 핵심은 모두(冒頭)에서도 언급했듯이 국민이 사회와 관계하는 방법과 조직을 바꾸는 것이며, 사회에 있어서 개(個)와 공(公)과의 관계를 재정의하고 재구축하는 것이다.

1. 통치에서 거버넌스(協治, 협치)로

지금까지의 일본사회에서는 사회 통치의 문제에 관하여 정면으로부터 문제제기하는 기회가 제한되어 있었다. 그것은 국(國)·관(官)·조직(組織)을 항상 우선으로 해서 사회전체가 일환(一丸)이 되어 진행되어 왔기 때문이다. 그 중에서「공」은「관」과 거의 동의어로 간주되어「공」은「관청」이 결정해 왔다. 또 국민도「관청」이 결정한「공」을 받아들이고 오히려 그것에 의존해 왔다.

일본에서는 오랫동안「위에서 아래로」또는「관에서 민으로」라는 관존민비형(官尊民卑型)의 통치 이미지가 횡횡해 왔다. 그러나 국민이 정부에게 책임을 맡기고, 정부는 국민을 책임진다고 하는 양자 사이의 어떤 계약적인 긴장관계를 함의(含意)한「거버넌스」는 그 이미지를 만들기가 어려웠다. 또 자발적인 개인에 의해 지탱되는 다원적 사회에서 자기 책임 하에 행동하는 개인과 다양한 주체가 협력하여 지금까지와는 다른「공」을 창출해 가는「거버넌스」의 이미지와는 거리가 멀었다.

국민 개개인은 다양한 조직이나 기관에 의탁해서 자기실현을 도모하지만 과연 그렇게 의탁하고, 의탁한 조직은 충분히 기능하고 있는가. 참여의 기회는 공정하고 평등한가. 규칙은 명확한가.

의탁한 측의 권리는 충분히 확보되어 있는가. 자기실현은 충분히 달성되고 있는가. 의탁받은 측은 충분히 기대에 부응하고 있는가. 그것을 어떻게 평가하고 있는가. 의탁한 측과 의탁받은 측과의 대화와 정보전달은 쌍방향으로 이루어지고 있는 것인가ㅡ그러한 본래의 거버넌스의 성격과 질이 근간으로부터 문제제기되었던 일은 드물었던 것이다. 그러한 사실은 거버넌스를 표현하는 데에 있어서 알맞은 일본어가 지금까지 창출되지 못했다는 사실이 상징적으로 보여주고 있다.

그러나 전술한 바와 같이 다양한 도전을 받아서 맞서려면 일본은 본래의, 그러나 일본에 있어서는 새로운 거버넌스를 구축하여 성숙시켜가지 않으면 안 된다.

거기에는 정부이건 기업이건 대학이건 NGO(비정부조직)이건 개인과 조직간의 새로운 규칙과 구조가 필요하게 된다. 규칙을 명시하고 일부의 이해관계라든가 의도에 따른 정책의 왜곡을 방지하고 효율적이고 공평한 공공의 서비스를 제공할 수 있도록 정보의 공개와 공유, 선택지의 제시, 투명하고 합리적인 의사결정, 결정된 정책의 확실한 실행, 사후의 평가와 정책의 재조정을 필요로 하게 된다. 요컨대 일방적인 지배를 전제로 하지 않고 규칙과 책임원칙에 입각하여 쌍방간의 합의형성을 기초로 한 협동작업을 쌓아 가는 것이다.

이러한 새로운 거버넌스는 종래의 통치라는 말로서는 포착할 수 없다. 거버넌스의 한 측면으로서 종래의 통치의 모든 것을 부정하는 것은 아니나, 여기에서는 굳이 이 새로운 거버넌스를 「협치」(協治)라 부르고자 한다.

2. 개(個)의 확립과 새로운 공(公)의 창출

20세기가 「조직의 세기」였다면, 21세기는 「개인의 세기」가 될 것이다. 그와 동시에 20세기까지의 일본 역사에서 항상 무겁게 짓눌러 왔던 물질적 「결핍」으로부터 국민은 기본적으로 해방될 것이다. 지금까지는 극히 소수의 사람들에게 밖에 주어지지 않았던 개인의 자유와 파워가 국민 대다수의 손에 들어 갈 가능성이 열릴 것임에 틀림없다.

그러면 그럴수록 각 사람이 자신의 개(個)를 확고히 확립하는 것이 중요하게 된다. 새로운 창조의 꽃이 피는 데에는 서로 다른 다양한 개성이 존재해 가지 않으면 안 된다. 그것들이 절차탁마(切磋琢磨)하여 그 속에서 공존의 규칙을 만들어 사회를 구축해 가는 것이다. 그러나 사회와 국가의 바람직한 장래상을 어떻게 그리던 간에 주체는 어디까지나 개인이며 또 그래야만 한다.

그런데 일본인은 오랫동안 「이에」(家)를 자기 존재의 기초에 두어 왔다. 혈연을 최우선으로 하는 것이 아니라, 가문(家名)의 존속을 최우선으로 생각해 왔다. 인간은 어떤 의미에서 영속성을 지닌 것과 연결을 갖지 않는 한 불안으로 빠져들기 때문에, 이것도 하나의 궁리였으나 이것 때문에 개인의 자유는 제한받게 되었다. 전후는 자유주의의 강한 힘에 의해 일본의 옛 「이에」(家)는 붕괴한 듯이 보였으나 사실은 일본인은 무의식 중에 「대리이에」(代理家)를 만들었다. 그것의 전형이 「가이샤」(會社)이다. 그 외에도 많은 「대리이에」가 발생하였고 그것에 소속하는 것으로 만족해 하며 충성을 다해 일하고 그것의 영속성을 믿으면서 마음의 안심을 얻는 패턴이 광범위하게 인식되어 왔다. 그리고「대리이에」도 일단 소속하게 되면 그 전체의 조화가 최우선시되어 결국 개인의 자유를 속박했다.

이러한 소속된 장(場)의 조화를 제일로 생각하는 일본인의 경향은 선진국 중에서는 빈부의 차가 적고 비교적 안전성이 높은 국가를 창출해 내었다는 이점을 가졌다. 그러나 개인의 능력이라든가 창조력을 마음껏 발휘케 하여줄 장으로서는 오히려 걸림돌이 되어 왔다.

글로벌화나 정보화의 조류 속에서 다양성이 기본이 되는 21세기에는 일본인이 개(個)를 확립하고 확실한 개성을 지닐 것을 대전제로 하고 있다. 이때, 여기에서 요구되고 있는 개성은 우선 무엇보다도 자유롭게 자기책임 하에서 행동하고 자립해서 스스로를 지지(支持)하는 개(個)이다. 자신의 책임 하에 위험을 부담하고, 자신이 목표로 하는 것에 선구적으로 도전하는「강건하고, 유연한 개(個)」이다.

이러한 개(個)가 자유롭고 자발적인 활동을 전개하고, 사회에 참여해서 보다 성숙한 협치(協治)를 구축해 가면, 거기에서 새로운 공(公)이 창출되어 나오는 것이다.

여기에서 말하는 공(公)이란「관청」이라든가「관」(官)에서 일방적으로 결정하여 강요해 왔던 종래의「공공」(公共)이나「공익」(公益)이라 칭하는 것이 아니다. 그것은 개인을 기반으로 힘을 모아 함께 만들어내는 새로운 공(公)이다. 자신이 소속하는 장(場)에 얽매이는 일없이 자신의 의사대로 의식적으로 사회에 서로 관계되는 것에서 새롭게 창출되어 가는 공(公)이다. 다양한 타자의 존재를 인정하고, 역지사지(易地思之), 타인도 지지할 수 있는 공(公)이다. 동시에 합의가 형성된 경우에는 스스로가 따라야 할 공(公)이기도 하다.

이 새로운 공은 개(個)의 자발성과 자유로운 발상이라든가 행동에 의해 지지되고 있기 때문에 이 공(公)의 실현을 통해서 개(個)는 서로 서로를 인정하고 스스로의 평가를 인지하고, 개(個)의 자기실현을 달성해 갈 수가 있다. 바꿔 말하면, 개(個)가 자립하고 자유롭다는 것이야말로 새로운 공(公)의 창출을 가능하게 하여, 새로운 공(公)이 창출되는 속에서 개(個)는 스스로의 존재기반을 확인하고, 주체성을 발휘해 가는 것도 가능하게 된다.

이전의 한신·아와지대지진(阪神·淡路大地震) 때에 많은 자원봉사자, 특히 수많은 젊은이들이 재난을 입은 사람들을 지원하러 달려갔다. 감동적인 사건이었다. 거기에서는 많은 사람들이 자신이 소속한 장(場) 외부에까지 관계해 갔던 것으로 일본인의 새로운 공(公)의 창출이 일어나 개인의 의사로서의 공(公)의 의식이 발생했다.

개(個)의 확립이 공(公)을 창출하고, 공(公)의 창출이 보다 커다란 선택과 기회를 개(個)에게 부여하는 공명효과(共鳴効果)가 사회에 새로운 거버넌스(協治)를 만들어낸다. 그러한 거버넌스가 개인의 잠재력을 보다 잘 이끌어내어 그 자기실현의 프론티어를 확장시키는 것이다.

Ⅳ 21세기 일본의 프론티어

그러면 변혁에 따라 개척해 갈 21세기 일본의 프론티어는 어디에 있는 것일까. 일본 속의 프론티어를 어떻게 개척해야 하는가.

제2장 이하에서 각 분야별로 다양한 제언이 이루어지고 있기 때문에 그것들도 통독해주길 바라면서, 여기에서는 분야횡단적(分野橫斷的)으로 새로운 기축(機軸)이 되는 것을 특기해 두고 싶다.

1. 선구성(先驅性)을 살린다

21세기를 움직이는 원동력은 개인이며 개인의 선구성이다. 창의적 궁리로 넘치고 리스크(risk)를 두려워하지 않고 미지의 세계에 도전하며 사명감과 정열을 가지고 최선단의 일을 달성하려고 하는 개인의 선구성을 말하는 것이다. 그것을 육성하는 데에는 사회에 선구성을 발휘시키고 그것을 환영하는 기풍과 조직이 정착되지 않으면 안 된다.

유감스럽게도 일본 사회에서는 개인이 선구성을 발휘하는 것을 좋지 않다고 생각하는 경향이 있다. 일본인이 가지는 절대적이라고도 할 수 있는 평등감(平等感)과 깊게 관련되는데, 「결과의 평등」만을 문제삼아 종적조직, 횡적의식 속에서 <튀어나온 말뚝>은 계속해서 얻어맞아 왔다. 「결과의 평등」을 지나치게 추구한 결과 「기회의 불평등」을 초래해 왔다.

21세기의 일본에서는 선구성을 가지고 창조적인 아이디어를 보유한 사람들을 좀 더 정당하게 평가하기를 바란다. 그러한 사람들의 도전과 활약으로 미래가 열리기 때문이다. 그 과정에서 리스크를 안고 선구성을 발휘한 사람들의 노력이 충분히 보상받을 수 있도록 하는 것이 중요하다. 「결과의 평등」에 이별을 고하고, 「새로운 공평」을 도입하여야 한다. 개인의 능력이라든가 재능에는 차이와 격차가 있다는 것을 전제로 한 이상 업적이라든가 장래성을 평가하는 「공정한 격차」라고도 해야 할 수 있는 개념이다.

그리고 기업가 정신과 모험심을 존중하며, 도전자에게 기회를 주고, 개인과 사회가 리스크를 받아들이는 정신을 배양하는 그러한 창조성의 원액의 저수지를 만들지 않으면 안 된다. 개인이 자신의 비즈니스를 일으키는 환경을 좀 더 정돈할 필요가 있다.

그러한 기회는 누구에게나 평등하게 보장되지 않으면 안 된다. 「기회의 평등」이 보장되지 않으면 안 된다. 동시에 「재시도(再試圖)가 가능한」 조직을 만드는 것도 중요하다. 한 번의 실패로 그 후의 인생을 헛되게 하는 것이 되어서는 도전하려 마음먹어도 좌절해 버리고 말지도 모른다. 그렇다 해서 도전해도, 하지 않아도 마찬가지라고 말하면 무리해서 도전하는 것은 그만두자며 포기해 버릴지도 모른다. 이 밸런스가 어려운 바이긴 하지만 계속학습·계속훈련 등, 실패한 개인이 한 번 더 자신의 능력을 고양시켜 재도전 할 수 있는 기회를 넓히는 것이 중요하다.

▌교육을 전환한다

개인과 사회의 잠재력을 끌어내어 선구성을 키워 신장시키는 교육을 중시하는 데에는 교육의 균질성과 획일성을 깨부수지 않으면 안 된다.

그렇게 하기 위해서는 넓은 의미의 교육, 요컨대 인재육성의 방침을 근본부터 다시 물어보는 것이 불가피하다. 메이지(明治) 이후의 근대화를 위해 만들어졌던 현행 제도의 골격을 그대로 한 채, 거기에 수정을 가한다고 하는 발상으로는 충분치 않다.

넓은 의미의 교육에 있어서 국가의 역할은 두 가지이다. 하나는 주권자라든지 사회의 구성원으로서 생활해 가는 이상 필요한 지식이라든가 능력을 익히는 것을 의무화하는 것이며, 또 다른 하나는 자유로운 개인이 자기실현의 수단을 익히는 것에의 서비스이다. 요컨대「의무로서 강제하는 교육」과「서비스로서 실시하는 교육」이다.

현재의 일본의 교육에서는 이 두 가지의 교육이 혼동되어 있어서 수업 내용에 따라갈 수 없는 아이들에게는 과대한 부담을 주면서 그것을 소화하여 보다 광범위한 호기심을 만족시키고자 하는 어린이들에게는 답보상태를 강요하는 결과를 초래하고 있다.

그래서 21세기에 있어서는 지금까지 혼동되어 왔던 두 개의 교육을 엄격하게 구별하여「의무로서의 교육」은 최소한의 것으로서 엄정(嚴正)하면서 강력하게 시행하는 한편,「서비스로서의 교육」은 시장의 역할에 맡겨, 국가는 어디까지나 간접적인 지원을 행하는 것으로 해야 한다.

예를 들면 초·중등교육에서는 교육의 내용을 엄선해서 현재의 5분의 3정도까지 압축하여 주 3일을「의무로서의 교육」으로 하고, 나머지 2일은「의무로서의 교육」의 습득이 충분치 않은 어린이들에게는 보충수업을 하고, 습득한 어린이들에게는 학술, 예술, 스포츠 등의 교양과 전문적인 직업교육 등을 자유로이 선택하게 하여 국가가 지급하는 쿠폰으로 학교에서도 그 이외의 민간기관에서도 이수(履修)할 수 있도록 하는 방법도 생각할 수 있다.

교육은 가정, 지역, 학교의 삼자의 공동작업이다. 그러나 근년, 가정과 지역의 교육기능이 눈에 띄게 저하되어 왔다. 가정에 있어서 가정교육이라든가 훈련의 중요성을 다시 한 번 공통인식으로서 갖는 것이 필요하다. 어린이들의 교육, 행동에 관한 최우선적인 책임이 보호자에게 있다는 것을 명확하게 해야 한다.

고등교육에서는 세계표준에서 일할 수 있는 인재를 배출하기 위해 대학 등의 교육기관 자체의 국제경쟁력을 향상시켜야 한다. 그러기 위해서는 기관의 설치라든가 운영을 가능한 한 자유로이 하고, 교육·연구 장(場)의 국제화를 포함하여 경쟁적인 환경을 가능한 한 도입해 가야 한다. 예를 들면 대학·학부 등의 설치규제의 철폐, 교육·연구활동에 대한 업적평가, 수업이라든지 연구언어로서의 영어의 사용, 외국인교원의 적극적 채용 등을 고려할 수 있다.

또 메디컬 스쿨(Medical School)이나 로스쿨(Law School) 등, 의사라든가 변호사 등의 전문적 능력을 고양시키기 위한 교육기능을 충실화할 필요가 있다.

일본으로의 유학생은 1990년대에 들어서 신장이 둔화하고 더군다나 일시적으로 전년에 비해 감소하는 경향이다. 21세기 초두에 받아들일 인원수를 10만 인으로 하려는 계획은 현실불가능이다. 이것에 관해서는 많은 것이 이야기되어지고 몇 개인가의 환경개

선책도 받아들여져 왔으나 근저(根底)에는 일본의 고등교육의 국제경쟁력의 저하와 매력의 감퇴라는 것이 있다. 발본적인 메스를 가하지 않는 한 유학생 정책은 결실을 맺지 못할 것이다.

▍글로벌리터러시(국제대화능력)를 확립한다

글로벌화와 정보화가 급속히 진행되는 속에서 선구성(先驅性)은 세계에 통용하는 수준이 아니면 안 된다. 그러기 위해서는 정보기술을 자유자재로 구사하는 것과 더불어 영어의 실용능력을 익히는 것이 필수불가결이다.

여기에서 말하는 영어는 단순히 외국어의 하나가 아니다. 그것은 국제공용어로서의 영어이다. 글로벌하게 정보를 입수하여 의사를 표명하고 거래를 하고 공동작업하기 위해 필수화된 최저한의 도구이다. 물론 우리들의 모국어인 일본어는 일본문화와 전통을 계승하는 근본이 되지만 다른 언어를 학습하는 것도 기꺼이 장려되어야 한다. 또한 국제통용어로서의 영어를 몸에 익숙하게 익힌다는 것은 세계를 알고 세계에 접근하는 가장 기본적인 능력을 익히는 것이 된다.

그러기 위해서는 사회인이 되기까지 일본인 전원이 실용영어를 자유자재로 구사할 수 있도록 한다는 구체적인 도달목표를 설정할 필요가 있다. 그뿐 아니라 학년으로의 구분이 아닌 습득 수준별의 반 편성, 영어교원의 역량의 객관적인 평가나 연수의 충실, 외국인 교원의 과감한 확충, 영어수업의 외국어 학교로의 위탁 등을 고려해야만 한다.

그와 함께 국가, 지방자치체 등의 공적기관의 간행물이라든가 홈페이지 등은 영(英)·일(日) 양 언어로 작성할 것을 의무화할 것을 생각해야 한다.

장기적으로는 영어를 제2공용어로 하는 것도 시야에 들어오겠으나 국민적 논의를 필요로 한다. 우선은 영어를 국민의 실용어로 하기 위해 전력을 다하지 않으면 안 된다. 이것은 단지 외국어 교육의 문제가 아니다. 일본의 전략과제로서 받아들여야 할 문제이다.

2. 다양성을 힘으로 한다

21세기에는 정보기술혁명으로 정보라든가 선책지가 대폭으로 증가해서 개인이 자유로이 발신하는 새로운 네트워크가 탄생하여, 교육·일·생활·거주공간·생활공간 등이 크게 변화해 갈 것이다. 또한 소자녀고령화 속에서 욕구가 다양화되어 가족의 모습이라든가 세대간의 관계도 변화해 가고 있음에 틀림없다. 게다가 글로벌화 속에서 사람의 이동이 증대하고, 일본에 거주하는 외국인의 수는 증가하여 이문화와의 접촉이라든가 교류가 심화될 것이다.

이러한 속에서는 국가라든가 기업의 모습, 사회와 남녀의 역할, 생활이나 문화, 그 위에 「삶의 보람」의 형태도 변화하고 자원봉사나 NPO에의 자발적인 참여에 따른 개인의 자기실현의 장도 증가해 갈 것이 확실하다.

그와 함께 사회는 분산 네트워크형으로 이행하고, 개인의 선택의 폭은 현격히 확장된다. 다양한 조직, 네트워크, 활동 등 복수(複

數)의 네트워크에 소속하여 자기실현을 꾀하게 될 것이다. 사람의 일생도 지금까지 이상으로 다양화된다.

과거 일본은 동질성을 전제로 해서 사회의 조직을 만들어 왔다. 그러나 다양화의 시대에는 서로의 차이를 인정하고 그것을 적극적으로 짜 넣는 사회의 조직이 불가결하다. 요컨대 선택의 폭을 넓히는 것이다. 사회에 여러 가지 선택지가 마련되어 다양한 국민에게 여러 가지 선택의 기회가 보장되고 있는 것이다.

다양성을 존중하는 것은 개인의 자유를 존중하는 것이다. 자유에는 책임이 따른다. 여기에서는 「자유와 책임의 균형」이라는 민주주의 사회의 기본원칙이 더욱 더 일관되게 될 것이다.

▌스스로 일생을 설계한다

일본인의 일생은 교육을 받아 지식의 흡수에 전념하는 시대, 일이나 육아에 관계하는 시대, 문자 그대로 뒤에 남겨진 생활인 노후(老後)로 크게 구분되고 있다. 그러나 원래 자기를 실현해 가는 이상, 인생은 일관된 것이어야만 한다. 그래서 개인이 성별과 연령을 불문하고 인생의 각 시기의 스테이지(life stage)에서 자신의 욕구에 가장 합당한 라이프 스타일을 자유로이 선택할 수 있는 것이 바람직하다.

그것을 가능케 하는 데에는 교육, 고용, 육아, 사회에서의 계속적인 학습과 훈련, 의료·간병(介護)·연금이란 사회보장, 경제활성화책 등을 일체의 것으로 한 종합정책이 고려되어야만 한다. 가능하다면, 고급부(高給付)·저부담이 좋다고 하는 것이 자연스런 심정일지도 모르겠으나 그것은 지속불가능이다. 그러니까 부담과 급부(給付)의 관계를 명시하고 정책의 선택지를 이해하기 쉽게 제시할 뿐 아니라 각각이 어떠한 스테이지·플랜(plan)을 희망하는가 개인이 저마다 각자 설계할 수 있도록 한다.

필요 최소한 수준의 사회보장은 국가나 공적기관에 의해 확보되어야 하는 것도 빠뜨릴 수 없다. 그러나 그 이상의 것은 개인이 다양한 선택지 중에서 주체적으로 선택하여 자립적인 삶을 유지할 수 있도록 뒷받침할 수 있는 것이어야 한다. 「취직」(就職)이 「취사」(就社)를 의미하던 시대는 종말을 고하고 있는 중이다. 직장은 바뀌어도 생애를 통해서 능력이 정당하게 평가받고, 보람있는 일을 할 수 있고, 다양한 고용상태가 선택될 수 있는 능력개발이나 재도전의 기회도 제공될 수 있어야만 한다. 연금은 각 개인이 자신의 생애설계에 맞추어 선택해서 인생의 어느 시기에 갹출하였던 것을 고령(高齡)기에 받게 된다는 사고방식이 중요하게 된다. 또 고령자 간병의 선택지와 함께 질병 예방이라든지 보건서비스의 선택지를 증가시키는 것 등도 필요하게 된 것이다.

사회로부터 불안이 없어지는 것은 아니다. 개인의 불안도 사라지는 것이 아니다. 그것을 없애고 퇴치하는 것이 아니라 그것과 공존하여 그것을 발판의 에너지로 해서 새로운 영역을 개척해 가려고 하는 마음가짐이 필요하다.

▌지역은 자치로 자립한다

지금까지의 중앙과 지역의 관계는 중앙이 지방으로 부(富)를 「골고루 넓고 공평」하게 분배하는 중앙집권형이었다. 국토의 개발이라든지 사회자본의 정비는 소위 지역에 대한 소득보장의 기능을 가지며, 이것이 역으로 개성이 없는 지역, 취약한 도시를 만들어 왔다. 중앙으로부터의 자금 이전으로 재정지출과 세입의 차이가 충당되는 현재의 조직에서는 지역의 재정건전화는 없으며, 자립도 없다.

사람들이 다양한 가치의 실현을 실감하여 가는 과정에서 21세기에는 삶의 장으로서의 지역에도 다양성이 충만할 필요가 있다. 그러기 위해서는 중앙정부의 권한을 지사(知事, 지방장관 : 역주)나 시·읍·면장에게 이관(移管)하는 지방분권의 발상이 아닌 지역주민이 지역정부의 상황을 자신이 결정할 수 있는 조직을 만들어내는 것이 필요하다.

그러기 위해서는 우선 중앙과 지역이 수평적인 관계를 정립해야 한다. 지역독자의 과제로 서비스와 부담의 균형을 지역주민이 선택할 수 있는 본래의 「자치」의 확립이 요구된다. 이를 위해 지역정부는 자기책임으로 자립 가능한 규모로 하여 지역의 재원에 관해서는 중앙의 세원을 지역으로 이관한다고 하는 사고방안을 더욱 더 진행시켜 지역의 세출로 충당되는 세금이나 지방채는 지역에서 독자적으로 결정할 수 있도록 해야 한다. 지역정부의 재건이나 합병의 규칙을 정돈하는 것도 필요하다. 그리고 지역에 있어서의 행정은 최대한의 주민참여를 확보하여 행정의 재량을 한정하고 신속한 집행을 가능하게 하는 조직으로 해야만 한다.

한편, 중앙정부의 역할은 내셔널 미니멈(national minimum)의 확보 등 완전히 전국적인 견지(見地)에서 실시해야 할 분야에 한정하여 자기부담으로 실행할 수 있는 체제를 정비해야 한다.

▌비영리 민간 부문(sector)을 일으킨다

사회의 요구가 다양하게 되어 가는 21세기에는 그러한 요구에 부응해 갈 주체도 활동도 다양한 것이 요청되고 있다. 그래서 국가나 지방자치체, 기업이 부담할 공익활동의 범위는 제한되어 있다는 전제 아래 시민의 자발적인 참여에 의한 공익활동을 확충하고 사회의 자조조직을 강화해 가는 것이 불가피하다. 이것을 담당할 주체가 민간의 비영리 공익법인이며, 그 총체로서의 비영리 민간 부문이다.

여기에서는 특히 민법 34조에 기초한 「공익법인」(公益法人, 사단법인·재단법인)과 특정비영리활동 촉진법에 기초한 「NPO법인」에 주목하고 싶다. 이것들은 원래 불특정 다수의 이익 실현을 목적으로 하고 있기 때문이다.

현행제도에서는 공익법인의 설립에는 주무관청(主務官廳)의 허가가 필요하고 기부(寄附) 면세(免稅)의 우대조치를 받을 수 있는 특정공익증진법인의 자격취득에도 주무관청의 인정이 필요하다. 요컨대, 무엇을 공익(公益)으로 하는가의 판정은 행정의 재량에 맡겨져 있다. 한편, NPO법인은 형식요건만 충족되면 설립할 수 있게 되어 있다. 그러나 기부에 대해서는 면세의 우대조치가 없다.

21세기에는 공익을 실현하는 데에는 그것에 관여하는 사람들의 총체가 자력으로 성장할 수 있는 조직으로 전환되어야 한다.

그를 위해서는 우선 비영리법인의 설립을 일원화하여 등록제로도 충분한 것으로 하고 기부면세의 우대자격은 중립공정하고 민주적인 제3의 기관에서 통일적으로 심사하는 투명한 제도의 확립이 불가피하다. 이에 따라 공익성의 판정은 행정의 재량으로부터 떨어져 나가고, 비영리법인에서는 설명책임과 공익성이 인정되는 것에 어울리는 활동으로의 자조노력이 요구되는 것이다. 동시에 기부면세의 틀을 대폭으로 확대해서 개인이나 기업에서는 자신의 소득의 일부를 세금으로서 지불할 것인지, 기부금으로서 자신의 의사대로 용도를 결정할 수 있을 것인지에 대한 선택지를 준비하여 적극적이면서 자주적인 공익에의 참여의 길을 열 필요가 있다.

▌이민정책에 첫발을 내디딘다

일본에 거주하는 외국인의 수는 총인구의 1.2퍼센트를 넘어서고 있다. 거주 외국인 중에는 새로이 목적을 가지고 일본에 온 외국인의 비율이 65퍼센트를 상회한다. 그렇다고는 하나 외국인의 총인구비는 선진국 가운데서는 결코 높지 않으며 일본에서는 「정착외국인정책」이 「출입국관리정책」의 일환으로 생각되어 왔던 것이므로 법적 지위, 생활환경, 인권, 거주지원 등이 총체적으로 감안된 외국인 정책은 미발달된 채로 지금에 이르렀다.

그러나 글로벌화에 적극적으로 대응하고 일본의 활력을 유지해가기 위해서 21세기에는 많은 외국인이 보통으로 쾌적하게 일본에서 살아갈 수 있는 총체적인 환경을 만드는 것이 불가피하다. 한 마디로 말하면, 외국인이 일본에서 살며 일해 보고 싶다고 생각할 수 있는 「이민정책」을 만드는 것이다. 국내(國內)를 민족적으로도 다양화해 가는 것은 일본의 지적 창조력의 폭을 넓혀 사회의 활력과 국제경쟁력을 높이는 것이 될 수 있다.

단지 한 번에 문호(門戶)를 개방하여 자유로이 외국인의 이주를 도모하는 것은 바람직하지 못하다. 일본사회의 발전에의 기여를 기대할 수 있는 외국인의 이주·영주(永住)를 촉진하는 보다 명시(明示)적인 이주·영주제도를 설계해야 한다. 그리고 일본에서 배우고 연구하고 있는 유학생에 대해서는 일본의 고등학교·대학·대학원을 수료한 시점에서 자동적으로 영주권이 취득될 수 있는 우대책을 생각해야 한다.

3. 거버넌스(協治)를 구축한다

글로벌화, 정보화, 다양화 속에서의 정책과제는 다양화, 복잡화되어 최적의 정책을 발견해 내는 것이 어렵게 되어 가고 있다. 또한 사람들의 이해는 대립되기 쉬워서 공(公)을 둘러싼 합의의 형성도 곤란하게 되어 간다. 그러한 곤란을 극복하고 개인의 잠재력을 끌어내어 협동해서 공을 창출해 가는 데에는 시대에 걸맞은 규칙과 개방된 조직이 필요하여 새로운 거버넌스(協治)가 불가결하게 된다. 이러한 규칙, 개방된 조직, 협치의 실현을 위해서는 정치·행정·사법의 모든 것의 재평가가 불가피하다.

▎정치의 활성화가 먼저 도모되지 않으면 안 된다

거기에는 정치가의 활성화를 빠뜨릴 수 없다. 개개의 정치가에게는 구상(構想)력과 표현력, 그리고 국제대화능력을 요구하고 싶다. 다채로운 정책의 선택지 속에서 「무엇이 가능한가」를 헤아려 인지하고 그것을 향해 정열적으로 돌파하여 마음에 와 닿는 자신의 말로 이야기할 수 있는 커뮤니케이션으로서의 재능, 나아가 외국의 지도자와 충분히 의사소통을 도모하여 신뢰관계를 엮어낼 수 있는 능력이 요구된다. 정치가에게 공(公)을 담당하고 있다는 기개와 윤리관, 그리고 책임감이 요구되는 것은 말할 것도 없다. 정치가에 대한 신뢰 없이, 또 정치가의 노력없이 협치는 뿌리내릴 수 없다.

선거를 축제로서 활성화하는 것도 중요하다. 젊은이들을 끌어들이지 않으면 안 된다. 선거권 연령을 끌어내려 젊은층의 의견이 정치에 반영되는 기회를 늘려서 정책의 선택지를 증강해서 입법기능을 높여 정치나 정당의 투명성을 증대해서 국민의 정치이탈을 저지하지 않으면 안 된다.

행정에서는 정부의 역할을 엄선하여 정보개시, 설명책임, 투명한 정책결정과 실행, 정책평가 등을 기본원칙으로 하는 방향에서 행정의 매니지먼트(management)의 발본적인 개혁이 불가결하다. 또 위기의 대처에서 상징되듯이 평소부터 다양한 주체가 제휴하는 조직의 확립도 필요하다. 공무원에 관해서는 협치 속에서 본래 기대되고 있는 역할을 정확하게 완수할 것이 요구된다.

사법이 갖는 조정(調停), 재정(裁定) 기능은 각별하게 강화할 필요가 있다. 질적으로나 양적으로나 사법기능을 강화하여 처리를 신속하게 하고 친근하게 국민에게 개방된 서비스가 요구된다. 더구나 협치를 구축하는 데 있어서의 기본은 민간에 있어서도 동일하다. 예를 들어 의사, 변호사, 자산(資産)관리자와 같은 전문적인 지식이나 서비스를 제공하는 측에서는 반드시 설명책임이 요구된다. 특히 개인의 생명이라든가 재산에 관계되는 서비스를 제공할 때에는 더욱 그러하다. 제3자 평가의 충실 등 이러한 전문가의 평가를 적절하게 할 수 있는 조직을 사회가 보유하는 것이 반드시 필요하다.

글로벌라이제이션시대의 정보 홍수 속에서 저널리즘이 이룩하는 역할과 책임은 지금까지 이상으로 크고 무겁다. 정보의 선별과 중요도의 판단, 인권의 옹호, 정책제언(政策提言), 국제 네트워크의 확대, 일본으로부터의 정보발신 등 종래의 국민에 대한 계몽, 권력감시, 정책비판 기능에 덧붙여서 새로운 역할이 저널리즘에 기대되고 있다. 「기자클럽제도의존」과 같은 폐쇄성으로부터 탈피해, 자율적인 평가·상호비판의 조직을 스스로 확립하는 등 저널리즘에도 협치의 중요한 담당자가 될 것이 요구된다.

▌행정 선택을 다양화하고 투명화한다

보다 다양한 정책 선택지를 제시하는 데에는 관청에 의존하지 않고 정책입안이 가능하도록 의원의 입법기능을 증강하는 것이 근간이다. 그것을 지원하는 정책입안 주체를 다양화하고 증강해가는 것이 필요하다. 예를 들면, 의원의 정책진을 충실하게 하고 국회부속의 조사기관을 확충해서 정책의 싱크탱크(think tank) 기능을 강화하여, 대학·민간 싱크탱크·NPO 등의 정책제안 기능을 증강해서 이들이 공동작업을 행하게 하는 것이다. 일본의 대학이라든가 민간 비영리 싱크탱크에서의 정책연구는 빈약하고 국제적으로도 미력하기 때문에 발본적인 강화책이 요구되고 있다. 이러한 다양한 싱크탱크, 연구기관으로부터 민간의 인재를 폭넓게 국회, 내각, 관청, 국회기관에 정책입안자나 스탭으로서 등용하여 과감한 인재교류를 도모해야 한다.

최근, 정책입안·정책결정이 정치주도(政治主導)로 계속해서 전환되는 것은 바람직한 움직임이다. 동시에 정치주도에는 그것에 동반된 특별의 설명책임이 따르는 것도 강조해 두고 싶다. 정치주도의 설명책임은 선거세례(選擧洗禮)라는 형태로 국민의 평가에 노출되는 것은 당연한 일이나 정치가에 의한 개별 이익 유도를 방지하는 조직의 확립이라든가 정당의 정보공개나 감시제도의 확립 등도 필요하다. 정치에도 정당에도 개개의 정치가에도 투명성의 확보는 언제나의 과제이다.

또한 장래세대에게 부담을 떠 안겨주는 것과 같은 문제는 현세대의 대표자에 의한 조정으로는 최선의 결과를 선택하기 어렵다. 예를 들면 재정적자의 관리 등은 전문지식을 가진 인재를 널리 구하여, 중장기적 시점으로부터 투명한 프로세스에 의해, 개별의 정치적 이해로부터 중립적으로 기획·입안하는 조직의 확립이 필요하다.

▌ 선거권을 18세에게

국민의 정책선택 결과를 공평하게 선거에 반영시켜 국민의 정치이탈을 방지할 방안의 연구가 필요하다. 미리 규칙을 명시해서 항상 문제가 되는 의원 정수(定數)의 불평등을 정기적으로 자동 수정이 가능하도록 하는 것은 국민의 정치에의 신뢰를 회복하는 첫걸음일 것이다. 수상(首相) 공선제(公選制)의 시비 등도 중장기적 과제로서 논의를 시작해야 한다.

여기에서 선거권을 현행의 20세에서 18세로 낮출 것을 제안하고 싶다. 18세는 사회적 성인으로 간주해도 충분하다고 생각하기 때문이다.

실제 세계 170개국의 92퍼센트에 해당하는 156개국에서 선거권은 이미 18세든가 그 이하로 되어 있어 선진국 중에서 20세를 유지하고 있는 것은 일본뿐이다. 국내에서도 고졸(高卒)자의 20퍼센트 이상이 취업하고 있으며, 자위대의 입대자격도 18세 이상이다.

소자녀고령화 속에서는 고령유권자의 비율이 청년유권자의 비율을 크게 상회하고 있다. 또한 연금문제처럼 세대간의 이해대립도 심해지게 된다. 젊은이들의 목소리를 지금까지 이상으로 겸허하게 듣지 않으면 안 되고, 그들의 목소리를 정치에 반영시키기 위해 더욱 더 노력하지 않으면 안 된다. 18세 이상으로 선거(選擧) 민층을 확대하는 것으로 약 350만 명의 새로운 유권자를 맞이하게 된다. 그것은 청년층에 그치는 것이 아니다. 고령층도 정치적으로 활성화시켜 국민적인 정치에의 참여의식을 높이는 것이 될 것이다. 당연한 일이지만 이 선거권 연령을 끌어내리는 것에 따른 피선거권 연령 낮추기와 민법이나 소년법 등과의 정합성(整合性)도 고려되지 않으면 안 된다.

▌ 정부의 역할을 철저히 감독

개인의 자기책임을 기본으로 해서 그 선택지를 다양화하는 이상, 정부의 역할도 변해 간다. 정부의 역할은 엄선되지 않으면 안 된다. 그것은 단순한 슬림화여서는 안 되고, 정부의 효율을 향상시켜 국민에의 서비스의 수준과 질의 향상을 목표로 하는 것이 아니면 안 된다. 여기에서의 대원칙은「민간이 할 수 없는 것만을 정부가 한다」는 것이다.

정부에 의한 국민의 서비스의 향상을 위해서는 정보공개, 설명책임원칙, 정책평가 등이 실효성 있는 것으로 하지 않으면 안 된다. 이런 점에서 재평가의 근간을 이루는 것은 행정의 매니지먼트의 발본적 개혁이다.

정부의 재정상황이 명확하게 되도록 공회계제도(公會計制度)의 확립, 정책목표별(政策目標別) 예산분배, 정책평가 결과를 유연하게 세출(歲出)에 반영하는 조직의 도입의 따라, 행정이 예산 등의 행정자원을 정책목표를 위해 어떻게 효율적으로 사용했는가를 묻는 것에 중점을 두어야 한다.

또한 정부의 역할이 엄선되는 가운데서 반드시 최후까지 남는 국내적 역할에, 재해, 사고, 환경악화로부터 국민의 생활을 지키는 것이다. 그러나 이것 또한 정부만으로는 부담할 수 없는 시대로 향하고 있다. 아무리 노력해 봐도 절대적으로 안전한 것은 없다. 또한 한신(阪神)·아와지(淡路) 대지진에서 경험했던 것처럼, 고도로 발전한 사회에서는 긴급시에 정부가 필요한 서비스를 골고루 제공하는 것도 불가능하다. 위기관리에는 정부가 필요한 대책을 입법도 포함해서 행하는 것은 당연하지만 위기에 관한 정보를 미리 충분히 공개하고, 정부·자치체·기업·지역커뮤니티·NPO 등이 사전대책과 사후대책을 함께 강구하여 협동해서 위기를 관리하는 조직과 견고한 제휴(partnership)가 관건이 된다.

▌규칙에 기초를 둔다

국제적으로 개방되고 다양한 개인의 활력이 충분히 발휘되기 위해서는 규칙을 명시하고, 이해 대립의 해답을 찾아가는 것이 중요하다. 지금까지와 같이 행정이 그때그때 이해관계를 조정한다든지 민간 상호간의 폐쇄적이고 불투명한 규칙에 의존해서는 안 된다. 사법의 기능을 국민에게 친밀하고 이용하기 쉬운 것으로 해서 국제적으로도 통용되는 것으로 하는 것이 불가피하다. 글로벌화 속에서는 사법서비스의 경쟁력이 국가의 활력에도 커다란 영향을 끼친다.

요구되고 있는 것은 지금까지와는 비교도 할 수 없을 만큼 높은 수준의 사법기능과 서비스이다. 21세기를 향해서는 우선 법조 인구를 대폭으로 증대시켜야 한다. 미리 상한(上限)의 인원수의 틀을 만드는 형태가 아니라 규제를 완화하고 변호사간의 경쟁을 촉진시켜, 법률상담 등의 업무에 변호사 이외의 사람의 참여를 인정해서 다른 직종의 사회인이라도 쉽게 자격을 취득할 수 있게 되어야 한다. 또한 편리하고 신속하고 값싸게 분쟁을 처리할 수 있도록 분쟁처리 수속의 다양화도 필요하다. 재정(裁定)에 이르기까지의 시간을 대폭 단축할 수 있도록 전문가를 포함한 배심제(參審

制)의 도입이라든가 재판소의 사무효율화도 요망된다.

　정부의 규제도 지금까지처럼 사전에 규제하는 것이 아니라 규칙을 명확히 하고 그 위에 민간의 자유로운 활동에 맡기고 규칙에 위반하는 경우에는 사후적인 조치로 처리해 가는 것이 중요하다. 사후적인 규제조치가 실효적으로 발동할 수 있도록 하기 위해서는 준사법적 기관(공정거래위원회, 증권거래 등 감시위원회 등)의 행정상의 기능을 강화해서 사후규제가 어떠한 경우에 발동될 수 있는가를 국민이 예측할 수 있도록 명시하는 것이 요구된다. 투명한 절차에 의해 책정된 정책이 일부의 이해관계자에 의해 왜곡된다든지 헐값으로 방매되는 일이 없도록 제도적인 뒷받침이 필요하다.

4. 「열린 국익」을 추구한다

　21세기, 글로벌화라든가 정보화가 갑자기 진행됨에 따라 지구는 더욱 작아지고 세계는 훨씬 가까운 것으로 되어 간다. 인터넷을 활용한 개인의 국제적인 커뮤니케이션 공간이 끊임없이 확장되어 그것을 기초로 한 새로운 네트워크가 그물망처럼 지구를 뒤덮고 있다. 사람, 사물, 자금의 이동은 머물 곳을 알지 못한다. 국제적인 상호의존은 한층 깊어져 어디까지가 「국제」이고 어디부터가 「국내」인가도 불명료하게 될 만큼 양자는 연속적으로 연결된다. 이러한 속에서 일본에서 살면서 세계에서 살고 있는 것 같은 실감을 많은 사람들이 갖게 될 것이다.

　그러는 한편으로 국제적인 이해관계는 보다 뒤얽히고 복잡하게 되어 국제적인 합의형성이라든가 조정도 한층 어렵게 될 것이다.

상호의존이 깊어지면 깊어질수록 분쟁도 일어나기 쉽게 된다. 동시에 민족, 종교분쟁 등의 분쟁이라든가 그것에 따르는 무력행사는 그 규모는 제한되어 있다 할지라도 앞으로도 계속 될 것이다. 그것들은 경제적인 이해대립에 비교하여 훨씬 폐해적이므로 지속적인 평화의 토대를 마음 속 깊은 곳으로부터 파내어 무너뜨리고 만다. 21세기에는 또한 글로벌라이제이션의 조류에 뒤쳐진 사회에서는 그 반동이 여러 가지 분쟁의 형태로 뿜어져 나올 위험도 크다.

그러한 상황 하에서는 일본이 국제적으로 참여해 간다고 하는 행위, 요컨대 국제협약(engagement)은 지금까지 이상으로 어려운 일이 될 것이다. 어떠한 국제협약이 국익에 적합하고 무엇이 적합하지 않은가를 판단하는 것은 쉽지 않다. 종래의 기준을 그저 적용시키는 것이 아닌 새로운 상황 속에서의 의미와 문제점을 대세 속에서 계속적으로 반문하면서 개별적으로 결정해 가지 않으면 안 된다.

확실하게 말할 수 있는 것은 무역, 금융, 인구증가, 빈곤, 식량, 환경보전 – 어느 과제를 취급하더라도 한 개의 국가라든가 한 개 지역을 초월하여 지구 차원에서의 대응과 해답이 요구되는 시대가 된다고 하는 것이다. 일국의 힘이라든가 국가적 차원만으로 맞붙어보려는 것은 충분치 못하다.

그와 같은 시대에는 국가라든가 관(官)만으로가 아닌 보다 광범위한 국민이 국제관계에 참여해 가지 않으면 맞춰갈 수가 없다. 민생(民生)적인 공헌을 축으로 민간도 충분히 활약할 수 있는「민력」(民力)을 발휘시켜 나가지 않으면 안 된다. 그것은 국제적인 거버넌스(협치)를 적극적으로 수행하는 것이며, 세계의 공(公) 결국은 공공재(公共財)의 창출에 적극적으로 참여하는 것이기도 하다.

물론 외교교섭이라든가 안전보장의 확보라는 국가가 본래적으로 수행해야 할 역할은 앞으로도 계속 중요하다. 그러나 그런 경우에도 국민의 지원이 이제까지 이상으로 필요하게 되어 갈 것이다. 다양한 이해가 내외의 경계를 초월하여 복잡하게 뒤섞인 만큼 국민 그 자체가 무엇이 일본의 국익인 것인가에 대한 인식의 깊이가 요구되어지게 된다. 일본의 국익 자체가 장기적, 시스템적으로 일본의 국가건설의 방향과 계속 관련지으면서 정의내리고, 구축하는 그러한 「열린 국익」의 감각을 우리는 갈고 닦아가지 않으면 안 된다. 자국의 국익 추구가 세계의 공익 추구와 서로 공명하여 세계의 공익의 실현이 자국의 국익으로 겹쳐진다고 하는 「열린 국익」이다.

그러기 위해서는 좋은 의미에서의 현실주의로 뒷받침된 국익논의를 활발하게 하지 않으면 안 된다. 「국익」이라 하는 말을 정면으로 끌어내어 정책의 시비를 논의하는 것에 겁을 먹어서는 안 된다. 국민 자체가 그러한 정책논의에 가담하여 정책제언을 하고 그것을 세계를 향해 발표하고 대화하는 힘을 키우지 않으면 안 된다.

▌글로벌 시빌리언 파워

21세기에는 군사력으로서 자국의 발전을 확보하고 분쟁을 해결하는 방식은 점차 정당성을 잃어 갈 것이다. 만일의 사태에 대비한 안전보장으로부터 각국이 벗어날 수 있는 상황은 아직 예견할 수 없으나 자국의 야심과 발전을 위해서 군사수단을 사용한다는 것은 국제사회가 더욱 허용하지 않게 될 것이다. 인간의 안전보장과 국제적인 공익을 중심으로 생각하고 그것을 군사적이 아닌 민생적인 수단으로 공정하게 유지, 증진시킨다고 하는 과제를 추구하지 않으면 안 된다.

그 때 일본은 세계경제 시스템의 안정, 빈부차의 시정, 환경보전, 인권보장, 평화유지활동이라는 국제공공재의 창출을 향해 군사적 수단이 아닌 민생적인 수단으로서 공헌해 왔다. 그것이 또한 일본의 열린 국익에 이바지해 왔다.

전후 일본은 「비군사경제대국」을 거쳐 서서히 이러한 「글로벌 시빌리언 파워」의 원형을 향해 걸어왔다고 할 수 있다. 21세기는 일본의 신장에 맞는 그러한 파워형태를 더욱 더 의식적으로 지향해야 하며, 국제사회 속에서 일본을 그러한 존재로서 받아들여지도록 노력해야 할 것이다.

국제경제질서 구축에 참여, ODA(정부개발원조)의 적극적인 실시 등을 계속해서 시행해 가야 한다. 또 문화, 환경, 인권이라는 시장 메카니즘으로는 평가되기 어려운 가치의 영역에서의 국제적협력이라든지 국제기관의 활용에도 보다 더 노력을 기울여야 한다.

시빌리언 파워는 과제설정력, 가설제안력, 정보발신력, 다각적 대화력, 문화적매력, 메시지력이라고 하는 지적(知的) 문화적 소프트웨어를 중핵으로 하는 국민적인 종합력이다. 그것을 충분히 발휘하기 위해서는 국민의 폭넓은 층이 일본과 세계와의 관계에 관해서 참여하고 정책을 의논하고 외국과 교류하고 국내여론을 형성해 가는 조직이 필요하다. NGO(비정부조직) 활동을 강화, 지원하고 NGO를 중심으로 한 「트랙2외교」에서의 다양한 대화라든가 정책협의를 발전시켜 국제적 과제에 대한 국민의 관심을 높이는 것이 중요하다. 국제적인 시야를 가지며 국제적인 발언력이 있는 민간인의 정부고관, 스탭으로의 발탁, 등용도 과감하게 시행하지 않으면 안 된다.

▌종합적 중층적 안전보장

21세기에 있어서도 국민의 안전보장의 확립은 나라의 근간에 관련된 가장 근본적인 책무이다. 거기에는 만일의 사태에의 대비와 만일의 사태를 일으키지 않도록 하는 환경을 정비하는 노력, 거기에 국제사회 대한 평화를 유지, 회복하는 노력이 필요하다.

만일의 사태에의 정비의 근간은 미·일 동맹의 안정, 유지이다. 물론 자조노력이 불가결하겠으나 일본 단독으로 안전보장을 완수시키는 방향으로 전환하는 것은 커다란 비용부담을 주는 데 비해 생각한 것보다는 일본의 안전성을 높이지도 못하며 오히려 세계의 안전보장 시스템을 불안정하게 하고 주변국가와의 쓸모 없는 마찰·긴장을 만들어 내지 않는다고 말할 수 없다. 미·일 동맹의 위신과 기능을 계속해서 아시아 태평양지역의 평화와 안정을 유지하는 경제적·정치적·군사적 기반으로서 활용하는 것을 기본축으로 해야 한다. 그러기 위해서는 필요한 법제의 정비를 진척시키고 집단적 자위권의 행사 등에 대해서도 국민적 논의를 가져야만 한다.

만일의 사태를 일으키지 않을 노력으로서는 우호국을 증대해서 국제적 신뢰를 높이는 외교노력, 분쟁방지를 향한 예방외교, 군비관리·군축이라는 국제안전보장질서의 강화, 신뢰양성을 향한 다국간협력, 국제기관에의 적극적인 관여 등을 중심으로 해야 할 것이다. 또한 경제안전보장을 확보하는 노력도 중요하다. 자원공급이라든지 시장이 교란되어 국제경제질서가 파탄한다면, 일본경제의 토대와 일본국민의 생활은 위협받게 된다. 더구나 지구환경의 보전, 빈곤이라든지 기아의 박멸, 인간성과 건강의 유지, 교육이라든가 인재개발은 「인간의 안전보장」(human security)의 확보도 커다란 과제이다.

국제연합평화유지활동(PKO)라든가 국제평화구축활동(PBO)과 같은 국제사회의 평화를 유지하고 회복하기 위한 노력은 단순히 「국제공헌」에 그치는 것이 아니라 「일본에의 공헌」 바로 그것이라는 인식이 필요하다. 그것은 결국에는 일본의 안전보장환경의 개선이라는 형태로 일본의 안전보장의 향상에 역할을 하기 때문이다. 「일국평화주의」에 안주하지 말고 적극적으로 국제연합의 PKO·PBO에 대응하는 것은 당연하다. 또한 정당성이 있는 국제안전보장상의 공동행동에는 원칙적인 지원을 계속하여 일본의 참여의 가부라든가 정도에 관한 국제적인 논의를 동반한 검토를 진척시킬 필요가 있다.

21세기의 안전보장은 군사, 경제, 사회, 환경, 인권이라는 다양한 요소를 횡단적으로 포함하는 종합적인 안전보장이 아니면 안된다. 그리고 인간, 국가, 지역, 지구 규모에서의 안전보장에 관과 민이 손을 잡고 협력해 가는 중층적으로 쌓아 올린 안전보장이 아니면 안 된다.

▌ 인교(隣交)

일본의 대외관계는 금후에도 미국과의 동맹관계와 유럽연합(EU)를 포함하는 미구일(美毆日) 삼자협력을 가장 견고한 토대로 하는 것임에 변함이 없다. 냉전이 끝나고 20세기가 끝났어도 지금까지 일본의 국익과 안전보장에 크게 도움이 되어 왔던 이들의 외교자산은 유지해야 하며 오히려 여기에 재투자하여 여기로부터 더욱 더 평화의 배당을 끌어내는 것이 바람직하다.

그러나 21세기에는 지리적인 근접성을 가지며, 역사적·문화적인 관계도 깊고 앞으로의 잠재력을 내포한 동아시아에 있어서 협력관계를 더욱 더 강화해야 한다.

특히 일본과 한국·중국과의 관계는 단순히 외교라는 이름으로 부르기에는 부족하다. 그 관계는 외교라 불리기에는 너무나도 깊고, 그럼에도 불구하고 충분히 심화되고 있다고는 말할 수 없다. 외교적인 노력만으로는 포착해 낼 수 없는 것을 잡아내어 깊이 있는 관계를 구축 영위할 필요가 있다. 그러한 활동을 「인교」(隣交)라 부르고 싶다.

한국과 중국과의 관계를 장기적으로 안주시키고, 신뢰관계를 결성하는 데에는 지금까지의 통상의 외교노력으로는 불충분하며 관광적(觀光的), 풍속적, 유행적인 이해로는 달성할 수 없다. 모종의 국민적인 각오가 필요하다. 그러한 의미에서의 「인교」이다.

「인교」로 발을 내딛는 데 있어서는 일본인이 이들 인접국가의 민족의 역사, 전통, 언어, 문화를 충분히 이해하는 것이 요구된다. 그를 위해서는 학교 교육에 있어서 양국의 역사와 일본과의 관계사, 그 중에서도 특히 현대사를 가르치는 시간을 충실하게 함과 동시에 한국어라든가 중국어의 어학교육을 비약적으로 확충하는 것이 바람직하다. 일본 국내의 주요한 안내판에는 영어와 함께 양국어가 병기될 정도로 「인교」감각을 키웠으면 한다. 또한 양국과의 혹은 3개국간의 「트랙2외교」라든가 지적교류, 문화교류, 지역간교류, 청소년교류라고 하는 다층적인 대화나 교류를 한층 넓혀야 한다.

한·중·일 협력에는 경제면에 있어서 커다란 프론티어가 확대되고 있다. APEC(아시아태평양경제협력회의)를 계속 발전시키고, 그 우산 아래서 꽃을 피우게 하려는 형태로 한·중·일간에 북동아시아자유무역권, 에너지공동개발, 통화협조체제 등의 구상을 추진해야 한다. 그것은 머지 않아 ASEAN(동남아시아제국연합)과 양대 바퀴를 이루는 형태로 아시아 전역의 공동체형성에도 이어지게 될 것이다.

일본의 목표, 한 사람 한 사람의 목표

「21세기 일본의 구상」은 21세기에 있어서 일본의 장기적인 국가목표와 그 정책이념을 그리려는 것을 기대했다. 실로 장대한 테마이다. 평상시에 생각하기에는 너무나 엄청나다. 이번 한 세기가 새로 시작된 것을 계기로 이러한 테마와 씨름하여 그 성과를 국민여러분 앞에 이러한 형태로 보고할 수 있게 된 것을 다행으로 생각한다.

제언(提言) 중에는 이념적인 것도 있지만, 구체적인 것도 있다. 개별정책에까지 깊이 파고들었던 것도, 문제제기에 그쳤던 것도 있다. 그러나 이들은 모두 국민의 논의를 일으키고 싶다는 것에 있어서는 한결같은 마음이다.

1세기 전의 일본인은 지금만큼 「세기감각」은 없었던 것 같다. 서력(西曆)이 일상생활에서 그 정도로 사용되고 있지 않았기 때문이다. 그런데도 당시 많은 일본인이 일본의 20세기상을 그렸다.

이와쿠라 도모미(岩倉具視)를 단장으로 하는 구미사절단(歐美使節團)의 해외파견 등 일본의 신세기를 열기 위한 선구적인 시도였다. 그 보고서 『베이오가이란짓키』(美歐回覽實記)는 일본이 세계 선진국의 우열성을 일본의 전략적 필요성의 관점으로부터 평가하여 각각으로부터 배울 것은 배우고, 취할 것은 취한다고 하는 주체적인 자세를 부각시키고 있다. 대표단의 평균연령은 31세, 젊음과 에너지를 넘쳐흐르게 하는 일본이었다.

이번, 세기는 물론 천년기(千年紀)도 국민의 대부분에게 저항 없이 수용되고 있다. 우리들은 어느 의미에서는 불문곡직하고 그 감각을 갖지 않을 수 없다. 「Y2K」 하나를 보더라도 그것은 절실하게 느꼈던 점이다. 세계의 모든 나라가 컴퓨터의 2000년 문제와 씨름하지 않으면 안 된다고 하는 형태로 세계는 계속해서 하나가 되어가고 있다.

현재의 일본은 풍요롭고 국민의 생활수준도 높다. 그리고 연령적으로도 성숙한 나라이다. 대국으로서 세계와 깊게 연관되어 있다. 일본은 세계에 잘 알려져 있으며 일정의 경의(敬意)를 얻고 있다. 일본이 어디에 있는가도 거의 알려지지 않았고 국제사회에서 사느냐 죽느냐의 생존경쟁을 강요받았던 당시와는 상당히 다르다. 아시아의 근린제국(近隣諸國)이 차례차례 근대화에로 이륙하여 이 지역에 있어서 공동체로의 발판도 보이기 시작했다. 지금의 일본은 훨씬 혜택받은 환경에 있다.

근대화에 있어서 일본은 몇 가지 큰 과오를 저질렀으며 실패도 했다. 그것은 깊이 마음에 새겨놓지 않으면 안 된다. 그러나 이 100년을 뒤돌아보았을 때, 일본과 일본인이 이루어 낸 많은 성과도 또한 명기해 두는 일이 중요하다.

그 중에서 21세기에도 자산으로서 계승하는 것을 알아두지 않으면 안 된다.

전후에 관해서 말하면 자유와 민주주의는 그 중 가장 중요한 것이다. 이 보고서 안에서 제시한 거버넌스(협치)의 시스템이라든가 개(個)의 확립과 공(公)의 창출이라는 변혁의 핵심은 다수의 국민에게 받아들여져 새로운 공통이념이 되어 생활과 삶에 뿌리를 내릴 것을 우리들은 믿고 있다. 전후의 자유와 민주주의의 충분하지 않았던 점을 보강하고 그것을 더욱 더 확대해서 풍요롭게 하는 발판을 형성하는 것이 가능하다고 우리들은 확신하고 있다.

우리들은 지금까지 역사적 전기에 선 일본의 상황과 글로벌화를 비롯해 세계의 대조류를 앞에 둔 일본에의 도전을 냉엄한 논조로 서술해 왔다.

그러나 일본의 앞으로의 행보에 결코 비관하지는 않는다.

최근 일본에서는 일본의 앞으로의 행보에 대한 비관론이 확산되고 그 중에는 일본의 쇠퇴를 특히 주장하는 거의 자학적인 비관론까지 들려온다. 그러나 이러한 비관론에는 근거가 없다. 소자녀고령화 역시 「수(數)가 적은 현역세대가 고령세대를 지탱한다」고 고정적으로 취해지는 것이 아니라 「누구라도 절박하게 울부짖게 될지도 모르는 상황에 대비하고 그 위험부담을 적절하게 분담한다」라는 다이나믹한 시점에서 취해져야만 하는 것이다. 과도하게 고정적, 운명적으로 사물을 생각해서는 안 된다.

　필요한 것은 「직면하는 낙관주의」이다. 주역은 개인이며 개인이 사회를 바꾸고 세계를 바꾼다. 그러한 속으로부터 새로운 사회가 탄생하고 일본이 탄생한다. 일본과 일본인의 잠재력을 과감하게 끌어내는 것으로 일본 속의 프론티어로부터 밝은 전망을 열어 놓는다. 그러한 것은 충분히 실현 가능한 것이다.

　20세기로 도약하기 위한 전 단계에 있어서 메이지(明治)의 선인들도 그러한 「직면하는 낙관주의」를 가지고 있었다. 『베이오가이란짓키』(美歐回覽實記)의 가장 인상적인 부분은 「하면 된다」라고 하는 일본의 장래에 대한 좋은 의미에서의 낙천주의이다. 정치, 경제, 사회의 모든 것에서 구미제국과의 정신이 아찔할 정도의 격차를 눈앞에 접하고도 그래도 일본은 일본의 방식으로 근대화를 끝까지 이루어 내는 것의 「실무적인 상상력」이다.

　우리들도 이 「직면하는 낙관주의」와 「실무적인 상상력」으로서 21세기에 임하고 싶다.

　그리고 바라건대 시야를 넓혀서 다가오는 세기를 전망해 보고 싶다. 공간의 시야라기보다 시간의 시야이다.

자기 일대(一代)에서 무언가를 재빠르고 손쉽게 완수하려고 하는 것은 아니다. 그러한 것이 아닌 아이들의 세대 또 그 다음 아이들의 세대, 어쩌면 아이들이 아니어도 좋으며 후세대 사람들과 삼대(三代)에 걸쳐 무언가를 이루어내는 그러한 의지를 모두가 각자 가진다.

  삼대, 80년 무언가 하나 가슴에 감추고 의지를 실현한다. 실현하지 않아도 좋다. 원대한 뜻을 추구해 본다. 미완성이어도 좋다. 그러한 일본의 한 사람 한 사람의 의지.

2
풍요로움과 활력 ● ● ● ● ● ● ● ● ● ● ●

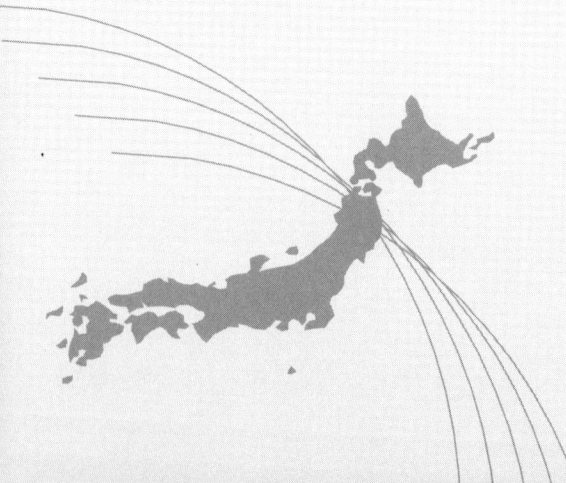

풍요로움과 활력

I 활력을 통해서 풍요로움으로

1. 20세기에서 21세기로

20세기에 있어서는「풍요로움」의 목표가 사실상 한 개의 형태로 설정되어 그것을 향해 국민 대부분이 한 덩어리가 되어 움직이고, 정부의 시책이 그것을 지향하고 있어, 기업의 활동도 그것에 초점을 맞추고 있는 일은 이제 더 이상 회귀한 일이 아니다. 20세기를 특징짓는 전통적 사회의 해체와 국가의 거대한 힘의 대두, 테크놀로지의 발달로 인한 생활환경의 격변과 균질화, 소위 대량생산·대량소비 사회의 탄생이라는 사태는 그러한 사회의 체질과 일체(一體)였던 것이었다. 그리고 일본국민은 20세기 후반에 기적적인 경제성장이라는 형태로 그것을 전형적으로 체험했던 것이다. 그러면서도 사회구조는 결코 단선적으로 나아간 것은 아니었다. 무엇보다도 먼저 단선적으로 나아간다는 것 자체가 과잉(過剩)과 과도함을 만들고, 사회구조의 정체상태를 낳게 된다.

20세기말의 일본사회는 20세기 후반의 경제적 성공과 그것이 지워준 유산 앞에서 망연히 멈추어 서서, 자신을 상실하고 당황과 곤혹과 불안으로 뒤덮여 있는 것처럼 보인다. 지금까지 「풍요로움」의 기수로 보여졌던 조직이 지금에 와서는 파괴자처럼 보인다. 당연히 사회구조의 행복하고 조화로운 관계는 무너지고, 사람들은 제각기 「풍요로움」을 추구하며 정신적 여행을 나서게 되었다.

근래 수년 「풍요로움」에 관해 일정한 지표를 만들려는 시도가 실행되어 왔던 것에 관계없이 그것은 성공하지 못했다. 그것은 지표의 내용에 문제가 있었다기보다는 그러한 공식적인 지표작성 자체가 이미 국민의 관심으로부터 멀어지기 시작한 것으로 생각된다. 「풍요로움」의 다양성은 사회적으로 명백한 현상이 되어서 그것을 일원적으로 관리·운영이 가능할까와 같은 발상으로부터 출발하는 것은 불가능하게 되었다. 그리고 다양한 「풍요로움」의 추구 그 자체가 「풍요로움」의 증거로 보여지게 되었던 것이다.

이러한 사태 그것은 사회의 존재방식으로서 각별히 플러스로 평가되어야 하는 것은 아니다. 실제 「풍요로움」의 다양성으로 되는 것이 탈사회적인 인간의 대량발생이라든가 인간으로서의 에너지의 저하를 의미하게 된다면, 그 사회적 효과는 결코 간과할 수가 없다. 21세기의 일본을 구상하는 데 있어서 문제가 되는 것은 「풍요로움」의 다양성 그 자체가 아니라 사회적 귀속의식이 희박화된 상태에서 자주 볼 수 있는 인간적인 활력의 저하현상을 어떻게 하는 가이다. 하나의 「풍요로움」의 기준을 설정해서 국민을 동원하는 일이 불가능하게 된 한편에서 「풍요로움」의 다양성의 추구가 무기력이라든지 무력감의 만연으로만 이어진다고 하는 것에서는 21세기의 일본의 전망은 더없이 그려가기 어려운 것이 된다.

그러나 사회구조와 인간과의 관계에는 반드시 양면성이 있다. 즉 한쪽에 있어서는, 낡은 사회구조의 정체는 무기력이라든가 무력감의 원인이 되지만, 또 다른 쪽에 있어서는 낡은 사회구조로부터 자유롭게 된 인간이 나타내는 새로운 활력의 발굴과 분기(奮起)에도 주목하지 않으면 안 된다. 현재야말로 이 두 개의 면이 뒤섞여 있어 그것을 분리해 내는 것이 결정적으로 중요한 점이다. 이 두 개의 면은 어느 특정한 집단에 의해 각각 대표되는 것이라고 하는 단순한 것이 아니라, 한 인간에 있어서도 종종 이 두 개의 측면이 공존하고 있다. 말할 것도 없이 21세기의 일본이 기대를 걸지 않으면 안 되는 것은 이 인간활력의 새로운 발현의 측면이다. 이러한 활력은 경제·산업면에서의 활력의 원천이 될 뿐만 아니라, 사회적 관계 전체에 참신한 에너지를 공급하게 되고 그것이 새로운 사회구조의 생성과 발전으로 연결되어 갈 것이다.

문제는 그러한 인간의 활력이 원활하게 발휘할 수 있고, 그 발현이 조장되는 조직의 정비가 가능할 수 있을까라는 것이다. 조직이 고색창연한 것이라면, 이러한 인간적인 활력은 억압되고 무기력으로 강제되게 될 것이다. 따라서 우선 바꿔야만 하는 것을 바꿀 수 있는 사회적 활력이 의문시되고 있다.

「풍요로움」의 문제를 바꿔 말하면, 21세기 초두의 일본의 과제
는 확실히 인간적인 활력으로 뒷받침된「풍요로움」의 다양성을
각각의 지역의 특성과 창의연구를 살려서 실현하는 것이다. 그리
고 이러한 인재의「사장」(死藏)을 막고, 그것을 돌파구로 해서 다
음 세대로 가능한 한 참신한 사회구조를 넘겨주는 것이다. 그 과
정에 있어서 지금까지의 사회적 규범의 재고라든가 사회적 가치
관의 재검토가 필요하게 되는 것은 말할 필요도 없다. 이렇게 원
점으로 되돌아감에 따라 비로소 21세기의 일본에 대한 새로운 구
상을 제시하는 것이 가능하게 된다.

2. 조직과 인간의 다양한 관련방식
—거버넌스(governance ; 협치)의 질문

20세기 후반의 일본사회는 평등주의적 사회라 생각되어 왔으나,
현실로 대면해 볼 경우, 그것은 작게 분할된 영역구분 구조를 당
연한 전제로 해서 그 안에서의 횡적 구조에 의거하고 있다는 것도
명료하다. 관료제는 이 각각의 구조에 즉응(即應)했던「배려」와「보
살핌」의 방대한 조직을 만들어 냈다. 가장 자유로워야 할 기업세
계에 있어서조차 사태는 그것과 크게 다르지 않았다. 이것을 잘
드러내고 있는 것이 고용형태인데, 대학(학교)을 졸업하고「취사」
(就社)해서 그 곳에서 종신고용(연공서열도 기대하고)에 가담한다고
하는 것은 전후 고전적 형태의 고용 이미지였다. 그 곳에서 실현
되는 평등주의적인 세계란 기업과 자기 자신의 일생과의 전인격
적 거래관계를 전제로 했던 것이었다. 그리고 기업사회의 복잡한

네트워크는 때로는 업계단체로서 조직되고 또 어떤 때는 금융기관을 중심으로 한 기업집단으로서 조직되어 그 위에서 공(公)의 담당자로서 광범위한 재량권과 규칙설정 권력을 갖는 관료제가 우뚝 솟아 있었다고 볼 수 있을 것이다. 지방공공단체라든가 전문가단체, NPO 그리고 대학이라 하는 단체도 많든 적든 간에 이 거대한 관(官)중심 시스템의 일환을 떠맡거나 혹은 그러한 역할을 해내도록 규제되고 그 존재의식이 인정될 수 있었다고 해도 과언이 아니다. 실제는 조직과 개인과의 관계는 현실적으로는 다양하다. 그러나 그 다양성과 그것에 수반되는 규칙은 명확히 규정되는 것이 아니라 경제의 호조를 배경으로 해서「결과가 좋으면 모든 것이 다 좋다」라는 형태로 국민적인 컨센서스(consensus, 의견의 합의)를 얻어왔던 것이었다. 그런데 이 시스템은 그 결과에 있어서 예전부터의 자신을 상실함과 동시에 「의존적이라는 것」·무책임체제의 양상을 나타내게 되어, 심각한 인간적 위기로까지 이르게 되었던 것이다.

여기로부터 탈출하는 방책으로는 교육을 비롯한 몇 개의 것을 생각할 수가 있으나, 무엇보다도 조직과 인간과의 관계를 정리해서 각각의 관계에 해당되는 규칙의 명확화가 긴요하다. 이것은 결코 용이한 과제는 아니지만, 「의존적이라는 것」과 무책임을 피할 수 있는 유일한 방도이며, 이것에 따라 안심하고 마음먹은 대로의 과감한 활동을 하는 것이 가능하게 된다. 다른 각도에서 말하면, 조직의 역할이라든가 목적은 다양하고, 또 우리들의 선호여부와는 관계없이, 다양한 조직과 관계를 갖지 않으면 안 되는 이상, 특정의 관계가 전인격적인 것일 수는 없을 것이다. 우리들은 국가(중앙정부)

와 어떠한 형태로든지 관계를 맺어가지 않으면 안되며, 동시에 기업에서 활동하고, 나아가 지방자치체와의 관계도 무시할 수 없다.

또한 기업에서 활동한다는 것은 예를 들면, NPO에서 활동한다고 하는 것과는 스스로 다른 목표와 과제를 추구하는 것이고, 전문직에 종사하는 자라든가 대학에서 활동하는 자에게 요구되는 역할은 결코 「부(富)를 창조한다」는 것은 아닐 것이다. 그리고 21세기에 있어서 국민은 성격을 달리하는 복수의 조직에 속하면서 그 일생을 보내게 되며 다양한 형태로 사회에 공헌할 기회를 갖게 될 것이다.

우리들 생각에 사회는 뿔뿔이 해체된 개인이 단위로 되어 있는 집합체가 아니라 다양한 목표와 역할을 가진 조직간의 경쟁·경합·협력관계로부터 성립되어 있다. 그리고 사회전체는 각각의 조직이 그 목적과 역할을 정확하게 완수하는 것에 의해 강력함과 안정성을 실현시킬 수 있는 것이다. 그런 의미에서 개개의 조직의 거버넌스(협치)의 존재방식과 그 집합체로서의 일본국민전체의 새로운 협치 능력을 묻게 된다. 여기에서 말하는 새로운 거버넌스란 일반적으로 말하면 한 쪽이 다른 쪽을 당연히 지배한다고 하는 권위주의의 존재를 전제로 하는 것이 아닌 일정의 명확한 규정과 책임원칙에 근거해 자치를 실현시켜 가는 것을 의미한다.

이러한 문제를 생각함에 있어서 지금까지의 역사적 경위를 무시할 수는 없다. 이런 관점으로 보아 「공(公)은 관(官)의 독점물이 아니다」라고 하는 이제는 가는 곳마다 듣는 지적의 의미는 결코 가볍지 않다. 확실히 관료제의 존재방식의 전환은 21세기의 일본을 구상하는 데 있어서 피해갈 수 없는 논점이고, 행정개혁이라든가 지방분권이란 형태로 최근 수년간 대대적으로 논의되어 왔다. 그러나 문제는 관료제의 존재방식을 비판하는 것만으로는 해결되는 것이 아니다. 즉 한 쪽에서 관의 과도한 영향력을 계속 부정해도 다른 쪽에서 그것에 의지하려는 정신풍토는 여전히 뿌리깊은 것이다. 따라서 관의 지금까지의 존재방식을 비판하는 것뿐만 아니라 지금까지 관이 취급해 왔던 문제영역을 누가 어떻게 다루는가에 대한 건설적인 논의가 반드시 필요하게 된다. 관료제의 유산을 어떻게 받아들일까하는 문제는 따지고 보면 국민의 자치에의 의욕과 그 능력을 엄중하게 질문해 보는 과정 없이는 회답할 수 없는 것이다.

본 장은 이러한 기본구상에 근거해 다음 3가지 점에 초점을 맞추는 것으로 했다. 제1은 다양한 조직의 역할과 그 거버넌스의 양상을 명확히 하는 것에 의해 조직과 개인과의 관계에 대한 구체적인 검토를 첨부하는 것이다. 여기에서 말하는 거버넌스라는 개념은 본인·대리인 관계에 근원을 둔 규정의 명시화, 정보공개, 설명책임, 사후평가, 외부평가라는 것을 기본요소로 하는 조직·기관과 개인(그 집단)과의 상호관계 나아가 그러한 형태에서 실현되는 통치·관리의 조직을 가리킨다. 이 가운데 기업의 거버넌스는 가장 광범위한 화제로 되어 있는 테마이지만 여기에서는 그것에 덧붙여 「공(公)을 누가 어떻게 담당할 것인가」라는 문제를 제기하고 관료제 중심체제 이후의 「사회의 거버넌스」의 존재방식에 대한 검토를 첨가했다.

제2는 이러한 다양한 거버넌스 조직을 담당, 그것을 운영, 관리하는 인재와 그 양성의 문제이다. 거버넌스의 문제는 국민의 열의라고 하는 것에 의해 즉각적으로 해결되는 것이 아니다. 조직과 문제상황에 따라서 요구되는 인재는 다양하며 소위 제너럴리스트에 대하여 다양한 스페셜리스트가 요구될 수 있다. 전형적으로는 규정 관리능력을 포함하는 「자치」능력이 제기되고 있는 한 법조(法曹) 집단의 중요성이 일상적으로 점차 고조되는 것은 불가피하다. 일반적으로 이런 점을 포함해서 각 방면에 대한 인재의 육성과 재교육에 있어서 고등교육의 재발견은 커다란 국민적 과제이며 이것은 「취사」(就社)기능에 그 역할을 한정하는 듯한 종래의 발상(수험중심발상)으로부터 자유로이 되어야 할 필요성을 시사하고 있다.

　제3은 이러한 논의를 받아들여 공평성에 관한 지금까지의 사고방식에 재검토를 가하는 것이다. 횡적병행·영역구분형의 사회조직을 전제로 했던 지금까지의 공평관념의 재검토와 사회적인 활력의 촉진과는 표리일체(表裏一體)의 관계에 있기 때문이다.

「富의 창조와 富의 활성화」
- 기업의 거버넌스와 경제의 활력

1. 앞으로의 기업과 그 담당자들

　제2차 세계대전 후의 우리 나라는 구미(歐美)를 따라잡는다고 하는 캐치업(catch-up)형의 경제운영으로 경이적인 경제성장을 이루고 그 결과로서 국민각층이 상당한 정도의 경제적 풍요로움을 누릴 수가 있게 되었다. 경제지표면에서 본다면 이미 우리 나라는 국제사회의 선두주자가 되었다고 말할 수 있다. 이러한 경제성장을 견인하여 온 원동력은 활발한 기업활동이었다. 그러나 전후 최대의 불황을 맞이했던 1990년대의 일본경제에 있어서 대기업을 포함한 많은 기업이 파산해 실업이 증대함과 동시에 기업의 불상사(不祥事)가 속출하고 국제사회로부터의 일본형 기업경영에 대한 신임도 이전과 비교해 저하되어 있어 이런 것들의 결과로서 일본경제에 있어서 새로운 기업상이 모색되기 시작하고 있다고 말할 수 있다.

한편 이러한 기업의 활동을 크게 변경시키지 않으면 안 되는 임팩트(impact)가 외부로부터 밀어닥치고 있다. 그것이 정보혁명과 금융혁명이다.

1980년대로부터의 정보기술혁신은 기업활동을 더욱 더 혁명적으로 변모시키려 하고 있다. 기업 내에 있어서는 중간관리직이라든지 사무직이 담당하고 있던 사무가 보다 빠르고 효율적으로 이루어질 수 있게 되어 이에 따른 기업조직이라든가 지휘계통의 군살빼기화가 계속해서 실현되고 있다. 또한 재택근무 등의 자유로운 근무형태를 가능하게 한다든지 창조적인 새로운 전문직종도 점차 생겨나서 종래의 근무형태라든가 책임형태를 크게 변화시킨 임팩트도 갖는다. 정보혁명은 기업의 전략면에서도 시장을 분단해 왔던 「국경」(國境)이란 벽을 제거하는 효과를 갖는다.

그 결과 시장이 일거에 글로벌한 것으로서 확장하여 지방에 거점을 마련한 어떠한 작은 기업에 있어서도 정보장비로서 세계를 상대로 한 거래가 가능하게 되었다. 더욱이 정보혁명은 기업의 개념 그 자체를 크게 변화시키고 있다. 어떤 구체적인 공간을 필요로 하지 않는 기업형태로부터도 점차 우량기업이 출현하고 자본이 없어도 전문성과 매력 있는 정보발신력만 지닌다면 개인이 비즈니스에 참여하기 쉬운 환경이 속속 조성되고 있다. 이러한 상황에 있어서 이미 기업간의 경쟁은 기존의 업종을 초월해서 변함없이 참여해 오는 참여자들과의 사이에서 이루어져 가게 되는 것이다.

이와 같이 21세기에는 정보화에 의해 기업의 담당자라든가 기업과 개인과의 관계 그리고 기업의 존재방식이 크게 달라질 것이 예상된다. 그것만으로 일본의 기업에 있어서의 정보장비와 발상의 유연한 전환이 가능한 잠재력을 갖는 것이 무엇보다도 중요한 것이 되고 있다.

외부로부터의 또 한 가지 임팩트는 금융혁명이다. 우리 나라의 금융환경은 자금잉여시대를 배경으로 금리의 자유화, 금융업무의 자유화, 전술한 혁명기술혁신에 따르는 새로운 금융상품의 개발, 자본시장의 확대, 글로벌화의 진전, 원가법(原價法) 중심으로부터 시가회계(時價會計) 중심으로의 기업회계의 혁명 등에 의해 일변했다. 이러한 금융환경의 격변은 기업의 존재양상을 커다랗게 변화시켜 가고 있다. 즉 기업이 주식의 시세보합이라든가 차입 등 장기적인 거래관계를 맺어, 경영이 곤란하게 되었을 경우에 지원을 받을 수 있도록 하는 메인뱅크 제도는 일찍이 일본기업이 장기적인 시야에서 활동할 수 있었던 강점이었다. 그러나 많은 대기업이 은행 차입으로부터 자본시장조달로 이동해간 결과 은행과

의 관계는 종래와 비교해서 약화되고 앞으로도 대기업의 안정주
주로서의 은행의 역할은 대폭 저하될 것이 예상된다. 그러나 이
러한 메인뱅크를 중심으로 한 일본의 협력·거버넌스는 투명성이
낮다고 하는 결함을 갖는다. 그렇기 때문에 기관투자가주주라든
가 해외 투자가층이 두터워져감에 따라 글로벌에서는 물론 국내
시장에 있어서도 평가되기 어렵게 되어가고 있다.

물론 우리 나라 기업의 압도적 다수를 점하는 중소기업에 있어
서는 여전히 예금대출을 취급하는 은행 등 전통적인 자금중개업
에 의존하고 있는 비율이 높지만 금융환경의 격변은 기업이 은행
을 선택하는 시대로, 한층 더 자금조달의 다양화를 꾀하는 시대로
조금씩 중소기업과 은행과의 관계도 속속 변화해 가고 있다. 이러
한 정보혁명, 금융혁명이라고 하는 새로운 움직임을 더욱 더 전일
본적(全日本的)인 것으로서 많은 결실을 얻기 위해서는 수도권뿐만
아니라 지방의 정보인프라 구조라든가 새로운 금융중개 루트의
확대·정비가 필요한 것은 말할 것도 없다.

이렇듯 획일성이라든가 횡적병행을 허용하는 고도성장시대에는
적응이 가능했던 기업경영이라든가 그것을 둘러싼 여러 가지 시
스템이 다양한 개성을 필요로 하는 새로운 정보화사회에는 적합
하지 않게 되었다. 그 때문에 기업의 성장 활로가 보기 어렵게 되
어 재래형의 기업존재기반은 총체적으로 급속히 약체화해 버리고
말았다. 다른 한편 기업의 불상사(不祥事)도 수 없이 발각되어, 민
간의 경제활동의 중핵에 있는 기업과 그것을 지지하는 행정조직
의 도덕성에 대한 신뢰도의 저하까지도 초래하고 있다.

이러한 가운데서 지금까지의 기업이 변화시켜 가야 할 제일의

포인트는 기업과 그 담당자와의 관계의 재구축-즉 협력·거버넌스·시스템의 재검토이며, 두 번째로 기업과 사회의 상호관계의 재구축- 즉 기업의 사회적 사명의 재확인은 아닐까?

협력·거버넌스는 기업행동을 규율하는 조직이다. 주식회사의 경우 기업을 「소유」하고 있는 것은 주주이지만 실제로는 경영자가 기업경영을 맡고 있다. 주주는 경영자가 기업-나아가서는 주주-의 이익에 적합하도록 행동해 가고 있는가를 감시하는 시스템을 필요로 한다. 전술한 대로 우리 나라의 경우 이러한 기업통치시스템의 중핵을 이루어 왔던 것은 메인뱅크였다. 자본주의 경제에 있어서는 기업경영자는 적정한 이윤을 내는 것에 의해 주주의 기대에 부응할 책임이 있다. 구체적으로는 기업은 세상 속에서의 커다란 방향을 확실히 보고 양질의 서비스, 정보, 자금 등을 필요로 하는 이용자에게 시기 적절하고 경쟁에서도 이길 수 있을 만큼 낮은 가격에 이르도록 하는 것에 덧붙여 새로운 기술개발에 의한 새로운 산업공간을 만들어 내는 것도 그것의 중요한 사명이다. 현재 위축되어 가고 있는 일본기업의 활력을 회복하기 위해서는 횡적병행에 대한 지향을 버리고, 새로운 경제 프론티어(frontier, 미개척영역, 새분야)를 개척해 가는 혁명가가 필요하다. 이러한 혁명적 기업간의 경쟁을 통한 절차탁마가 완전한 자본주의의 발전메카니즘이지만 이러한 메카니즘이 기능하기 위해서는 새로운 도전을 행하는 기업가와 그에 따르는 높은 리스크를 받아들여 주는 민간 출자자에 덧붙여서 실패한 경우에 재도전할 수 있도록 법제의 정비가 필요하게 된다. 민간 출자자가 기대탈환(期待, return)에서 보고 공정한 리스크를 취하기 위해서는 경영자와 주주 사이의 다양한 제도적 순

조직을 재구축해서 경영에 관한 내부 및 외부로부터의 감시메카니즘의 확립과 경영자의 동기부여라 말할 수 있는 거버넌스의 조직을 재평가하는 것이 필요할 것이다.

그렇다고는 하지만, 기업활동과 밀접한 이해관계를 맺고 있는 것은 주주만이 아니다. 기업은 그 기업이 제공하는 재(財)·서비스를 구입하는 고객, 그 기업이 발행하는 채권을 구입하는 채권자, 그 기업을 직장으로 선택한 종업원, 그 기업이 소재하는 지역의 주민이라든가 지방자치체·국가, 그 기업에게 제품을 판매하는 기업이라고 하는 많은 사람들에 의해 지지되므로, 주주만이 아닌 그 사람들에 대해서도 사회적인 책임을 지는 존재이다.

21세기의 기업의 존재방식을 생각할 경우에는 지분을 보유하는 주주와의 계약관계의 성실한 이행이란 형태로 적정이윤을 환원해 가는 것에서 기업으로서의 기본적 책임을 수행해 가는 것과 동시에 기업에서 일하는 종업원이라든가 고객, 지역주민 등, 기업이 관계를 맺어 가는 사회조직 및 개인, 행정조직과의 관계를 크게 놓고 재구축해서 사회로부터의 신임을 회복해야 할 필요성에 임박해 있다.

2. 기업과 개인과의 관계

종래, 종신고용제를 전제로 하고 있던 기업은 종업원인 개인과의 관계에 있어서, 이것을 지배하고 시간적인 구속도 포함해 전면적인 헌신을 요구하는 소위 가족과 비슷한 시스템으로 되어 있었다. 그러나 영속성과 종신고용을 필연적인 전제로 할 수 없는 21세기의 기업은 개인에 대해서 지배적 존재임을 포기해야만 한다. 물론 기업과 개인은 각각 무엇을 제공하고, 무엇을 요구할 것인가를 명확히 한 후에 서로 대치하고, 상호관계를 확인한 뒤에 계약을 체결한다는 의미에서 대등한 입장에 서서 새로운 관계를 구축하는 것이 바람직하다. 더욱이 그러한 관계를 구축하기 위해서는 전직(轉職)이 큰 약점이 되지 않고 개인이 기업간을 자유로이 이동할 수 있고 개인도 기업도 유동적으로 부서를 바꿀 수 있는 사회를 구축할 필요가 있을 것이다. 이렇게 해서 기업과 개인과의 관계는 소위 통치·조직복종형으로부터 시민에 어울리는 계약형으로 기본적으로 변화해 가는 것으로 된다.

21세기에는 기업과는 종래의 우리 나라와 같이 개인에 있어서의 생활 전부가 아닌 자립한 개인이 계약에 의해서 일정기간 고용되는 「장」(場)으로서의 이른바 본래의 모습으로 되돌아오게 된다. 그러한 개인을 소중히 하는 기업만이 유동화된 우수한 개인을 고용하는데 성공하며 또 그 개인의 능력을 끌어내어 기업총체로서의 힘을 발휘하는 것이 가능할 것이다.

정보혁명에 의해 고용형태도 전문성을 중시했던 재량노동제라든가 재택근무 등 일정시간의 근무에 전념할 것을 요구한다고 해도 그 시간대의 선택을 가능하게 하는 등 특히 시간적인 제약면에서 유연한 것으로 되어 갈 것이다. 이러한 변화는 고령화 사회를 향해서, 노동자의 여성비율이라든가 고령자비율의 상승이 예상되는 가운데 일하는 여성이나 고령자에 있어서는 개인의 생활을 소중히 할 수 있는 「일하기 편한」 환경을 만드는 것으로 이어진다. 동시에 이러한 근무형태가 많아지게 된다면 기업으로서도 이것을 전제로 해서 종업원과의 정보 통신망을 구축시키지 않을 수 없다. 결과로서 기업에 있어서도 조직의 플랫(flat)화라든가 의사결정의 스피드업이 가능하게 되어 갈 것이다. 이처럼 개인의 중시라고 하는 21세기의 기업활동은 이윤추구에서도 그 곳에서 일하는 개인의 자기실현에 있어서도 플러스로 작용하는 측면이 있을 것이다.

기업과 개인과의 관계가 이와 같이 변화해 간다면, 노사관계도 변화하고 노동조직의 역할도 어쩔 수 없이 큰 변화를 일으켜 갈 것이다. 예를 들면, 확정급부형연금(確定給付型年金)에서 고용유동화시대에 어울리는 자기책임형의 확정거출형연금(確定據出型年金), 현재의 노력이 장래에 보상된다고 하는 연공서열형 임금체계에서 현재의 노동에 적합한 보수를 취한다고 하는 능력주의의 임금체계로, 특정의 기업 내에서만 통하는 평가로부터 보다 일반성과 시장성이 있는 노하우 내지는 전문성이 평가되는 조직으로의 흐름에는 모두 개인의 기업에 대한 귀속의식과 일체감을 약화시킨다고 하는 의미에서는 기업에 있어서 얼마간의 마이너스를 내포한다.

이러한 흐름은 개인의 가치관의 다양화와 더불어 기업마다 설립된 노동조합의 앞으로의 역할을 발견하는 것은 점점 어려운 것으로 될 것이 예상된다. 노동조합은 이러한 환경변화를 딛고 새로운 고용환경 속에서의 역할을 모색할 필요가 있으며 물론 개(個)의 집단체로서의 근로자의 여러 의견을 대변할 수 있도록 유연한 조직으로의 탈피를 도모함으로써, 또 지역이라든가 기업활동과 유기적인 협조를 도모함으로써, 개인의 참여를 촉진한다든지 NPO적인 사회적 공헌의 길을 찾아낼 필요성에 임박해 있다고 말할 수 있을 것이다.

이러한 시대에 있어서 경제라든가 사회시스템은 본래 정부라든가 국가가 가야할 방향을 강제할 수 있는 것은 아니다. 오히려 생활자라든가 생산자의 시행착오 과정에서 저절로 형성되어 가는 것일 것이다. 이러한 사회에 있어서는 개인이라든가 기업이 정부에 의존하는 것은 아니다. 오히려 정부는 일반 규정을 준비하는 것뿐 자기책임과 창조성을 동반한 개인이나 기업이 그 주역이다. 그 결과 개인이 벤처기업을 설립해서 꿈을 설계하고 적극적으로 변혁을 일으킬 수가 있다. 반면에 개인이 과감하게 도전한 결과 실패를 했어도 다시 재도전이 가능한 포용력 있는 사회로 되어가기 위해서는 경제시스템이라든가 개개인의 의식을 바꾸어 가는 것도 지극히 중요하다. 따라서 국가의 관련방식은 종래와 같이 민간기업의 이해관계를 조정한다든지 기존기업보호를 위한 규제를 계속하는 것이 아니라, 오히려 규제완화에 의해 민간기업에 대해서 적극적으로 다양성의 인정·허용도와 유연성이 큰 사회를 형성하는 방향을 채택함과 동시에 사회적으로 바람직하다고 생각되는 행동을 개인·기업이 받아들이기 용이한 순수조직을 준비하는 것에 있다. 이러한 순수조직 속에서는 세제를 통해 정부가 수행하는 역할은 실로 엄청나다 할 것이다.

3. 기업의 새로운 사명

기업의 제1사명이란 기업활동을 바르게 하는 것이다. 기업은 그것이 제공하는 재·서비스에 따라 국민생활을 윤택하게 하기도 하고, 기업활동의 결과로 얻어진 이익을 출자자에게 분배하기도

하고, 종업원에게 고용기회를 제공하며, 세금의 부담 등을 통해서 국민생활의 안정을 가져온다. 이러한 기업활동은 이윤추구, 환언하면「부의 창출」의 과정과 그 분배에 있어서 사회에 활력을 준다.

또 민간기업에 의한「부의 창출」, 즉 수익(收益)을 추구하는 활동 과정에서의 혁신적인 아이덴티티라든가 발상이야말로 이익으로 직결하여 민간기업 활동이 공익(公益)을 담당할 수 있다고 하는 마인드를 사회전체가 갖는 것이 필요하게 된다. 예를 들면 휴대전화라든가 택배서비스 등의 네트워크는 민간기업의 혁신적인 발상으로부터 발전한 것이나, 바야흐로 우리 나라에 있어서 중요한 사회인프라(사회간접시설)로 되어 있다. 그런 의미에서 민간기업은 보다 소비자에게 편리성을 제공할 수 있기 위해서, 현재 관(官)이 맡고 있는 여러 가지 사업의 책임부담 역할을 적극적으로 떠맡겠다는 기개(氣槪)를 갖는 것이 필요하다. 동시에 사회전체로서도 민간기업활동을 무언가 물건을 만들어 낸다는 면에서뿐만 아니라, 새로운 발상이라든가 아이디어에 대해서도 자본시장에서 정당하게 평가되도록 환경정비를 하여갈 필요성도 있고, 민간기업활동이 공익을 부담하고 있다는 것에 대한 인식과 평가를 종래 이상으로 가져야만 한다. 이와 같이 부의 창출이라든가 이윤추구라는 말은 결코 이기주의를 의미하는 것으로서만 받아들일 수 있는 것은 아니다. 기업의 이윤추구는 그 기업의 사적 이익뿐만 아니라 그 기업이 구성원으로 되어 있는 사회전체를 여러 가지 의미에서 풍요롭게 하는 것이며, 그러한 의미에서의「이타」(利他)라고 하는 밸런스로 포착되는 것이어야 한다.

더욱이 그러한 기업의 활동을 시장이라든가 이용자에게 정보를 개시(開示)해서 스스로를 설명하는 것으로서 사회적 책임을 수행해 가는 것이 필요하다. 특히 앞으로 일본기업, 더 나아가서는 일본경제가 발전하여 가는 도상에서 요구되고 있는 것은 기업행동의 투명성의 향상이다. 투명성의 향상은 스스로의 행동을 설명하고, 책임을 명확화시킨다고 하는 점에서 기업의 거버넌스뿐 아니라 사회적인 신임의 확보로 직결하며, 자기책임원칙이 관철될 수 있는 성숙한 사회로 나아가는 데 있어서 필수불가결한 요청이다. 이러한 관점에서 글로벌한 존재로 되어 있는 우리 나라 민간기업 자체가 각종 규율형성의 직접적인 담당자가 되어 글로벌 스탠다드 형성에 적극적으로 관여하고 발언하여 또 그러한 스탠다드에 합당한 시장을 형성해서 국제적인 신임을 얻어 가는 것이 요구되고 있다.

제2로「부의 창출」에 성공한 기업은 그 부를 활용해서 사회에 무엇이 가능할까를 생각해 가는 것도 중요하다. 기업이 창출한 부는 사회에서 활성화시켜 간다고 하는 관점도 요구되고 있다. 특히 21세기에는 경제활동을 담당할 주역인 기업은 새로운 분야로의 투자에 의해 계속해서 부를 창출해 가서 당사자에게 적정하게 그 부를 분배하는 것으로서 사회전체를 풍성하게 함과 동시에 기업활동의 열매로서의 부를 직접적으로 사회에 환원하는 것도 요구되고 있다. 이러한 요청은 기업주주에 있어서는 직접적으로는 새로운 부담이 된다. 기업활동에서 얻어지는 부는 제일차적으로는 주주에게 속하고, 사회적 공헌을 위한 행동이 사회에 있어서 뿐 아니라 기업에 있어서도 의의(意義) 있는 일이라는 것을 주주에게 납득시킬 필요가 있다. 사회적 공헌을 기업에의 새로운 사명의 하나로서 적극적으로 인식하여 사회적으로 존경을 획득할 수 있는 기업이 된다면, 그것이 고객의 만족도를 높이고 기업활동에 있어서도 플러스로 작용한다. 또 기업의 이미지와 직결한 특색있는 사회적 공헌은 종업원의 새로운 구심력이 될 것이다. 기업은 긴 안목에서 본다면 이러한 활동이 사회적 책임을 달성하는 것뿐만 아니라 기업을 에워싸고 있는 많은 관계자의 만족감을 높이고 새롭고 보다 커다란 부의 창출로 연결 지을 수 있는 것으로 요구될 수 있다. 이러한 활동에는 예를 들면, 전국 각지에서의 NPO 활동지원이라든가 문화활동에의 공헌이라고 하는 다양한 사회적 활동이 고려될 것이다. 이러한 기업의 사회적 공헌을 촉진시키기 위해서도 기부세제(寄付稅制)의 재검토는 불가결하다. 그러한 활동을 통해서 시장경제와 사회적 가치가 대립이 아닌 융화해 가는 21세기의 일본사회를 구축해 가는 것이 커다란 과제라 할 수 있다.

Ⅲ 「참여해서 공(公)을 담당한다」
- 사회의 거버넌스를 담당하는 활력

1. 「관」(官)의 통치로부터 자치적 통치로

20세기에 있어서는 국가(중앙정부)가 커다란 힘을 가지고, 민주정치는 그곳을 무대로 해서 그것을 보강하는 형태로 운영되어 왔다.

이런 추세는 20세기 후반이 되면서 변화하여 국제정세의 변화라든가 정보기술의 발달을 배경으로 국가와 사회와의 상호작용의 관점에서 국가의 역할의 재검토가 광범위하게 행하여지게 되었다. 국가와 시장과의 관계의 재검토는 그 중에서 가장 유명한 것이다. 그러나 그것뿐 아니라 국가와 사회적 제주체(社會的諸主體)와의 관계도 계속해서 크게 변화해 가고 있다. 국가에 의한 통치로부터 다양한 조직의 협력·경쟁에 의한 자치로의 흐름은 세기의 전환에 있어서 가장 중요한 변화이다. 그것은 개인이라든가 조직에 있어서 커다란 도전을 의미한다. 일본에 있어서 이 문제는 「공(公)은 관(官)의 독점물이 아니다」라는 식으로 논의되어 왔다. 관료제의 독단적 체질로 향한 비판의 소리가 높아지는 가운데 행정절차법이라든가 정보공개법이 제정되어 그 투명성이 커다란 테마로 되는 것과 동시에 규제완화로 대표되는 권한의 축소라든가 지방분권추진(地方分權推進)으로 보여지는 권한의 재검토가 계속적으로 화제가 되었다. 그런 의미에서 메이지(明治) 이래의 「관치」(官治) 체제는 예전만큼의 위상을 지니지 않게 되었다.

그러나 「관치」 체제의 동요 속에서 그것을 대신하는 조직을 우리들은 어느 만큼 갖추어 놓고 있는 것일까? 기업은 협력·거버넌스를 추구하여 조직으로서의 자기확립에 노력하고 있으나, 사회활동의 안정을 위해서는 보다 광범위한 영역에서의 자치조직을 연구하고 육성해 가는 것이 필요하게 된다. 「관치」가 물러간 후에 무질서와 폭력적인 자기주장, 최악의 경우 폭력 그것만이 통용된다고 한다면 안정된 사회생활은 바랄 수 없게 될 것이다. 이처럼 「관치」 체제의 재검토와 병행해서 사회의 새로운 거버넌스를 위한 준비가 필요하고 또 그것을 담당하는 조직과 그것을 지지하는 국민의 「참여해서 공(公)을 담당한다」는 마음가짐의 각성이 요구되어지고 있다. 새로운 거버넌스란 국가와 사회 간의 다차원적인 상호관계가 성립하는 형태이다. 통치를 「관」(官)에게 독점시키는 것이 아니라, 다원적인 행동자(담당자)가 책임을 가지고 참여하여 책임을 공유하는 조직이다. 영어에서는 새로운 거버넌스를 규정하는 용어로서 코-스테어링(co-steering), 코-매니징(co-managing), 코-프로듀싱(co-producing), 코-앨로케이팅(co-allocating), 코-가이던스(co-guidance) 등 "co"가 물론, 단어가 많다. 커먼(common)과 함께 「공통의」「공유의」 혹은 「함께」가 키워드로 되어 있다.

　그런데 「공」(公)이란 공익(public interest)이라든가 공공성(publicness)이며, 그 실현장치로서 설계되어 있는 「관」뿐만 아니라 개인이나 단체라고 하는 「민」(民)에서도 그 의지와 준비와 능력이 있다면 담당할 수 있다. 그러나 이것까지 일본에서는 「관」은 권력측, 「민」은 피권력측으로 영역구분지어져 「공」은 「관」에 의해 독점되는 경향이 계속되어 왔다. 「민」은 오카미(お上, 천황 혹은 조정) 의식이라든가 「관」으로의 의존심이 있어, 오랫동안 관존민비(官尊民卑)를 받아들여 왔다. 그러나 지금은 「관」과 「민」이 협력함과 동시에 절차탁마(切磋琢磨)하면서 「공」을 지지해 가야 하는 시대가 되었다. 이때 「민」은 「관」의 허락을 얻는 것이 아니라 자유로운 참여의 조건을 향수(享受)해야 한다. 이러한 형태에서 전통적인 「관」과 「민」의 영역을 구분짓는 구조로부터 탈피해서 「민」이 「공」을 담당할 수 있는 것으로서 명확하게 위치매김을 하는 것과 동시에 「공」을 담당하는 것을 자랑으로 여기는 풍토를 만들어 내는 것이 필요하다.

2. 사회의 거버넌스를 담당하는 주체

사회가 복잡화·고도화되고 또 개인의 전문적 기능의 중요성이 높아지는 가운데 의사, 공인회계사, 변호사, 과학자 등의 전문직집단의 비중이 커져가고 있다. 전문직집단은 사회가 필요로 하는 고도전문지식을 제각각 독점적으로 장비(裝備)하고 있기 때문에 폐쇄적이고 상호 배타적인 경향이 강해지고 있지만, 사회적 사명을 가지고 그 전문지식이라든가 기술을 일반 시민에게 도움이 되도록 활성화하는 것이 바람직하다. 이를 위해서는 자율적인 윤리규범의 책정과 공표, 서비스라든가 활동에 관한 정보개시(情報開示), 제3자 평가조직의 도입, 감독관청과의 과도한 밀착시정 등이 필요하다.

민법 34조에 규정된 공익법인(公益法人 ; 사단법인, 재단법인), 1998년에 성립한 「특정비영리활동촉진법」(特定非營利活動促進法)에서 새로이 설립될 수 있게 된 NPO, 풀뿌리 수준의 임의단체(任意團體) 등 많은 단체가 존재하지만 반드시 이것들이 모두 「공」을 담당할 수 있는 단체라고는 할 수 없다. 그러나 「공」을 담당할 의지를 갖는 단체는 「관」에는 없는 시점(視點)과 실행력을 지닌 담당자로서 평가하고 또 그와 같은 상황을 적극적으로 만드는 것이 필요하다. 「공」을 담당하는 담당자로서 활동 가능한 인식을 겨우 확립한 NPO는 자금과 인재에 있어서 아직 발판이 약하다. 아무리 사명감과 정열이 있어도 자금면에서 일정한 안정이 없다면 조직의 운영도 급여지불도 불가능하게 된다. 전반적인 정부활동을 유지하는 세금뿐 아니라, NPO활동을 유지하는 기부(寄付)가 「공」의 비용으로 인지될 필요가 있는 것은 아닐까? 「관」아래서 강제적으로 징수된 「세」(稅)뿐 아니라 NPO활동을 지지하기 위해 자발적으로 지원하는 「기부」도 공공의 이익을 실현하기 위한 자금이라는 것에는 변함이 없는 것이다. 이를 위해서도, NPO로의 기부금의 세제상의 우대조치를 법제화해서 이것이 광범위하고 공평하게 활용될 수 있도록 대책을 강구해야 한다. 또 공익법인은 주무관청의 허가가 없으면 설립할 수 없게 되어 있으나(민법 34조), 「관」의 허가가 없으면 「공」을 맡을 수 없다는 사고방식은 개선되어야하고 민법 34조의 개정을 검토할 필요가 있다.

개인의 「공」으로의 참여로서, 예를 들어 미술관, 병원, 학교 등 자신의 관심분야에 무보수라도 평의원 등으로서 참여하는 것도 하나의 방법이다. 「공」에 참여하고 싶다는 의식을 가지면서도 실제로는 참여할 수 없는 사태에 대해서는 자원봉사휴가의 제도화 등을 통해서 그 장애를 제거할 필요가 있다.

이와 같이 새로운 조직뿐 아니라, 오래된 조직이나 단체도 그 기능의 전환을 도모하여 스스로 사회적 거버넌스의 담당자가 될 수가 있다. 노동조합도 이러한 방향을 계속해서 모색하고 있으나 사회의 거버넌스에 있어서 지금까지 이상으로 주목받게 된 것은 지방과 지방자치제이다. 정보통신기술의 비약적 발달에 따라 정보라든가 자본은 통신망 위를 서로 날아다니며 국경조차 쉽사리 넘나들 수 있게 되었으나 사이버 공간에서의 활동의 활발화라든가 글로벌라이제이션의 진행은 동전의 앞·뒷면처럼 인간이 실제로 살아가는 현실의 지역공간으로서 「장소」 「속지」(屬地)의 부가가치를 높이는 것이 된다. 시간이라든가 거리를 순식간에 뛰어넘을 수 있는 정보통신기술에 압도되어 버리고 마는 것이 아니라, 그것을 이용하면서 동시에 자연을 가까이서 느끼는 유구한 시간의 흐름에 몸을 맡기고「인간다움」을 실감하는 것은 새로운 풍요로움의 증거이다.

특히, 소자녀 고령화는 지금까지 이상으로 지역사회의 중요성을 높이고 있다. 의료·보건·복지라고 하는 대민(對民) 서비스는 서비스의 수용자측의 시점을 반영시키는 것이 효율과 효과를 높이기 위한 필수불가결 요소이다. 보육원, 유치원, 초등학교, 중학교는 지역사회의 핵이 되는 공공성이 높은 사람을 만들어 내는 기관이다. 생활의 장(場)에 있어서 생활기능 지원의 사회인프라(하드웨어, 소프트웨어)가 정비되어 안전성이라든가 쾌적성이 확보된다면 그곳에 지식발신형(知識發信型)의 인간이 모이고 이것이 생산기능의 자기장도 된다.

사람에게「가까운」곳에 각종 제도가 마련되어질 수 있도록 공공간의 재구축을 하는 것이 지방분권의 취지이다. 제145회 국회에서 성립한 지방분권추진일괄법에 따라 법적인 틀은 생겼지만, 실제 지방자치체가 지방정부가 되기에는 몇 개의 장애물을 넘지 않으면 안 된다. 각 지방에게 그만큼의 각오가 요구되어진다.

우선 지방으로의 재원분배(財源分配)의 적정화와 지방의 재량권의 확립을 통해서 세재정면(稅財政面)에서의 자기책임의 확립이다. 지방정부도 중앙정부와 마찬가지로「공공성의 실현을 위한 하나의 장치」이며, 세금을 둘러싼 조직이라든가 그 돈의 용도에 대한 합리적인 의식을 확립하는 것은 민주주의 시스템의 장래에 있어서 결정적으로 중요하다. 제2의 장애물은 주민과의 생생한 관계의 구축이다. 그러나 현실에서는 낮은 투표율에서 보여주고 있듯이 지방정치의 기반은 계속해서 약체화하고 있다. 이런 가운데에서도 자치체와 주민이 대등한 주체로서, 예를 들면 고령사회에 필수 서비스를 제휴(連携)하면서 실현한다고 하는 협력관계가 점차 필요하게 된다.

3. 「참여」를 위한 조건정비

「공」을 담당할 책임과 긍지를 지닌 담당자에는 「공」의 활동에 참여할 기회가 확보되지 않으면 안 된다. 「공」의 활동차원은 ① 정책형성, ② 결정과정, ③ 집행, ④ 평가로 나눌 수가 있다. 각각의 차원에 있어서 참여채널을 확보할 필요가 있다. 담당자의 성격에 따라 어떤 국면에서의 참여를 중시하는가는 서로 다르겠으나 각각의 특성을 살리면서 참여하는 것이 중요하다.

참여를 실질적인 것으로 하는 데에는 무엇보다도 먼저 판단의 재료가 되는 정보의 개시가 불가결이다. 정보공개는 「공」의 활동의 상태를 생각할 수 있는 판단의 재료의 제공이며, 「공」을 담당하는 조직이라든지 단체간에 공유되어야 하는 것이다. 그리고 궁극적으로는 그것을 건설적인 방향으로 활성화하는 것이 담당자의 책임이다.

새로운 거버넌스는 국가와 사회 간에 다차원적인 상호관계가 성립하는 형태이다. 다원적인 주체가 「공」에 참여해서 활동한다. 시스템을 개방적인 것으로 하고, 과정을 투명하게 해서 참여를 촉진할 필요가 있으나 무책임한 참여는 역으로 시스템을 마비시킨다. 참여에 관심을 가지는 것, 참여는 책임을 수반하고 있는 것을 인식하는 것은「공」을 담당할 담당자의 기본이지만 이와 같은 담당자를 배출해 내기 위해서는「공」을 담당하는 것을 긍지로 여길 수 있는 풍토, 그것에 일정한 경의를 표하는 풍토를 사회가 갖추지 않으면 안 된다.

이와 같은 새로운 거버넌스를 담당할 조직이라든가 담당자가 성립할 수 있을까 어떨까는 지금까지「관」에의 의존 속에서 안주와 이익을 부여받았던 것에 익숙해져 온 집단이라든지 조직이「관」으로부터 자율적이고 자립한 존재가 될 수 있을지 어떨지, 지금까지「관」중심의 시스템에 들어갈 수 없었기 때문에 냉대받아 온 집단이라든가 조직이 어떠한 형태로 참여해서「공」을 담당할 수 있을지가 관건이 된다. 참여라 하면 억지스런 자기주장과 동일시되는 경향의 인상으로부터 얼마만큼 자유롭게 될 수 있을까?「책임있는 참여」란 이들 담당자의 각자에게 사회적 설명책임이 상호요구되는 것도 불가분의 관계에 있다.

이러한 담당자의 상태를 결정짓는 것은 개인과 조직과의 관계이지만, 궁극적으로 양자의 관계를 규정하는 것은 개인의 상태이다. 예를 들면 조직 안에서 개인이 완전히 매몰되어 가는 상황에 있어서는 다코쓰보(蛸壺, 항아리형의 1인용 참호)형 배타주의가 조장되어 개인은「공」을 담당할 책임도 긍지도 갖지 않는다.「공」의 쇄신과「개」의 확립과는 동전의 앞·뒷면이며 이를 위해서는 개인이 소속하는 집단에 자신을 맡겨버리고 마는 것이 아닌 소속집단과의 관계의 정도가 선택될 수 있도록 되지 않으면 안 된다. 또 복수(複數)의 집단에 소속하는 것도 필요하다. 이런 경우 집단에 의한 관계의 정도가 다른 것에 의해 사회관계의 다중화와 다양화가 진전하는 것이 된다.

　이것에 의해 다코쓰보형 배타주의가 불식되어 신규참입(新規參入)이라든가 이탈이 개방적이고 복수의 가능성을 제공할 수 있는 사회가 된다. 멤버가 집단과의 관계를 자유로이 선택, 복수의 집단을 오고 가는 것에서 강요되지도 않고, 고립되는 것도 아닌 유연성을 장비할 시스템이 출현한다. 이러한 사회상태야말로 새로운 거버넌스의 기반이 되는 것이다.

　「참여해서 공을 담당한다」라는 사회적인 활력은 각각의 주체가 강제되는 것이 아닌 자신의 선택으로 사명감과 정열을 가지고 활동하는 곳에서 생겨난다. 판단의 재료로서의 지식·정보, 실제로 실무에 들어갔을 때의 기술·수법, 「공」을 담당하는 긍지, 전체를 바라보는 시야의 폭넓음과 통찰력, 녹슬지 않은 감성, 이들을 연결시키는 것이 사명감과 정열이다.

　책임있는 참여에 의해 「공」을 담당하기 위해서는 많은 자기교육, 계발이 부족하지 않게 한다. 그리고 선택이라든가 판단의 재료가 되는 지식·교양을 개인이 장비하기 위해서 전국적으로 교육의 기회와 질을 높일 필요가 있다. 「공」의 개념을 사회에 뿌리내리게 하고 「공」을 담당할 인재를 육성하는 데에도 교육이 수행해야 할 역할은 엄청나다. 더욱이 「정」(政) 「관」(官) 「학」(學) 「재」(財) 간의 유동성을 높이고, 인재가 일할 수 있는 장(場)을 넓혀 가는 것은 사회적인 활력을 높인다는 점에서 소홀히 해서는 안 된다.

　이러한 「참여해서 공을 담당하는」 복잡한 활동에 요구되는 규정으로서 「법의 지배」의 원칙이 있다. 거버넌스라고 하는 발상이 행정적 결정·재량으로 기울어진 수직적 사회관계를 전제로 하고 있다고 한다면, 새로운 거버넌스는 보다 수평적인 관계를 전제로 하고 있다.

말할 것도 없이, 수평적인 관계를 전제로 하면서 문제를 해결하고, 해답을 찾아내 가는 것은 보다 복잡한 절차와 연구를 필요로 한다. 거기에 빠뜨려져서는 안 되는 것이 「법의 지배」라고 하는 원칙의 관철이며, 그것에 종사하는 법조집단의 사회적 역할은 지금까지와는 비교도 안 될 정도로 엄청난 것이 될 것으로 예상된다.

사법에 의한 분쟁해결 능력의 향상뿐 아니라, 사회적 거버넌스를 둘러싼 모든 활동에 있어서 규정을 확보한다는 점에 있어서도 법조집단은 각별한 역할을 가지고 있다는 것을 확인할 필요가 있다.

중앙정부의 역할과 국민
-21세기형 거버넌스

1. 패터널리즘[1](paternalism)에서의 탈피

일본에서의 국가라고 하는 말에는 크게 나누어 두 개의 의미가 있다. 제1은 「커다란 공동체」로서의 국가라고 하는 의미이다. 이

---

1) 부친적 간섭주의(父親的干涉主義), 혹은 온정주의(溫情主義)라 하며, 이것은 아버지가 아들을 대하는 것 같은 관리방법 등을 말함.

것은 개인을 기점으로 해서 여러 가지 다양한 공동체를 순차적으로 확대해 갔던 경우에 귀착점으로서의「커다란 공동체」를 의미한다. 제2는「공공성(公共性)의 실현을 위한 한 장치」로서의 국가이다. 구체적으로는 중앙정부가 그것에 해당한다. 그리고 제2의 의미에서의 국가(중앙정부)는 제1의 의미에서의 국가의 아주 일부분이며, 그 중에서의 한 기능을 담당하고, 하나의 장치로 그친다. 앞 장에서 논했던 것처럼 중앙정부는 이미「공」을 독점할 만한 입장이 아니게 되었다. 그런 의미에서 앞에 서술한 국가에 대한 두 개의 의미를 무반성으로 혼동하고 서로 겹치게 해서 중앙정부에 거대하고 독점적인 권위를 인정한다고 하는 시대는 끝났다. 물론 국제관계에 있어서 중앙정부는 더욱 중요한 역할을 수행하고 있으나 국내적으로는「공」을 사이에 두고「자립한 개인」과 중앙정부가 어떻게 관계해야 하나, 중앙정부가「공공성의 실현을 위한 한 장치」로서의 역할을 충분히 달성해 가는가 어떤가가 이제부터의 기본적인 테마이다. 따라서 중앙정부에 대해서 과도한 의존심을 가지고, 어린아이가 부모에게 의지하는 것과 같은 패터널리즘(간섭과 의존을 가져오는 온정주의)으로부터의 탈피가 불가피하다.

정책결정과정에 대한 국민의 관심을 높이는 것과 동시에「공공성의 실현을 위한 한 장치로서의 중앙정부」란 것을 바르게 실현해 가기 위해서는 특히 세금에 대한 의식을 근본부터 전환해 가야 할 필요가 있다.

「공공성의 실현을 위한 한 장치」란 것의 실질적 의미는 결국은 세금이 어떠한 형태로 국민으로부터 징수되어, 그것이 무엇에 어떻게 사용되는가라는 것으로 귀착되는 것으로, 세금을 둘러싼 조직이라든가 그 용도에 대한 국민의 의식, 그것이 민주주의라고 하는 시스템의 근간을 이루는 것이다. 바꾸어 말하면, 세금이란 일정의 컨센서스(consensus, 의견의 합의) 상에서 공공성을 실현하기 위한 수단으로서 혹은 지불한 보증금을 국민이 (예를 들어 복지서비스 등의) 서비스로서 직접적으로 수혜받기 위해서 있는 것이며, 그것을 어떻게 지불하고, 사용 용도를 정해 그 적정한 사용을 체크하는가는 최종적으로 국민의 판단에 달려 있다. 그런 의미에서 민주정치는 세금을 매개로 한 집단적 자기책임의 조직이라고도 생각할 수 있다.

따라서 「세금은 순식간에 빼앗기며, 일단 빼앗기면 그 목적지는 모두 내 알 바 아니다」라는 세금에 대한 국민의 의식 그것에 대한 변혁이 요구되고 있음과 동시에, 국민의 세금에 대한 관심을 희박화시키고 있는 듯한 제도적 배경에 대해서는 필요한 개혁을 단행해 갈 필요가 있다. 그 중에는 원천징수(源泉徵收) 구조라든지 신고제의 재검토, 세금의 용도 결정 과정이라든가 사후적(事後的) 체크에 관한 정보개시나 어카운터빌리티(accountability, 說明責任)의 강화 등이 포함될 수 있을 것이다.

또 세제 그것의 공평성을 솔직하게 논의하는 것은 지극히 중요하다. 예를 들어 「공」을 광범위하게 분담한다는 관점으로 보아, 과세최저한(課稅最低限)의 인하(引下)라든지 보다 균일한 세제의 도입의 시비(是非), 「공」을 담당하는 방법의 선택의 폭을 넓힌다고 하는 관점으로 생각하여 기부에 대한 면세의 확대 등의 쟁점이 제기되어야 할 것이다.

2. 중앙정부의 역할

앞서 지적했던 「공공성의 실현을 위한 한 장치로서의 국가」라고 하는 이해를 전제로 하고, 중앙정부가 내정에 있어서 수행해야 할 기본적 역할 내지 기능은 크게 다음 세 가지로 정리할 수 있다고 생각한다.

첫 번째는 명확한 법적 규정 설정과 그것을 확고하게 준수해 갈 활동이다. 국민의 요구가 다양화되고, 국경의 담이 낮아지는 가운데 암묵(暗默)의 사회적 합의를 알아맞힌다는 것은 곤란하게 되어 모든 분쟁은 법에 따라 기본적으로 처리되어야 하는 것으로 되어 있다. 이 법화현상(法化現象)에 대응할 수 있는 충분한 입법 및 사법(준사법기관을 포함)의 능력이야말로 중앙정부에의 신뢰성을 유지하는 데에 불가결한 요소이다. 「정치주도」(政治主導)와 사법제도의 개혁은 이러한 정부의 역할과의 관계에서 충분한 성과를 올릴 것으로 기대되고 있다.

두 번째는 넓은 시장의 동향을 보완하고, 공평성을 실현하는 기능이다. 시장은 결코 만능은 아니다. 또한 그것은 기본적으로 사적인 이익의 추구를 베이스로 하는 것이어서 그것 자체가 직접적으로 공공성을 실현하기 위한 것이 아닌 까닭에 여러 가지 형태에서의 중앙정부의 역할이 요구된다. 바로 「공공성의 실현을 위한 한 장치로서의 국가」의 역할이다.

세 번째로 국민생활의 안전이 위협받을 수 있는 커다란 재해라든지 사고, 그 밖의 위기에 대하여 신속하게 대응하여 해결을 도모할 기능을 생각할 수 있다. 소위 위기관리적 기능을 충분히 발휘하는 것은 중앙정부의 존재 이유 중 하나이며 계속 존속해 갈 것이다.

이들 가운데 시장의 보완작용은 소위 「시장의 실패」를 시정하고, 시장을 보완하기 위한 시책이며, 그 중에는 공공재(公共財, 그 편익이 불특정다수에게 미치나 그런 까닭에 시장에서는 제공되기 힘든 재화나 서비스)의 제공이라든가 독점금지를 통한 경쟁유지라는 내용이 포함된다. 또 생명과학 등 21세기에 있어서 리딩산업을 개척하는 것이 예상되는 과학기술 분야에 관해서는 기초연구를 중심으로 하는 대담한 지원책을 실행하는 것도 포함된다.

한편, 시장은 「효율성」의 실현에 있어서는 유효한 시스템이지만 그것이 「공평성(내지는 평등)」을 실현하는 보장은 아니다. 여기에서 중앙정부의 역할로서 중요하게 된 것이 「공평성의 실현」을 위한 여러 종류의 정책이다. 이것은 실질적으로 소득의 재분배를 중심으로 하는 시책이며, 각종 세제는 물론이고 특히 앞으로의 소자녀고령사회(少子高齡社會)에 있어서는 의료, 연금, 복지 등에 이르는 사회보장제도가 특히 커다란 의미를 가지고 있다. 또 이러한 공평성의 실현을 위한 시책은 바꿔 말하면 개인이 자유로운 활동을 실행해 가는 경우의 「세이프티 네트(safty net, 안전 망)」라든가 중앙·지방을 통한 내셔널 미니멈[2](national minimum)을 확보한다고 하는 의미를 가지고 있다. 이것에 대해 경제활동에의 규제라든가 직접적 개입은 오히려 예외적인 것으로 되어 간다고 생각

---

[2] 국민적 최저한(國民的最低限), 사회적으로 공인되어 있는 국민의 최저한도의 생활수준. 국가가 그 사회적 책임상 보장해야만 하는 것으로서 19세기말 영국에서 처음으로 제창되었다.

할 수 있다.

더구나 이상에서 제2의 역할(공평성의 실현)을 생각해 갈 경우, 당연한 일이지만 그러면 무엇을 가지고「공평」이라 생각할 수가 있는 것일까, 공평성의 기준은 무엇일까라는 것이 커다란 테마가 된다.「공평성」내지 평등의 의미 내용에 대해서는「기회의 평등」과「결과의 평등」이라는 정리방식이 있고 또 최종적으로는 개개인의 가치관에 관련된 문제이기 때문에 반드시 절대적으로「맞는」답이 있다고 하는 성격의 문제는 아니다. 그러면서도 적어도 각 개인이 균등한 조건 하에서 경제활동이라든가 사회적 활동에 참여할 수 있는-경기로 예를 들면 같은 출발선상에 설 수가 있다- 상태를 실현한다고 하는 것은 중요하다. 따라서 현재의 일본 사회에 있어서 이러한「기회의 균등」이 정확히 보장되고 있는가를 검증하고 그것의 충분한 실현을 위한 시책을 시행해 가는 것이 중요하다고 생각된다.

3. 정책결정과정의 재검토-어카운터빌리티의 확보

재정기반 없이는 정책은 거의 성립하지 않는다. 중앙정부는 제반 정책결정에 앞서 재정의 상태에 책임을 갖지 않으면 안되나 21세기에 있어서는 무엇보다도 우선 재정을 둘러싼 제반 제도의 개혁이 필요하다. 그것은 재정적자통제(財政赤字統制)를 위한 규정의 설정, 공회계제도(公會計制度)에 있어서 밸런스시트(balance sheet, 대치대조표)의 도입과 공표, 정책평가의 예산에의 피드백(feedback, 자기조절), 단년도주의(單年度主義)의 폐해(弊害)의 제거, 정책투융자(政

策投融資)의 상태와 우편저금의 취급 등 여러 갈래에 걸쳐 있다. 이것들은 관료제를 중심으로 해 왔던 지금까지의 조직이 이전부터 미루어 온 모든 문제이며,「정치주도」가 다른 것에 우선해서 그 성과를 올리지 않으면 안 되는 문제군(問題群)이다. 그런데 정책결정 과정을 그 기능에 착안해서 보면 그것은 주로 ① 기획입안・조사기능, ② 이해조정기능이란 두 개의 기능으로 성립되어 있는 것이라고 생각된다.

①은 일정한 공공적인 목적을 실현하기 위한 무언가의 정책을 기획하고, 그것 때문에 필요하게 되는 법제도라든지 예산상의 조치 등을 고려하고 또 그 기초가 되는 사실관계 등에 대한 조사를 행하는 기능이다.

②는 그러한 정책안을 실제로 제도화 내지 실현시켜 가기 위해서 이해(利害)관계자라든가 관련하는 주체 사이에서의 필요한 조정을 행하여 일정의 합의를 형성시켜 가는 기능이다. 전후 일본의 경우, 이들 ① 및 ②의 모든 기능에 관하여서도 중앙관청이 중심적인 역할을 수행해 왔다. ①에 관해서는 대부분의 법률안 등은 실질적으로 관청이 주도해서 만들어진 것이었으며 ②의 이해조정(利害調整)이라든가 합의도출도 업계단체(業界團體)와의 일상적인 의견소통이나 심의회라는 장을 통해서 행해져 왔다. 이와 같은「관」중심의 정책결정과정을 근본적으로 재검토해 가야 할 필요가 있다.

구체적으로는 첫 번째로 우선 입법부문 내지 정치부문의 정책입안기능의 강화가 무엇보다도 중요하다. 특히 금후의 정책과제 중에는 사회보장제도 등과 같이 소위 가치의 선택 그 자체(무엇을 가지고 공평이라 생각할 수 있을까 등)가 문제되는 과제가 많게 될 것으

로 생각되기 때문에 이러한 의미에서도 입법부문 내지 정치부문
의 역할은 중요하게 된다. 이런 경우 전술(前述)한 것처럼 정책결
정과정 속에 이해조정기능은 물론, 기획입안·조사기능면에서의
발본적 강화가 필요하다. 이를 위해서는 의원의 정책연구진의 비
약적인 질적 향상과 증원, 국회부속의 조사기관의 발본적 확충,
정당의 싱크탱크(think tank, 두뇌집단) 기능의 강화 등, 정책면에서의
인적 인프라의 정비를 다면적으로 진행시킬 필요가 있다. 또 그
안에는 정치임명스탭의 대폭적인 등용(내각이라든가 장관의 스탭으로
서)과 각종 스탭에의 인턴제 도입 등이 포함된다.

「정치주도」(政治主導)가 이러한 인프라를 정비한 형태에서 시행
될 수 있게 되었다 하더라도 정치에는 극복하지 않으면 안 되는
과제가 있다. 민주정치의 하나의 문제는 자칫하면 당장 눈앞의 사
안에 지배되어 장기적인 정책과제를 미루기 쉽다고 하는 점에 있
다. 내각이나 장관의 입장이 어지럽게 변하는 듯한 현재의 조직에
서 과연 이러한 과제에 몰두하는 것이 가능한 것일까, 그러기 위
해서는 어떠한 조직을 만들 것인가 여전히 많은 과제가 남겨져
있다. 그리고 「정치주도」가 이익유도형(利益誘導型) 정치를 점차
심화시켜 가는 것은 아닐까, 하는 국민의 의문에 대해서도 그 억
제책을 제시해야 할 것이다.

두 번째로 이러한 문맥에 있어서도 대학이라든가 민간 두뇌집단
등의 역할은 앞으로 확대되어 갈 필요가 있다. 지금까지 일본의
아카데미즘(academism, 학문)은 일반적으로 이론연구를 중시한 나머
지 「정책연구」(polish studies)라고 하는 발상이라든가 지향이 약한
경향이 있었다. 그렇지만 사회의 사상(事象)이나 대응되어야 할 문

제가 극히 복잡화해 가고 있는 금후의 성숙사회에 있어서는 대학 등에서의 정책연구가 지극히 중요하며 그를 위해서는 대학 등의 연구자에 의한 정책연구에 대한 공적 지원이 확충되어야 하는 것과 함께 대학과 민간 두뇌집단 등과 관청(앞에서 거듭 전술했던 것 같은 입법부문에 속하는 연구진)과의 끊이지 않는 인적교류시스템의 제도화 등이 실시되어야 할 것이다. 이것은 관료 내지 공무원의 종신고용적인 캐리어3) 패턴(carrier pattern) 그 자체의 재검토에 통하는 과제이다.

세 번째로 앞으로는 정책결정과정에 있어서「관」중심 시스템이 근본적으로 개혁되어 가야 할 필요가 있으나 중앙정부에 요구되는 것은 행정서비스의 수요자인 국민을 위해서 스스로의 활동의 투명성을 높이는 것이다. 특히 공공사업을 비롯해서 공공정책 입안의 규정과 절차의 투명성을 높이는 것이 필요하다. 그리고 국민에게 공공정책에 관한 판단재료를 적극적으로 제공하고, 정보공개를 진척시키는 것을 통해서 어카운터빌리티(설명책임)를 강화하는 것이 계속해서 커다란 과제인 것은 두 말할 것도 없다.

이 경우, 예를 들어 영국의 정책결정과정에 있어서 퍼블릭 컨설테이션(public consultation)의 조직(정부가 먼저「그린 페이퍼4)(green paper)」란 형태로 정책안의 원안을 제시라는 전제에서 그것에 대한 의견을 광범위하게 국민에게 묻고, 그것을 발판으로「화이트 페이퍼5)(white paper)」라고 하는 보다 구체적인 정책안을 종합해 가는 수법)처럼 정책결정과정에 국민의 소리

---

3) 일본의 중앙관청에서 국가공무원 상급직(1종)시험을 패스한 사람. 고급 관료로의 코스가 예약되어 있는 사람.
4) 영국에서 국회토의용의 정부제안자료 목록.
5) 정부가 발표하는 각종 현황보고서.

를 어떻게 반영해 갈까라는 점에 관한 검토가 필요하다. 또 행정 평가의 공정한 조직(외부평가를 포함)을 확립하는 것은 설명책임을 충분히 수행하기 위해 피해 갈 수 없는 과제이다.

반복할 것도 없이, 「공공정책」은 「관」의 독점물이 아니다. 또 그곳에서의 「정책결정과정」의 개혁이 중요한 것은 전술한 대로다. 또한 공공정책에 확실한 사실 파악과 이론적인 뒷받침을 부여하기 위한 「정책연구」의 중요성도 크다.

그러나 공공정책의 행방을 크게 좌우하는 것은, 결국은 국민의 태도이다. 국민은 「공」을 담당할 수 있다는 기개를 보여주지 않으면 안 된다. 즉 현실에 있는 제도를 단지 비판하는 것뿐 아니라 무엇보다도 우선 투표로써 더욱 더 정치에 참여하지 않으면 안 된다. 또 배심제(陪審制)라든지 참심제(參審制)라고 하는 문제에 대해서도 적극적인 태도를 기대하고 싶은 것이다. 이러한 국민의 광범위한 관심을 배경으로 해서 여러 개인이나 단체가 스스로가 타당하다고 생각하는 공공정책을 적극적으로 「제안, 제언」해 간다고 하는 건설적인 방향이 비로소 실현되어 가게 되는 것이다. 또 그와 같은 논의 속에서 제도개혁이라든지 장래의 비전에 관해서의 새로운 전망이 열려져 가는 것이라 생각된다.

「공공정책」에 이와 같은 광범위한 주체가 책임을 가지고 계속해서 참여가 가능한 사회, 21세기형의 거버넌스는 이러한 이념 하에 구상되어 가야 한다.

V 맺음말
-전문적 인재의 육성과 새로운 공평의 관념

1. 인재의 유동성과 활력 있는 사회

「활력을 통해 풍요로움으로」이라는 관점에 서서 생각할 때, 열쇠를 쥐고 있는 것으로서 종래의 조직으로부터 한 걸음 거리를 두고 활동을 전개하는 사려 깊은 인재가 부상하고 있다. 그것은 지금까지의 조직을 위해서 일하고 또는 일생을 그러한 조직 속에서 보낸다고 하는 인간의 모습과는 상당히 다른 것이다. 전후 일본사회에서 전형적으로 볼 수 있었던 대학을 나와, 어느 기업에 취직해서 종신고용 속에서 일생을 보낸다고 하는 인간의 모습은 사회적인 영역구분을 전제로 한 단순형의 사회생활과 표리일체인 것이었다. 현실적으로 일본사회가 전부가 결코 이와 같은 시스템에 의해 나뉘어 있는 것은 아니었지만, 그것이 전형으로서 의식되어 왔던 것은 「취사」(就社)에의 최대의 관문인 대학의 입학시험에서의 지나칠 정도로 과열된 관심으로 여실히 나타나고 있다. 대학에 있어서, 어떠한 능력이라든가 지식을 습득할 것인가에 대한 의문제기도 없이 특정 대학이나 학교에 들어가 그곳을 「졸업」하는 것이 관심의 대상이었다. 그리고 학교를 나오고 조직에의 귀속감이라든가 충성심이 가장 중요한 덕목으로 되었다. 이 영역분리적 (소속에 의해 나뉘어지고 구분되는)·마루가카에6)(丸抱え)적인 조직에

---

6) 기생의 생활비를 고용주가 전부 부담함. 자금 또는 생활비를 전부 부

있어서는 개개인의 전문적 능력에 관한 물음은 힘을 가지지 못했고, 그것을 판단하는 측의 체제도 불충분한 상태였다.

여러 가지 조사를 통해 보면, 이러한 조직과 개인과의 관계는 조직과 개인 양측에서 모두 변화가 추구되고 있다. 조직측은 보다 유동성이 높고 유연한 구조를 추구하고 개인측에서는 스스로의 전문적 능력의 도취와 그 인지에 강한 관심을 갖게 되었다. 또 애초에 학교를 나오기만 하면 「취업」이 가능한 경제환경 그 자체가 점점 사라지고 있다. 이것은 21세기에 있어서 조직과 개인과의 관계가 단선적·영역분리적인 것으로부터 어느 정도 복선적·횡단적인 것으로 변화하는 것을 예시하고 있다. 이것은 사회전체의 활력이 조직에 의한 개인의 능력의 능숙한 활용으로써 가능하게 되는 것, 조직측에서의 개인 능력을 통찰하는 능력의 육성이 개개인의 능력의 충실과 함께 계속적으로 불가결하게 되어 가는 것을 이야기하고 있다.

각국의 성쇠에 있어서 고등교육의 질이 결정적인 중요성을 가지는 것은 바야흐로 세계의 상식이다. 일본의 고등교육의 문제점은 그것이 지나치게 취직을 위한 기능에만 만족하여 그것 이외에 인재육성 문제에 관여할 수 있는 기회가 부족했다는 점에 있다. 또 사회측에서도 대학을 나온 학생의 능력에 거의 관심을 표명하는 일없이 공급된 소재를 서로 빼앗는 것에만 오로지 관심을 기울여 왔다. 이런 현상은 인문사회계에 있어서 특히 현저했다. 그러나 지금의 고등교육기관은 전문적 인재의 양성에 적극적으로

담함.

공헌하고, 그것을 통해서 인재의 사회적 유동성을 측면으로부터 지원하는 중요한 조직이 되어가고 있다. 일본에서는 산・학 협력이 주창되고 있으나 그 주안점은 특정의 연구 프로젝트를 둘러싼 공동연구라는 것에 머물지 않고, 무엇보다도 인재의 사회적 유동성을 가능하게 할 조직을 만드는 것에 있다는 것이다.

전문적 능력은 특정한 영역에 관한 거버넌스의 담당자가 되는 것과 밀접하게 관계하고 있다. 그것은 바로 일정의 규율을 몸에 익혀, 특정의 영역의 문제를 착실히 처리해 가는 능력임에 틀림없다. 물론 같은 전문적 능력의 소유자들 간에는 치열한 경쟁이 반복되어 탁월한 역량의 유무가 명백하게 된다. 어쨌든 그것은 단선적・마루가카에적 조직형태를 전제로 횡적병립과는 크게 달랐던 세계-전문적 능력의 시장의 성립-이다. 더군다나 개개의 전문적 능력의 담당자간의 논쟁이나 긴장관계의 고조에 의해 애매한 채로 방치되어 왔던 사항이 재검토되는 것도 예상된다. 그 결과로서 종래의 사회의 경직되었던 구조의 한계가 분명해지고, 사회전체는 서서히 변화를 이루어가게 된다.

그러나 사회전체가 활력을 실현하기 위해서는 좁은 전문적 능력의 소유자뿐 아니라 「부를 창조하고, 부를 활성화한다」는 것이라든가 「참여해서 공을 담당한다」는 것을 시야에 넣을 수 있는 보다 사명감 있는 인재를 필요로 한다. 이들 인재는 기존의 영역분리구조로부터 자유로이 발상하고 또는 현실을 횡단적으로 다시 고쳐보는 지적・정신적 에너지에 의해 유지되고 있다. 이러한 인재는 간단히 「창조되는」 것은 아니나, 종래의 영역분리적・단선적 조직이 이런 점에서 거의 성공을 거두지 못했던 것은 크게 반성할 필요가 있다. 적어도 사명감과 정열을 가진 인간의 자유로운 발상과 자기도취를 위해서 필요한 환경을 전국적으로 정비하는 것은 꼭 필요하였으며, 여기에서도 또한 고등교육기관이 어느 정도 역할을 하는가라는 문제도 또 다시 논의되지 않으면 안 된다. 이와 같은 관점에서 고등교육기관의 역할을 재검토해서 그 유효활용을 도모하는 것은 21세기의 일본에 있어서 극히 중요한 과제이다.

2. 새로운 공평의 관념

20세기는 민주주의의 세기였으며, 인류사에 있어서 인권존중의 원리가 확립한 세기였다. 21세기는 이것을 이어받아 더욱 더 발전시켜가지 않으면 안 된다고 하는 것은 말할 필요도 없다. 내셔널 미니멈의 실현과 안전망의 확보라든가 충실은 21세기에 있어서도 추구되어지지 않으면 안 되는 과제이다.

인권존중의 원칙이 확립된 사회는 다이나믹하고, 사람들이 진취적 기상으로 넘치고 패배를 두려워하지 않는 사회인 것이다. 그러나 권리와 이익의 존중을 그저 소극적으로 받아들이게 된다면 그것은 극히 현상유지적인 사회와 연결되어 다이너미즘과는 무관한 횡적병립 의식만이 남게 될지도 모른다. 혹은 타자의 훌륭한 능력이라든지 역량을 정당하게 평가하는 것으로 서툰 사회가 되지 않는다고도 할 수 없다. 이러한 병폐는 현재의 일본사회에 있어서도 반드시 무관하다고는 말할 수 없을 것이다. 인권존중의 원칙을 다이나믹한 사회라든지, 활력 있는 개성의 존중과 연결지어 가는 것은 어떤 경우에서도 국민에게 요구되는 마음가

짐이다.

21세기의 일본은 급속한 고령화라고 하는 커다란 도전을 생각해 보아도 알 수 있듯이 만만치 않은 도전을 몇 개인가 넘어가지 않으면 안 된다. 그것은 따지고 보면 각 사람이 지금까지 이상으로 그 능력과 역량을 충분히 발휘해서 사회전체의 에너지를 고양시키지 않으면 안 된다는 것을 의미한다. 따라서 그러한 사회적 활력으로 연결되는 듯한 도전에 대해서 정당한 평가를 행하고 그것을 사명감과 정열을 가지고 달성하려고 하는 인재를 소중히 하지 않으면 안 되는 것이 된다. 확실히 그것은 20세기에 볼 수 있던 영역분리와 서로 대등한 횡적조직을 지키고 혹은 거기에 안주하는 것과는 격하게 충돌하는 측면을 지닌다. 그리고 일본의 20세기와 21세기의 분기점은 바로 여기에 있는 것이다.

여기에서 공평의 관념의 재검토라고 하는 커다란 문제가 나온다. 예를 들면 영역분리와 횡적구조와 구분하기 어렵게 맺어진 공평의 관념으로부터 횡단적·개혁적 시도를 소극적으로 평가하는 듯한 태도는 당연히 재검토가 요구된다. 오히려 사회에 활력을 가져올 것 같은 선구적 도전을 실행할 수 있는 인재, 거기에 사명감과 정열을 가지고 몰두하는 인재가, 그것이 경제영역이든 사회의 각 영역이든 간에 정당한 경의와 존경의 대상이 되는 것이야말로 새로운 공평의 관념에 걸 맞는 것이다. 「부(富)를 창조하고 부를 활용하는」 인재, 「참여해서 공(公)을 분담하는」 인재는 중앙정부라든지 정치의 영역에서 유익한 공헌을 실행하는 인재와 나란히 사회적으로 평가되어야만 하는 것이다.

21세기의 구조는 이처럼 새로운 공평의 관념을 국민이 단련해 가는 것에 의해 비로소 현실의 것이 된다. 이것이 사회의 구조를 움직이고 사회의 활력을 만들어내는 계기가 된다. 국민의 사고를 완전히 바꾸지 않고도 사회가 활성화하는 것을 기대하는 것은 마치 기적을 기대하는 것과도 같은 것이다. 여기서 하나의 예시로서 구체적 논점을 제기하게 된다면 일본사회의 공평감을 공식적으로 나타내고 있는 현재의 서훈제도(敍勳制度)를 국민은 어떻게 생각해야 하는 것일까, 하는 문제가 있다. 그것은 사회의 활력을 만들어 내도록 기능하고 있는 것인지, 오히려 인재의 유동화를 방해하고 세대교체를 지연시켜 「관치」(官治) 체제로부터의 유산이라는 면이 두드러졌던 것은 아닐까. 그렇다고 한다면 예를 들어 사람에게 등급을 매기는 서위제도(敍位制度)에서만이라도 다시 생각해 보는 용기와 결단이 필요하다.

3

안심과 여유가 있는 생활 ● ● ● ● ● ● ● ● ● ●

안심과 여유가 있는 생활

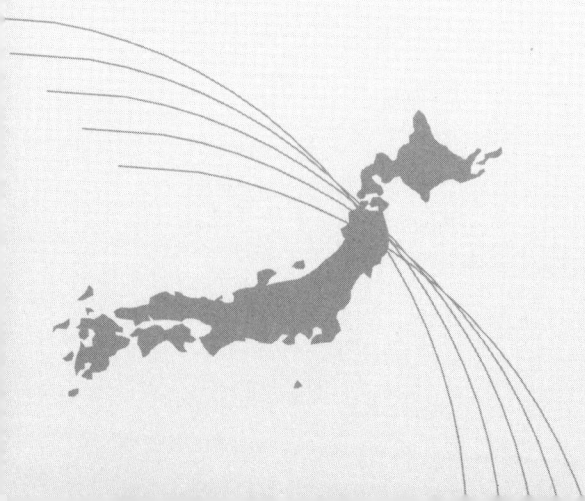

I 머리말
─꿈을 품고, 서로 신뢰하는 사회를 추구하며

국가의 모습을 생각할 때, 국가라는 집합체가 아닌 그것을 구성하는 인간에게 눈을 돌려서, 한 사람 한 사람이 자신과 똑같이 납득할 수 있는 일생을 보내는 사회를 만드는 것을 목표로 할 때, 그 기본이 되는 중요한 요소로서 안심(安心)과 윤택함을 들 수 있다.

일본, 특히 제2차 세계대전 후의 일본은, 평화와 인권을 기본으로 모든 사람이 풍요로운 생활을 보낼 수 있는 사회를 추구하고, 그 실현에 노력해 왔다. 그래서 현재 일상생활은 상당히 풍요롭고, 기아, 전쟁, 빈곤 등 생존에 직접적으로 연결되는 위기는 그리

심각하지 않은 상태라고 말해도 될 것이다.

그러나 한편으로 많은 사람이 개인으로서의 일상이나 장래, 또는 일본의 미래에 대한 불안을 호소하고 있는 것도 사실이고, 그것은 때때로 인류의 미래에 대한 불안에까지 이르고 있다.

이런 인식 하에, 안심과 여유가 있는 사회를 상상해 보면, 모두가 꿈을 안고 서로를 신뢰하고 지내는 사회일 것이다. 그런데 여기서 안심이라는 것은 무엇인가, 여유란 무엇인가라고 물어도 대답은 좀처럼 얻을 수 없다. 그래서 오히려 반대로, 확실히 우리 주위에 존재하고, 꿈이나 신뢰를 갖기 어렵게 하는「불안」과「무미건조한 인간관계나 시간적 여유가 없는 생활」을 찾아보고, 그것에 대처하는 방법을 찾기로 한다.

불안에는 우선, 앞에서 말한 기아, 전쟁 외에 불안한 치안생태나 자연재해 등 생존을 위협하는 위험에 대한 것이 있고, 그것은 사회가 일률적으로 해소해야 할 것이다.

또 하나는, 풍요로운 생활 속에서도 존재하는 불안, 풍요롭지만, 그래서 불안하다고 해야 하는 것인데, 이것은 가치관 등 주관적 요소가 다소 포함되어 있다. 사회는 이대로 좋은 것인가 라는 큰 불안도, 노후의 불안이나 가족이 고령이 되었을 때 돌봐주는 문제 등 개인적인 불안도, 나는 어떤 생활을 하고 싶은 것인가에 대해 명확한 의식을 가진, 이른바「개체」가 확립된 인간이 스스로의 문제로 생각해서 해결할 수밖에 없다. 국가나 공적기관에 일률적으로 해결을 요구하는 것이 아니라, 각 개인이 그것을 고쳐 보고, 극복하려고 하는 의지에서 활력을 얻어, 해결해 가려는 것이 좋다. 인간은 불안이나 괴로움이 전혀 없는 상태가 행복하다고는 할 수 없을 뿐만 아니라, 그것을 극복해야만 얻을 수 있는 기쁨도 있다. 즉, 불안은 모두 해결될 수 있는 것이 아니고, 바깥에서 모든 것이 해결되는 것이 반드시 행복한 상태라고는 할 수 없다는 인식이 필요하다. 나라가 안심과 윤택함을 보증하고, 국민은 그것을 향수한다는 생각을 하지말고, 나라로서 행해야 할 것은 개개인이 주체적으로 선택할 수 있는 다양한 생활방식의 선택지를 준비하고, 기존 시스템에 장해가 되는 것이 있다면 바꾸고, 필요하다면 새로운 지원시스템을 만드는 것이다.

그래서 시점을 인간 측에 두고, 각 사람이 자유로운 자기책임으로서 행동하고(자율), 동시에 다양한 다른 사람의 존재를 인정하여 돕고(관용과 협조), 창조적인 역할을 다하는 사회 만들기를 기본으로 하여, 나라의 역할은 이런 사람을 키우고, 또 이런 생활방식을 지원하는 제도나 환경을 정비하는 데 있다라는 사고방식에 서서 안심과 여유가 있는 생활을 추구해 간다. 이제부터 꿈과 신뢰가 있는 사회를 바라며.

Ⅱ 불안의 본질과 대처

사람은, 미래를 예측하고, 그것에 대해 적절한 행동을 취하는 뇌를 가진 것을 특징으로 하는 생명체이다. 그 결과, 필연적으로 불안이 나타나는 것이고, 불안은 사람이라는 존재에 있어서 본질적인 것이다. 따라서, 불안에 대처하는 행동이 인간의 문화적·사회적 활동의 기본을 만들어 왔다고 해도 좋을 것이다. 그래서 우선 나오게 된 것이「신화」이고, 사람은 이것에 의해 우주관(cosmology)를 갖고, 세계 속에서의 자신의 위치를 알고, 아이덴티티를 확인하여 안심감(安心感)을 가졌다. 시간이 흐름에 따라, 이것이 종교나 예술로서 체계화된 것이다.

한편, 바깥에서 지식을 얻어 미지의 세계를 줄여 나가고, 자연계에서 생활의 재화를 얻어 생활을 안정화시키고, 안전을 획득해 가는 활동이, 학문이나 기술이 된다. 그것이 자연과학, 인문·사회과학, 과학기술, 사회제도, 경제제도 등으로서 확립해 온 것이다.

이렇게 만들어져 온 여러 가지 체계는 크게 다음 세 가지 형태로 안심감을 지탱해 왔다.

① 생활 터전을 확실히 하여, 귀속이 명확하다.
② 지향해야 할 사회가 확실하여, 어떠한 노력을 하면, 보다 나은 생활을 할 수 있다는 목표가 확실하다.
③ 사회의 가치관이 명확하여, 해도 좋은 일과 해서는 안될 일의 판단을 비교적 용이하게 할 수 있다.

물론 여기에서 든 귀속, 목표, 가치는 고정화된 것이 아니다. 역사를 근거로, 과거에서 배우면서, 항상 새로운 것을 구해 가는 가운데 사회의 활력이 생기고, 진보가 있는 것이다.

그래서 현재의 불안을 이 세 가지 관점에서 정리해 보겠다.

III 시대의 전환이 일으키는 불안

현재가 시대의 전환기인 것은 많은 사람이 인정하는 점이고, 세계적으로 봐도, 21세기, 또는 2000년대를 맞이하는 전환이 의식되고 있다. 19세기말에서 20세기에 걸쳐, 명치유신, 제2차 세계대전 패전과 같은 큰 사회의 전화를 체험한 일본의 경우, 현재는 그것에 이어 제3의 개혁기에 위치해 있다.

이제까지의 두 전환은, 전자는 유럽, 후자는 미국을 표본으로 한 성장형 사회 만들기였지만, 이번에는 외부에 적절한 표본이 없이, 스스로가 어떤 사회를 추구할 것인가 하는 가치에서 생각해 나가지 않으면 안 된다.

게다가, 이후는 성숙형 사회가 되는 것은 필연적이고, 이제까지 성장형 사회에서 안심을 보증하기 위해 행해져 온 것이 통용되지 않게 되었다. 오히려, 이제까지 안심을 유지해 온 것의 성격이 변하고 있다는 사실이야말로, 불안을 불러일으키고 있다.

1. 20세기의 안심의 보증

우선, 20세기의 일본은 어떤 노력을 해 왔는가를, 세 가지 관점에서 정리하면 다음과 같이 된다.

▌가족 · 지역에의 귀속을 바탕으로 국가 · 기업이라는 조직 · 제도에의 귀속을 강화

메이지라는 시대가 만들어 낸 일본이라는 국가는, 유럽을 선진국으로 하고, 거기에서 법체계, 과학기술, 교육제도 등을 배워, 부국강병이라는 슬로건 하에 착실히 근대화를 진행했다. 단기간에 근대화의 성공한 이유는, 에도 시대(江戶時代)까지의 일본사회가 상당한 성숙도를 가지고 있었기 때문이고, 일찍이 중국문화를 도입한 것과 같이, 서구에서 배운 것을 훌륭하게 일본화했기 때문이다. 그 후에 몇몇 전쟁체험을 하면서, 옳고 그름과는 별도로, 국민의식이 높아졌다. 부국강병에 필적할 만한 슬로건은 식산홍업(殖産興業)이고, 이것은 새로운 형태의 대규모 생산조직을 탄생시켰다. 당초에 국가가 주체가 되어 공사, 국영 형태로 진행해 나간 생산장은 순차적으로 민영화되고, 많은 직장을 제공하였으며 생활비를 보증하는 것에 그치지 않고 사람들의 생활 기반이 되었다. 특히 제2차대전 후에 대기업 중심으로 확립된 장기고용의 관행, 여러 가지 복지시설의 제공, 일 이외의 오락의 장 공유 등 진정한 기업 일가를 탄생시켰다. 이 경우 사회의 중심이 된 것은 장년 남자이고, 가장이 안심할 수 있는 기업에 소속되는 것이 인생 선택의 중요한 축이 되고, 가족이 그것을 뒷받침했다.

▌ 과학기술에 의한 풍요로움과 안전·안심의 제공

차례로 새로운 기술이 등장하고, 그 이용은 당초에는 군사적인 것이 주된 것이었지만, 일상생활을 서서히 변화시켰다. 여러 가지 화학제품, 가정전기제품, 자동차·신칸센(新幹線)·제트기 등의 수송기관이 안전하고 풍요로운 생활을 제공해 주었다. 의료기술의 진보는 장수사회를 가져왔다.

특히 제2차대전 후에는 미국형 라이프 스타일을 목표로 물질적 풍요로움을 추구, 그것이 상당 부분 현실화되었다. 철강 등의 일급 재료의 생산, 품질이 좋은 자동차나 새로운 궁리를 더한 가전제품의 효율적인 생산 등 세계에 자랑할만한 기술과 생산 시스템이 차례차례 등장했다.

생산현장에서의 자존심과 자부심이 일본사회의 자존심과 자부심을 뒷받침한 것이다. 성장은 큰 안심에 대한 보장이었다.

▌전통적 가치

유럽이나 미국을 표본으로 했다고는 해도 화혼양재(和魂洋才)라는 말이 있듯이, 사회의 가치관은 그 이전에 존재해 있던 것을 잃지 않으려고 하는 의식을 계속 가지고 있었다. 그것이 바로 일본사회이다. 자연과의 일체감, 지역사회에서의 인간관계, 가족을 통한 전통의 전승, 일본어를 중요하게 생각하는 자세 등이 그 예이다.

2. 21세기의 불안

그런데 21세기로 가는 지금, 20세기의 안심의 보증이 크게 변해, 그것이 불안을 일으키고 있는 특별한 상황이 나타났다. 종래의 방식으로는 버틸 수 없을 것이라는 불안은 심각하다. 이제 성장형 사회는 계속되지 않는다는 것은 직관적으로 알지만, 다음 사회의 모습은 어디에도 나타나 있지 않다. 표본을 배워 개혁하는 것이 아니라, 각자가 어떠한 사회를 만들고 싶은가를 심각하게 생각해 새로운 사회 만들기에 참여하는, 이제까지 없었던 대응을 요하는 사태가 나타나고 있는 것이다.

그러면 변혁에서 나타난 불안에는 어떠한 것이 있는가를 정리해 보자.

▋국가·기업·지역·가정의 모습 변화

◎ 정보통신기술·수송기술 등의 진보에 의해 지구가 점점 작아지고, 개인으로서는 처리할 수 없는 거대한 흐름에 휘말리고 있다는 감각과, 그 속에서 개인이나 기업의 행동이 직접 세계와 연결되어 있다는 책임이 중첩되어 방향을 잡기 힘들게 하고 있다.

◎ 환경문제에 상징되는 것처럼 진보를 기본으로 한 확대가 아닌 지속성이 중요하게 되고 있는 한편, 경제 경쟁이 심화되고, 지속성과 경쟁을 양립시키는 경제시스템이 조직되어야 하는 새로운 과제가 대두되고 있다.

◎ 회사가 장기고용, 연공서열을 보증하고, 평생 그곳에 소속되는 방식을 선호하는 사고방식이 변하고 있다. 도시화가 진행되어 젊은 사람이 지방에서 도시로 모이는 과밀, 과소(過疎) 현상이 생기고 종래의 지역사회가 붕괴돼 왔다.

▋과학기술의 급속한 진보가 가져온 변화

◎ 정보기술의 급속한 진전, 휴대전화, 컴퓨터, 인터넷 등에 의해 개인과 세계가 직접 연결되는 상황이 나타나고 있다. 풍요로운 정보가 가져온 것들은 바람직하긴 하지만, 모든 정보가 자유롭게 흐르기 때문에 혼란도 일어나고 있다. 이런 중에 국가의 역할은 무

엇인가 하는 본질적인 과제나, 개인의 프라이버시에 대한 그 이상
의 간섭 등 많은 문제가 나오고 있다.

또, 세계 표준(global standard)이 필요하게 되었는데, 그것은 과연
어디에서 구해야 할 것인가, 기존의 국가나 문화가 다른 나라에게
자신의 가치를 강요하는 것이 아닌 납득 가능한 기준은 어디에
있는 것인가를 찾지 않으면 안 된다. 이것도 어려운 문제이다.

◎ 의학·의료기술의 진보에 의해, 장기이식, 출생 전 진단, 유전
자 치료 등 새로운 기술이 가능하게 되었지만, 그것과 동시에 진
단이 가능해도 치료할 수 없는 병에 어떻게 대처할까 등의 심각
한 문제도 나왔다. 고도의 의료에 대해서는 비용의 문제도 있고,
이런 형태로의 의료를 어디까지 쫓아가는 것이 좋은가 하는 의문
도 생기고 있다.

또, 생식의료, 의약품의 과다 사용과 내성균, 약해(藥害) 사고나
의료사고 등 일상의료에도 기술을 진척시키는 것이 반드시 양질
의 의료로 연결되는 것이 아닐 뿐만 아니라 도리어 해가 되는 사
태를 일으키는 상황이 야기되고 있다.

◎ 과학기술이 탄생시킨 산업은, 생산과정에 관해서는, 세심한 신
경이 필요하고, 효율적으로 대량의 고품질 제품을 생산하고 있다.
그러나 자원은 유한하고, 폐기물은 환경을 오염시킨다. 풍요로운
생활이라 해도 거기에는 스스로 분별해야 할 한계가 있는 것은
아닐까.

◎ 과학기술은 본래 인간이 생산해 내고, 인간이 이용해 관리하
는 것이어야 하므로, 효율·진보를 최고의 목표로 하는 일원적인
가치관 아래에서는 그것이 자기증식해 나가 인간이 관리할 수 없

는 것이 아닐까하는 불안마저 품게 된다. 생명조작, 원자력 등이
그 예이다.

▌ 전통적 가치의 쇠퇴와 다양화

제2차 세계대전 후의 민주화 속에서, 이제까지의 일본을 유지하
고 있던 전통을 버리지 않을 수 없는 상황이 나타난 것뿐만 아니
라, 그것을 버리는 편이 좋다는 경향도 나왔다. 자유, 다양화, 개
성화 등은 그 자체로 바람직한 것이지만, 사회에 명확한 판단기준
이 없으면, 무엇을 해도 상관없다는 세상이 되고, 어떠한 행동을
취하면 좋은지 모르게 되어 버릴 위험을 품고 있다.

◎ 최근 물질적 풍요로움의 추구, 금전 중시의 경향이 급속히 강
해지고, 그에 동반하여 정신적인 측면이 경사되어 물질이나 금전
을 얻기 위해서는 타인에 대한 배려 등을 하지 않는다는 분위기
조차 나오고 있다.

◎ 젊은 사람이나 아이들 중에 이지메, 자살, 범죄가 증가하여 원
조교제 등으로 일컬어지는 행위가 있다는 것이 지적되고 있지만,
이것들은 개개의 젊은이, 아이들의 문제만이 아니라 사회가 명확
한 가치관을 나타내지 않기 때문에 그들이 행동의 판단을 할 수
없게 된 것에서 초래된 측면이 있다.

이제까지의 일본은 물질을 통해 도입한 외래문명을 소화해 훌
륭하게 사용해 왔지만, 외국인을 받아들이는 것에는 익숙하지 않
다. 다양화의 하나로서 다양한 민족이 공존하는 사회를 생각하는
것이 불가결한 일이 되고 있다.

IV 전환기를 살려 21세기를 안심의 사회로

전환이 불안을 부르고 있는 현상이 보이고 있다. 변혁은 불안의 원인이지만, 잘 활용하면 미래를 개척하는 것에도 이어지기 마련이다. 그래서 새로운 시점(가치관)과 방책을 도입하고, 보다 역동적인 사회 만들기와 결부 지어감으로써 안심과 여유가 있는 일본을 만듦과 동시에 그 사고방식과 방법을 인류와 공유하였으면 한다. 불안을 극복하기 위해서는 개인의 의식이 중요하지만, 그것을 유지하는 것에 불가결한 것은 「가치관의 변환」과 「개인을 살리는 사회시스템으로의 전환」이다. 이 양자가 더불어, 자율적인 개인이 그 공동체로서의 사회를 스스로 책임지어 가는 의미에서의 공과 사가 양립하는 새로운 공(公)의 창출이 가능하게 된 것으로 생각할 수 있다.

1. 새로운 가치축의 설정

▌기계론에서 생명론으로

20세기는, 기계론적 세계관 속에서 과학기술을 진전시키고, 자연을 정복하고 인간의 힘을 생각하는 대로 발휘하고, 물질적 풍부함을 향수하려고 한 시대였다. 그것은 언뜻 사람들을 행복하게 한 것처럼 보이기도 하지만, 큰 전쟁을 몇 번이고 일으키고 자연을 파괴한 이 방식이 진정한 행복을 가져왔다고는 할 수 없다.

평화나 인권을 부르짖고 자연보호를 주장하면서 실제로는 끊임없이 민족분쟁이 계속되고 많은 동식물이 사라져 가는 현상을 어떻게든 바꿔가지 않으면 안 된다. 그래서 21세기의 가치축(價値軸)으로서 인간도 생명체이고 자연의 일부이다, 모든 인간은 물론 모든 생명체에게 공통성을 찾아낼 수 있다는 생명론적 세계관을 기본으로 두는 사회 만들기의 도전을 제안한다. 이것은 현대과학이 명확하게 한 것을 기본으로 한 시각이지만, 실제는 일본 고래의 문화는 이러한 세계관이 있었고, 그것을 살리는 것이다. 즉, 최첨단 과학 또는 과학기술을 가지고, 게다가 자연과의 일체감을 선조로부터 계승하여 몸 안에 지니고 있는 일본인이, 지금이야말로 새로운 가치에 근거하여 새로운 사회, 새로운 삶의 방식을 실천하는 것에 의해 그 의의를 세계로 향해 제안해 갈 수 있다.

예를 들면, 과학기술이나 산업에 대해 말할 때 일본은 자원이 부족하다고 한다. 그러나 자연을 살린다고 하면, 지구상에 좋은 위치에 있는 이 열도는 긴 해안선과 물, 흙, 삼림, 태양의 은혜를 받고 있다. 능력있는 사람도 있다. 이것을 잘 순환시켜 사용해 나갈 수 있다면, 석유 등의 매장자원은 적어도 마음이 풍요로운 생활을 만들어 낼 과학기술과 이제부터의 기술개발은 그 방향으로 향할 필요가 있다.

▌문화적 가치의 존중

그것에 덧붙여, 특히 냉전 종결 후에 겉으로 나타난 경제적 가치만을 우선하고 금전의 움직임이 모든 것을 결정하는 듯한 사회에서, 경제만으로는 평가할 수 없는 문화·자연 등의 가치도 충분히 존중하는 사회로의 전환이 필요하다. 다음에 말할 경의(敬意)나 감사라는 마음가짐에서 경제를 대신할 가치를 구하는 사회를 적극적으로 만들어 갈 수도 있을 것이다.

기계론적 세계관과 경제에 집중한 활동의 조합에서 이루어진 사회는 그대로 치열한 경쟁사회로 연결된다. 물론 경쟁은 중요하지만, 막다른 곳에 이른 조금의 틈도 없는 경쟁은 큰 불안을 불러일으킨다. 개성을 살려 여러 가지 도전을 허용하는 기분 좋은 경쟁을 위해서는 경제 이외의 가치를 평가하는 것이 불가피하다.

2. 개인을 살리는 사회 시스템으로의 전화

「관용과 협조성을 가지고, 자율적으로 행동해 창조적인 역할을 하는」 사람을 만들고, 그런 사람을 살려, 그 활동의 장을 넓히는 것과 같은 사회시스템을 갖추는 것이 필요하다.

▌ 다양한 개인의 자율성 · 내발성(內發性)을 살린다.

다양성 · 개성의 중시가 주장되고 있지만, 현실은 아직 일률적인 교육방식이 우선하고 있다. 다양성 · 개성이라고 말해도, 현실에서는 무엇을 해야 좋은지 모르는 사람이 많은 것이 아닐까. 우선 교육을, 한 사람 한 사람이 자신을 발견하고, 자신의 좋은 점을 찾아내는 것으로 할 필요가 있다. 물건 만드는 것이 특기라면 마음껏 그 기술을 키우고, 자연 속에서 일하고 싶다면 농업이나 어업에서 활기차게 살아가는 등 자율적, 내발적으로 삶의 방식을 선택하는 것이다.

생활의 기본이 되는 일(물론 가사나 지역활동도 포함하여)이 삶의 보람이 되는 교육과, 각자의 일을 평가하는 가치체계-그것은 보수와도 연결된다-가 필요하다. 안심의 기본은, 납득할 수 있는 일이나 역할에 있고, 그것이 사회에서 평가되는 것이기 때문이다. 이런 기반이 있다면, 사람들은 단지 안정된 기업에 취직하고, 거기서 일생을 보내는 인생설계가 아니라 자기 자신을 가장 잘 살려 직장을 구하고 전향적으로 살아가게 된다.

일이 안정되어 있으면 저절로 여유가 생기고 일 이외에 가정, 지역, 취미를 같이하는 동료, 자원봉사 활동의 조직 등에도 관심이 가서 개인으로서의 생활의 폭을 넓히고, 사회를 활성화시킬 수 있다. 이렇게 생산이야말로 중요하다고 하는 가치관 속에서 일하는 것이 아니라, 생활을 중요시하고, 납득이 가는 일을 하는 회사를 만들면, 다양한 개인이 배출될 것이다.

▍개인을 유기적으로 묶는 분산협조형 사회

사회의 변화와 함께, 전통적인 가치관 속에서는 불변의 것으로 여겨지는 가정이나 지역사회가 변화하고 있다. 무엇보다도 이것은 사회전체가 경제우선주의로 일률적인 가치 하에 나아간 결과이고 앞서 「기계론에서 생명론으로」에서 기술했던 것과 같은 변화가 일어나면 사람들의 관심은 다시금 가정이나 지역으로 향할 것이다.

단지 이 경우, 사람과 사람의 관계가 꼼짝할 수 없는 굴레로 이루어져 있다면 창조를 발산하는 토양이 될 수 없다.

그렇기 때문에 네트워크가 중요해진다. 최근, 인터넷이 급속히 보급되는 등 네트워크는 지리적인 제약을 넘어 지구상 어느 곳에 있어도 서로가 연결되는 상황을 만들 수 있다. 이것은 일상적인 윤택함을 도와 긴급시의 안심을 보장하는 것이고, 보다 좋은 인간관계 수립을 가능하게 한다.

이렇게 개인이 유기적 횡으로 연결되어 있어 서로 협력해 가는 사회의 모습을 분산협조형(分散協調型)이라고 부른다. 20세기는 일극집중형(一極集中型) 사회가 효율이 좋다고 일컬어졌지만, 그 폐해가 현저히 나타나고 있다. 이에 반해 지방분권 또는 지방주권이 주창되고 있지만, 분산하는 것만이 아니라 그것들이 필요에 따라 협조할 수 있는 체제가 무엇보다도 요망된다.

▌각 라이프 스테이지를 살려 일생을 활기차게

20세기의 안심을 유지해 온 것은 주로 장년 남자였다. 가장이었으며, 경제를 성장시키기 위해 몸이 가루가 되도록 일하고, 정치·경제·사회를 움직여 왔다. 그 성과는 평가하지 않으면 안되지만, 이것은 본인들이 육체적·정신적으로 과로에 빠지는 것뿐만 아니라 그 이외의 사람, 즉 여성, 아이, 노인 등을 경시하는 것으로 이어졌다. 이래서는 사회의 가치관도 왜곡되게 된다. 아이들은, 사회에서 일하는 장년의 시기에 보다 좋은 기회를 얻을 것을 목표로 공부하고, 여성은 사회에서의 활약 기회를 제공받지 못하고, 은퇴한 노인은 사회의 짐이 된 듯한 취급을 받게 되기 때문이다.

인간의 일생은 각각의 시기를 생생하게 살아갈 때야말로 의미가 있다. 예를 들면, 아이 시절에 몸에 익혀두지 않으면 안 되는 것은 인간관계의 기본을 만드는 것이다. 그런데 사회에서 평가받을 수 있는 직업을 얻기 위해 지식 위주의 테스트를 몇 번이고 통과할 필요가 있어서 목표를 그곳에 두게 되어, 인간관계 등은 쉽게 잃어버린다.

그래서 인생의 한 시기에 경중을 두는 것이 아니라 일생을 충실하게 하고 싶다. 그러기 위해서는, 인생의 각 스테이지(life stage)에 주목하고, 아이들은 아이들로서, 노인은 노인으로서, 마음껏 살아갈 수 있는 사회를 만들 필요가 있다.

스테이지에 주목하면, 병자·노인·심신장애자 등은 누구나 될 가능성이 있는 스테이지이고, 건강한 사람과 약한 사람이라고 구별하는 것이 아니라 인간이 약한 상태에 있는 시기라고 보게 된다.

그래서 장애물 없애기 등은 약자를 위한 복지가 아니라 모든 인간을 위해 당연히 준비되어야 하는 것이다. 게다가 약한 상태가 있는 것이 인생에서 의미를 갖는다는 적극적인 시각도 생겨난다.

교육도 인생의 한 시기에만 공부하는 것이 아니라 평생교육의 시대가 되었다. 의료 분야에서도, 일시적인 감염보다는 생활습관에서 오는 병과 같이 평상시에 먹는 것이나 운동 등 생활방식이 발병에 관계되고, 때로는 평생 그것과 함께 해야 하는 병이 늘고 있다. 또 직업도 정해진 연령에 취직하고, 정년에 끝나는 것이 아니라 여러 가지 형태로 평생 일할 수 있는 한 적극적으로 사회 참여를 하는 것이 바람직하다. 물론 은거를 스스로 선택하는 경우도 있을 것이다.

이런 사회 변화를 근거로 삼으면, 라이프 스테이지에 주목해 각 스테이지를 생생하게 지내는 것의 중요성이 다시금 보이게 된다.

종래에는 가정이나 지역에 모든 스테이지의 사람이 혼재하고 있었으므로 인생의 전체 모습을 자연스럽게 파악할 수 있었고, 또 생활의 지혜가 선인(先人)으로부터 전해 오는 경우도 많았다. 장수화로 인해 오래된 인생의 전체 모습을 꿰뚫어 보고, 그 설계가 가능한 것이 점점 안심의 필요조건이 된 이제부터는 스테이지 사이의 커뮤니케이션을 적극적으로 추진하는 배려가 필요하다.

이상을 정리하면, 생명·생활·일생(life stage)에 기본을 두고, 자율·내발적 개인이 분산협조형의 네트워크를 만드는 사회가 21세기의 안심과 여유가 있는 사회이고, 그것을 지향하는 각 삶의 의식변혁·행동과, 그것을 뒷받침하는 시스템을 실현하는 시책이 필요하다. 이렇게 해야, 총론에 있는 것과 같은 새로운 공(公)의 창출이 이루어질 것이다.

V 안심과 여유가 있는 사회의 제안

1. 안심을 뒷받침하기 위해

▌교육─언제나, 어디서나, 누구나가 배울 수 있다.

이제까지의 검토를 근거로 20세기가 생산 중심으로 효율과 물질의 풍요로움을 존중하는 일극집중형의 사회였던 것에 대해,

생명·생활·일생을 중시하는 라이프 스테이지 사회

　개인이 주체적으로 참여하는 분산협조형 네트워크 사회
를 만듦으로써 안심과 여유가 있는 정말로 풍요로운 생활을 하자
는 것이 제안이다. 여기에서 말하는 개인은, 관용과 협조성을 가
지고 자율적·내발적으로 행동하는 사람이다.

　이러한 사회를 만드는 것에는 우선, 과학·과학기술을 생명론적
가치축의 중심에 구축하고, 정보를 활용하여 개인을 살리는 사회
시스템을 형성해 갈 필요가 있다. 그리고, 개인을 뒷받침하는 교
육, 일, 가정·지역, 사회보장(의료, 보호, 연금)에, 새로운 사고방식과
제도가 필요하다. 이것을 그림으로 정리해 보자.

　이하, 그림에 있는 각 항목에 대해 설명하겠다.

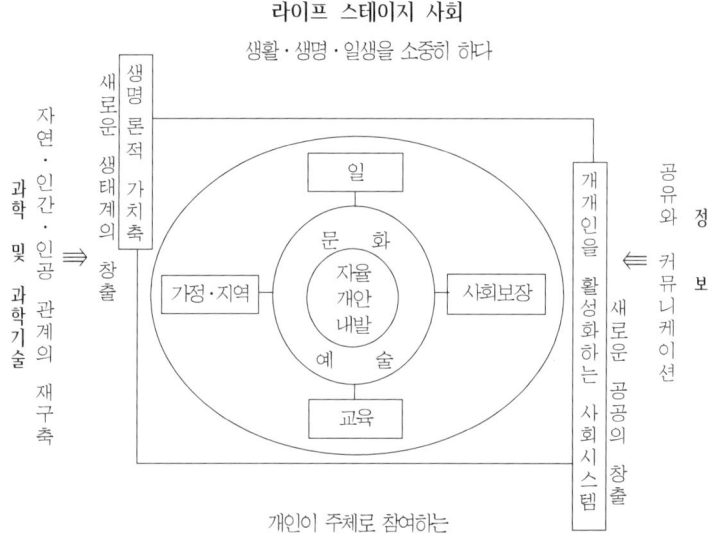

라이프 스테이지 사회
생활·생명·일생을 소중히 하다

개인이 주체로 참여하는

분산협조형 네트워크 사회

학교교육에 한정되지 않는 광의의 교육의 중요성은 본 간담회 전체에 공통된 주요 테마이지만, 자율·내발적인 사람을 기본으로 하는 사회건설에서 교육의 중요성은 아무리 강조해도 지나치지 않다.

교육의 목적을 ① 인간으로서 살아가기 위해 불가결한 기본적 약속, ② 사회인으로서 살아가기 위한 기초지식, ③ 직업인으로서 필요한 기초지식과 기능을 가진 사람을 육성하는 것에 두고, 그것을 위한 제도를 만들 것을 제안한다. 현재의 교육에서는 이것이 명확하게 의식되지 않고, 단순한 지식의 전달이 확실한 목적 없이 행해지고 있는 점에 큰 문제가 있다.

인간으로서, 또는 사회인으로서 공통적으로 필요한 기초적 부분은, 모든 사람이 충분히 몸에 익힐 수 있도록 의무를 지우고, 거기에 각자가 스스로 살아가는 방법 속에서 자신과 맞는 것, 필요하다고 생각하는 것을 키워갈 수 있도록 각 사람의 선택을 큰 폭으로 인정하는 제도(총론에 있는 의무로서의 교육일수를 줄이는 등)를 도입한다면, 자율적 인간을 기르고 안심과 여유가 있는 사회로 연결되어 갈 것임이 틀림없다.

① 인간으로서 살기 위해 불가결한 기본적 약속

기본은 인간 또는 자연과 더불어 사는 방식이다. 이것은, 종래에는 특별한 의식 없이 가정을 중심으로 하여 지역사회에서 가르쳐 왔다. 부모자식의 관계를 출발점으로 하여 형제자매, 친구, 지역의 사람들, 동물이나 식물과 더불어 살기 등 가정이 그 역할의 기본을 담당하지만 여성의 취업, 소자녀화(少子女化) 등의 현상을 생각하면 보육원, 유치원에서의 교육이 이를 중시하는 것이 중요하다. 그 속에서 저절로 책과 친해지고, 음악을 즐기게 되고, 지식을 추구하는 것을 크게 기대할 수 있게 되어 바람직하다. 자연과 더불어 사는 방식을 몸에 익히지 않은 상태에서의 단편적 지식의 주입은 이 단계에서의 교육의 본질이 아니다. 여기에서 기본을 만들어 두면 평생 이러한 자세가 지속될 것이다.

② 사회인으로서 살기 위한 기초지식

현대에서 가장 중요한 것은 말의 습득과 윤리적 사고의 훈련이다. 우선 모국어로 논리적으로 생각하고 표현하고 토론할 수 있는 것이 자율적 생활방식의 기본이다. 국제사회에서의 활약의 필요성이 증가하는 가운데 자기 주장을 하고, 상대를 이해하고, 또 서로 토론하면서 바람직한 방향을 찾아내 가는 인간이 요구된다.

총론에 있는 글로벌리터러시(국제대화능력)를 갖추는 데에는, 정보기술과 영어보다 여기서 말한 능력이 더욱 필요하다.

③ 직업인으로서 필요한 기초지식과 기능

각각의 능력·희망·기호에 따른 교육(서비스로서의 교육)으로서 고등학교에서는 직업교육을 좀더 철저히 해야 한다. 여기에서 말하는 직업교육은 좁은 기능교육이 아니라 인간으로서의 폭을 갖게 하는 교양교육도 포함하는 것으로, 직업인으로서의 윤리나 폭넓은 교양을 충분히 갖는 것이 중요하다.

고도의 전문성을 요구하는 직업도 많은 지금, 대학이나 대학원은 그에 따른 교육제도를 보다 충실하게 할 필요가 있다.

이런 장치를 전제로 사회에서의 직업을 가진 후에 다시 배우고 싶어하는 사람에 대해서 문호를 활짝 개방한 교육제도를 갖출 필요가 있다. 언제나 어디서나 누구나 배울 수 있는 제도이다. 이후, 사회인이나 직업인으로서의 지속적인 훈련이나 지속적인 학습의 중요성은 점점 높아짐에 틀림없고, 전문적 지식을 습득·갱신하고 싶어하는 사람들의 요구에 응해 줄 수 있는 훈련시스템이 필요하다. 배우는 목적이 명확하게 되고 나서의 학습은 가르치는 측에서도 배우는 측에서도 보람이 있다.

이런 교육시스템은, 자율적·내발적인 인간을 키우고 복수노선에서 언제나 수정이 가능한 사회 건설에 연결되고 안심의 기반을 제공한다. 게다가 자녀 양육에 조금 여유가 생긴 사람, 정년 후의 사람 등이 문학을 본격적으로 배운다든지, 경제를 다시 배우는 것 등으로써, 인간으로서의 폭을 넓히고, 생활에 윤택함을 가져오는 것도 가능하다. 스스로의 체험을 살려 가르치는 측에 선 사람도 있을 것이다. 물론 교육은 학교라는 장소에서만 행해지는 것이 아니라 가정이나 지역이 중요하고, 제도 이전에 배우는 측의 적극적 의식과 자세가 중요하다는 것은 말할 필요도 없다.

▌ 업무—복선사회 속에서

장기고용, 연공서열식 처우, 복리후생의 충실 등 일본의 특징으로 일컬어지는 시스템이 흔들리고, 기업경영에 미국형 글로벌 스탠다드의 도입이 닥쳐오고 있다. 그 결과, 고용의 유동화가 진행되고 있는 분야가 생기고, 회사에 귀속되어 얻었던 안심의 기초가 손상되어, 특히 중년 세대의 불안의 원인이 되고 있다. 여기에서 개인의 선택을 넓혀 금전적·물리적 노동조건에 덧붙여 일하는 목적, 일의 내용, 삶의 방식 전체에서 위치선정 등 여러 가지 가치관에 근거한 주도적 선택을 가능하게 하는, 안심을 뒷받침하는 유동화를 생각할 필요가 있다.

연금의 전직 후의 확보나 고용자 우위의 노동시장을 제정하기 위한 제도·벌칙의 엄격한 적용도 중요하다. 실업자의 구제는 불가결하지만, 임기응변식의 대응인 고용조정조성 등에 의지하는 것보다 신규 고용 기회의 창출을 지원하는 전향적인 시책이 요구된다.

물론, 안심의 기초로서의 안정고용의 의의도 중시하지 않으면 안 된다.「같은 직장에 정체하는 것은 아니지만, 일이 안정적으로 확보되어 있을」필요가 있고, 노동중개기능의 충실이 불가결하다. 또 같은 직장에서 시간을 들여 지식·기능을 높여 축적해 가는 선택도 존중되지 않으면 안 된다. 즉, 제도적 안정이 일률적으로 보장되는 것이 아니라 주체적인 선택을 중요시하는 것이다. 그 속에서 이후 사회인·직업인으로서의 지속훈련·지속학습에 의해 스스로의 재능을 높여가는 것이 점점 요구되어 간다고 생각되는데, 그러기 위해 교육 항목에서 서술한, 언제나 어디서나 누구나 배울 수 있는 제도를 주체적으로 활용해 갈 필요가 있다.

고용의 연령제한에 대해서는 종래의 55세 정년제는 평균수명이 짧았던 시대에 도입된 것이고 많은 직장에서 60세로 향상되었다. 그렇지만 이미 인생 80년 시대가 되었고, 근로가능 연령은 일반적으로 70세라고 생각된다. 고용, 연금에 관련해 정년과 수명과의 격차가 이후 더욱 불안을 낳아 가겠지만, 같은 직장에서 고용이 장기화되는 정년연장에는 한계가 있으므로, 복수 노선의 사회로서 연령에 따른 직장이 다양하게 공급되는 것이 고용자로서도 또 일하는 사람으로서도 바람직하다.

고령자의 고용기회의 개척은 이후 한층 큰 과제가 될 것이다. 기술진보의 속도가 빠르므로, 항상 거기에 도전하는 것도 필요하지만, 숙련이나 경험의 경시는 좋지 않다. 그것을 살리는 장은 있기 마련이다. 고령자의 새로운 직장으로서 보수는 그다지 높지 않지만, 사회공헌도가 높아 보람을 느낄 수 있는 직장을 생각해 볼 수 있다. NPO에의 참여도 있을 것이다. 때로는 취미를 살리는 것도 있을 것이고, 후배의 교육도 의의가 있는 일이다.

▌가정 · 지역사회—다양성을 살려, 스스로 선택하는 인간관계

가정을 기본단위로 하는 생활방식은 인류 탄생 이전 영장류 시대부터이고, 작은 단위로 친밀한 인간관계를 보전하고 서로 도와가며 살아가는 것은 안심의 기본을 이룬다. 단지 법률상으로 혼인을 한 양친과 아이가 하나의 지붕 아래 지내고, 아버지가 가계를 담당하고, 어머니가 육아 · 가사를 하는 가정이 반드시 21세기의 행복한 생활이라고는 단정지을 수 없다. 여성의 사회진출, 자유로운 혼인 등을 보면, 가정이라는 개념을 고정시키지 않는 편이 현실적이다.

물론, 아이들이 모두 어른으로부터 충분한 애정을 받고 양육되고, 누구나가 서로 돕는 동료를 갖고 있는 상태를 뒷받침하는 것은 중요하다. 자유로운 시간이 없어진다든가, 양육비가 든다 라는 이유로 아이를 갖지 않는 개인과, 활력, 특히 노동력 부족을 이유로 출산을 요구하는 사회는 아이들을 경제면에서 보고 있다는 점에서 공통적이다. 아이들은 다음 세대에 우리들의 문화를 계승하고 꿈을 현실화하고 미래를 만들어 가는 존재이다. 인류의 미래를 신뢰할 수 없으므로 아이를 가지지 않는 사람들이 사는 사회는 역시 허무하다. 20세기는 지구의 인구가 급속히 증가한 시대이고, 특히 성숙사회로 이행한 선진국은 인구가 안정화 되어가는 것이 당연하다. 따라서 숫자에 얽매이는 것이 아니라, 사회가 보배같은 자식으로서 아이를 키워가는 상황을 만들어내는 것에 중점을 두고, 시책도 그것에 맞췄으면 한다. 그러기 위해서는, 어머니(또는 아버지)가 어떤 기간 육아에 전념하고, 다시 직장에 복귀할 수 있게 한다든가, 또 부모가 함께 계속 일하고 싶은 경우, 충분한 보육지원을 공급하는 등의 시책으로 육아와 사회활동을 양립할 수 있게 하고, 아이들이 기본적인 인간관계를 몸에 익힌 인간으로서 인생을 시작할 수 있도록 할 필요가 있다. 근래, 아이들이 불안을 호소하는 경우가 늘고 있다고 한다. 가정·지역·학교에서의 인간관계를 확실히 만들어 21세기의 어른이 건전하게 자랄 수 있도록 하자.

가정도 지역사회도 기존의 굴레가 강조되어서는 도리어 새로운 역할을 수행하지 못할 위험성을 갖고 있다. 오히려 어느 정도의 유연성을 생각하여 복수가정이 공생하는 형태로 새로운 지역사회를 형성하거나(커뮤니티 하우스, 컬렉티브 하우스 등), 가까이 살고 있는 사람보다도 인터넷을 통한 동료와 강한 연대감을 느끼고, 그것을 지역사회를 대신하는 새로운 커뮤니티라고 생각하는 등 형태는 어떠한 것이든 간에 사람과 상부상조하는 관계를 가지고 있는 상태를 만들어내면 즐거울 것이다. 21세기는 그런 시험의 사회가 되고 혼란도 있을지 모르지만 인간관계를 중요시하는 시각은 잃지 않고 새로운 시험에 도전해 나가고 싶다.

일본사회의 특징의 하나로서 균질, 그 이상의 균질을 좋아하는 것을 들 수 있다. 구미로부터 배워 근대화하고, 생활 레벨을 높이는 것이 필요했던 시기는 이것은 이점이 되었다. 1억이 모두 중류인 사회이다. 그러나 어느 정도까지 레벨이 높아진 현재, 더욱 활력을 내고 새로운 생활방식을 모색하는 데에는 다양성이 중요시된다. 인종, 출신, 연령, 성 등에 의한 차별은 말도 안 되는 것이고, 일본에 사는 모든 사람의 기본적 인권을 보장하는 것이 기본이다. 교육의 항목에서 서술했던 인간으로서의 살아가는 기본적 약속에는 물론 이것이 들어간다.

21세기에는 소자녀고령화 사회도 관련하여 해외로부터의 이주가 있을 것을 생각하지 않으면 안 된다. 일본은 해외와의 교류는 왕성히 하여 해외에서 오는 물건이나 정보를 도입하는 것은 능숙하게 잘 해 왔다. 그런데 인간에 대해서는 해외에 나가는 것은 있지만, 바깥으로부터 들어와 정착하고 국적을 취득해 영주하는 과정을 그다지 경험해 보지 않았고, 제도적으로도 감정적으로도 받아들이는 체제가 충분하지 않다. 그러나 세계의 흐름은 사람이 자유롭게 이동하는 방향으로 움직이고 있다. 이미 많은 외국인이 일본에서 생활하고 있고, 정착한 사람도 적지 않기 때문에 그런 사람들을 사회의 일원으로서 인정하는 것은 당연하다. 오히려 다른 문화를 배경으로 하는 사람들의 힘을 살려서 새로운 일본의 활력을 만들어 낼 가능성도 크다. 그래서, 불문율 위주로 움직여 온 일본사회를 이전보다는 계약형으로 만들고, 문화의 차이로부터 일어나는 마찰은 명문화된 규칙을 기준으로 해소해 가는 것이 현실적이다.

▌사회보장(의료·수발·연금)−생기 넘치는「건강장수」의 확보

사회보장제도는 국민의 생활을 지원하는 안전망의 역할을 담당하는 것이고, 21세기에도 풍부한 개성의 개인이 충분하게 힘을 발휘할 수 있기 위하여 안심의 기초를 제공할 수 있도록 안정적으로 운영해야 한다. 인구동태의 변화는 피하기 힘들고, 사반세기 후에는 본격적인 소자녀고령사회가 확실히 현실이 될 것이다.

현재, 고령세대나 중년세대를 중심으로 스스로나 가족의 노후건강이나 수발의 문제, 또는 소득보장 문제가 큰 불안의 원천이 되고 있다. 또, 젊은 세대에게도 사회보장제도가 장래까지 유지되지 않는 것이 아닐까, 자신들의 세대에게는 급부에 비해 부담이 현저히 과중한 것이 아닐까라는 불안이 퍼지고 있다.

고도성장시대의 사회보장은 그 대다수가 사람들이 귀속한 기업에 따라 제공되었다. 그러나 그 기업회사가 서바이벌게임에 처하면서 일본적 경영의 핵심부분이라고 여겨져 왔던 종신고용 내지는 장기고용, 또 그것과 세트였던 연공서열형 승급·승진 시스템이 무너져 가는 직종·업종이 생겼다. 사회가 번영할 수 있는 기간, 이른바「사회의 수명」은 단축되는 한편, 사람들은 더욱 수명이 길

어지고 있다. 세계에서 유례없는 속도로 진행되는 고령화·장수화로 인해 60~70세를 전제로 만든 연금이나 고용제도가 장수사회의 요구에서 유리된 것이 되었고, 그 자체가 사람들의 장래에 대한 불안을 더욱 증폭시키는 결과가 되었다. 사람들이 장래 생활에 큰 불안을 안고 있는 상황에서는 사회 전체를 덮고 있는「폐쇄감」을 떨쳐버리기 힘들다.

고령화·장수화는 적절한 시스템 개혁을 게을리하면, 한편에서 현저하게 된 소자녀화와 함께 일본 사회보장제도의 근간을 흔들고 사회의 활력을 잃게 한다.

이러한 인식을 전제로 하여, 21세기 사회보장제의 이념과 방향을 생각할 때, 최소한의 공적보장과 민간 부문이 제공하는 다양한 선택지를 적절하게 조직하는 것이 중요하다. 우선, 사회보장의 필요최저한도를 확보하는 것은 국가나 공적기관의 책무이고, 그에 대한 국민의 신뢰감을 확실한 것으로 할 필요가 있다. 이 신뢰감이 무너지면, 사회적인 불안은 상당히 심각하게 된다. 그러한 공적인 미니멈의 보장이 확보된 후에 개개인이 추가적인「안심보장」을 다양한 선택지 속에서 고르는 형식이 바람직하다. 다양한 선택지에는 직접적인 사회보장 관련제도뿐 아니라 고용제도, 직업훈련제도 등도 포함된다. 사회보장은 그것만이 따로 떨어진 독립된 문제가 아니라, 경제, 사회의 다양한 제도·관행의 균형이 중요하다는 것임을 강조하고 싶다. 사회보장도 국가나 공적기관에 의존하여 수동적이고 일률적인 안심을 추구할 것이 아니라 개인의 주체적 선택이 있고, 그것을 지원하는 제도정비가 실행되는 시대가 왔다고 할 수 있을 것이다.

또, 개인은 획일적인 것이 아니다. 같은 나이라도 신체적·정신적·사회적으로 점차 다양해지고 있다. 사회보장은 공동체 구성원 누구나가 내재적으로 갖고 있는 리스크에 공동체 전체로 대응한다고 하는 상호지원의 이념을 기본으로 한 것이고, 고령자라 하더라도 지원하는 역할(부담)을 하는 사람도 있을 것이다. 고령사회를 「상대적으로 수가 적은 현역세대가 고령세대를 지원한다」고 고정적으로 생각하지 않고 「누구든 처할 수 있는 상황에 대비해 그 위험부담을 공동체 구성원 사이에서 적절하게 분담하는」 것으로 파악하는 제도가 필요하다.

① 의료

소자녀고령사회에서의 커다란 불안의 요인 중 하나가 건강이다. 장수라 하더라도 건강이 따르지 않으면, 본인에게 있어서도 사회에 있어서도 불행이다. 「생명수명」과 「건강수명」의 격차를 얼마나 축소할 수 있는가. 두 가지가 일치한다면, 수발의 걱정도 없고, 수발·의료비용의 팽창, 활동하는 세대에의 과도한 부담도 멈추게 할 수 있다.

그래서 의료를 건강을 해쳤을 때의 치료만으로 하는 것이 아니라 건강유지를 위한 것이라고 생각하여 「예방의료」「건강유지(보건)」로 정책, 제도의 중심이동, 발상의 전환을 할 필요가 있다. 그에 따라 사람들의 「건강수명」이 길어지고, 「생명수명」에 접근한다. 또 의료는 사회보장 중 다른 많은 제도나 관행과 밀접하게 서로 관련되어 있다는 점에 유의하는 것이 중요하다. 오랜 시간에 걸친 순조로운 경제발전 가운데 모든 제도가 나름대로 기능한 점도 있어서 어느새 섹셔널리즘(sectionalism)이 횡행하게 되었다. 장수시대에 있어서 「건강수명」을 길게 하려면 건강한 한 연령에 의한 차별없이 고령이더라도 근로나 자원봉사활동 등에 사회적으로 참여할 수 있도록 하는 것이 중요하고, 그것이 삶의 보람이 되어 정신적・육체적인 건강을 유지하는 것으로 이어진다. 그 결과 고령의료나 수발비용이 억제된다.

그래서 「예방」「보건」을 위한 하나의 수단으로 의료, 보건사, 간호사, 심리상담원, 약제사 등 일상의 건강문제에 관한 고민에 대해 가볍게 상담할 수 있는 팀을 만들 것을 제안한다. 이른바 「마을 보건소」이다. 가볍게 상담할 수 있는 인간으로서 신뢰할 수 있는 전문가가 가까이에 있음으로 해서 사람들은 자신의 건강을 스스로 관리하는 것이 쉬워질 것이다. 지리적 제약이 있는 지역에서는 전화나 인터넷을 활용한 상담시스템도 생각할 수 있다. 또 이러한 팀이 필요한 지식을 전문의나 의료기관에 문의하는 데에도 인터넷을 활용할 수 있는 구조를 검토해야 한다. 「마을 보건소」는 「건강수명」을 높이는 것은 물론, 병원의 혼잡완화, 의료비 억제에도 기여할 수 있다.

고령자 한 명당 의료비는 현역세대의 몇 배로 오른다. 고령자 환자가 안심하고 의료서비스를 받을 수 있게 제도의 안정운용이 필요하지만, 그 비용을 지원하는 의료보험재정은 이미 파탄의 위기에 처해 있다고 하고, 방대하고 급속하게 증가하는 의료비의 억제는 소자녀고령사회의 중대한 문제이다. 전부터 장기입원・투약・검사 등의 문제가 지적되고 있지만, 예를 들면 의약품의 경우는 대량사용에 의해 제약회사나 유통업자가 이익을 얻는 것은 물론, 일차 사용자인 의료기관에서는 약가 차익이 생기고, 또 최종 사용자인 환자에게는 원가 의식이 작용하기 힘들기 때문에 과잉사용을 억제할 계기가 없다. 이것을 관계자의 윤리나 자각의 문제로 하는 것이 아니라 제도나 구조의 문제로 조급하게 해결할 필요가 있다. 의료보험제도의 안정적인 운영을 확보하기 위해서도「건강수명」을 가능한 한 연장하는 예방의료가 중요하다.

또 정보를 환자들에게 열어 보여주고, 의사의 설명책임을 강화하고, 의료기관을 객관적으로 평가하는 구조가 필요하지만「마을보건소」가 제3자로 중립적 어드바이스하는 기능도 갖는다면 환자가 의사나 치료방법을 자신의 생활방식 중 하나로 선택할 수 있게 될 것이다.

② 수발

의욕과 능력이 있는 사람은 일할 공간이 있는 사회를 만들어도 수발이 필요한 상태의 인생을 어떻게 사는가, 또 수발의 부담을 어떻게 사회에서 나누어 갖는가는 성숙한 사회의 중요과제이다.

자택, 복지시설, 병원 등 본인 및 주면 사람이 희망하는 장소에서 인생을 완결할 수 있는 체제를 정비하고, 개개인이 주체성을 잃지 않도록 항상 담당자가 주역이라는 시점에서 생각하는 것이 사회의 비용을 줄이는 데 연결된다.

현재로는 가족만에 의한 수발은 무리이고, 누구나가 빠질 위험이 있는 위험을 사회 전체에서 부담하여 지원한다는 기본이념에 기반하여 부담의 사회화 구조를 서둘러 정비해야 한다.

그 때, 수발이 필요한 사람의 존엄을 충분히 확보하는 고민이 필요하다. 자기부담이 가능한 경우는 그것을 취해서 정부로부터의 수혜라는 성격을 배제함과 함께 과잉수요, 과잉공급이 없는 자율적 선택이 가능한 구조를 만드는 것이 기본이다. 부담의 분담은 획일적이 아니라 부담능력, 위험 또는 급부를 보장하는 기대수준을 반영할 필요가 있다. 서비스 공급에 관한 정보의 공개·제공은 수발을 필요로 하는 쪽의 선택을 보장하는 위에서 중요하며, 이것에 의해 서비스 공급자간의 공정한 경쟁을 촉진하고, 서비스 질의 향상이나 요구에 맞춘 섬세한 서비스의 제공으로 이어지지 않으면 안 된다. 나아가 다른 사람을 돌본다는 것의 가치를 사회 전체가 인정하고, 수발의 대가를 적절하게 하는 구조도 요구된다.

③ 연금

연금문제는 고령자에게 있어서는 사활이 걸린 중요한 관심사이고, 장기적 유지야말로 안심을 주는 것임에도 불구하고 그 개혁이 너무나도 안이하게 논의되고 빈번한 제도변경이 일어날 수 있는 상황에 처해 있다. 장기, 안정적인 연금제도의 실현에는 그것을 재정적 측면에서만 논하는 것이 아니라 정년제의 문제나 고령자 고용의 추진, 의료·수발을 포함한 사회보장제도 전체, 경제 전체의 활성화책 등을 일체로 파악하여 고려하지 않으면 안 된다. 고용제도, 의료제도, 수발제도 등은 그대로 두고 「연금의 논리」만으로 개혁안을 준비한다는 종단적 행정의 폐해는 배제할 필요가 있다. 예를 들어, 고령자 고용환경 정비와 관계없이 연금의 지급개시 연령만을 끌어올린다면, 그렇지 않아도 노후의 불안감을 느끼는 중고연령층의 불안을 증폭시켜 그들을 생활방위저축 증강으로 내몰 뿐이다.

연금제도는 실로 21세기라는 긴 기간을 주시하여 구축하지 않으면, 빈번한 제도개정·수정을 하게 되어 사람들의 불안을 필요 이상으로 심각화하게 한다.

라이프 스테이지를 중시하는 시점에서 각자가 인생 전체상을 파악할 뿐 아니라, 스스로의 선택에 의해 자주적으로 인생을 설계하는 것이 중요하고, 연금도 이를 가능하게 하는 다양한 선택지를 준비하는 것이 이제부터의 성숙한 사회에서의 기본이 될 것이다.

즉, 노후생활은 전부「젊은 세대에 지원 받는다」는 것이 아니라 다양한 선택 가운데「라이프 스테이지의 일정시기에 자신이 낸 결실을 훗날 스테이지인 고령기에 받는다」는 사고방식을 지원하는 구조가 요구되고 있다.

여기에서 그 다양한 선택지가 자주성과 안심을 함께 제공하기 위해서는 아무래도 강제가입에 의한 최저한도의 기초적 연금의 확고한 구축이 필요하다. 노후생활의 최소한도에서의 안심을 제공하는 최소한의 안전을 널리 확보한 다음의 다양한 선택지여야 비로소 그것은 풍요로움과 안심을 확실한 것으로 한다.

최소한도의 연금지급액의 정도는 각각의 제도, 사회적 조건에 의존한다. 정년제를 비롯한 고용제도가 그 하나이지만, 고령자의 생활비, 고령자가 사용하는 도서관, 공원 등의 사회적인 인프라 등도 중요한 결정요인이 된다.

일본의 사회보장에 대해서는 연금·의료에 급부의 중심이 놓여 기득권이 형성되는 한편, 수발이나 육아 등의 복지분야의 후진성이 지적되고 있다. 연금·의료·복지를 종합적인 시점에서 파악하는 사회보장의 종합정책으로, 국민이 부담할 수 있고, 제도의 안정적 운영이 가능한 방법을 찾지 않으면 안 된다. 그러한 때에 기득권을 온존시킨 채 증가분을 새롭게 배분한다는 식의, 파이 자체의 확대를 전제로 한 종래의 수법으로는 국민이 부담을 견딜 수 없어 제도의 안정적 운영이 불가능하다.

사회보장은 속한 단체, 세대, 조직, 지역 등에 의해 가치관이나 이해가 다르고, 심각한 의견대립을 피할 수 없기 때문에 전문가에 의한 치밀한 검토를 하고 나서, 특히 젊은 세대를 포함한 국민 각층·각세대가 각지역에서 철저하게 논의하고 스스로 선택·결정해 가는 수밖에 없다. 정치·행정이 부담과 급부의 관계를 포함한 정책의 선택지를 알기 쉽게 제시하고, 그것을 기반으로 한 모든 사람에 의한 활발한 논의를 기대한다.

▌ 문화·예술활동─새로운 길을 찾는 심정의 표현

불안을 느꼈을 때 그것에 존재하는 부조리를 지적하거나 그것을 넘어선 새로운 길을 찾으려 하는 심정의 표현으로의 문화·예술활동은 인간이 살아가는 기본이다. 또 어떠한 때에도, 진선미의 감각이 생활 속에 있는 것이 중요하다.

경제활동이 우선인 사회에서는 학술·문화·예술활동은 여유가 생기고서야 비로소 향유하는 것처럼 여겨져 불경기가 되면 공도 사도 그 비용을 줄이게 되기 쉽다.

학술·문화·예술을 지원하는 정책으로는 개인·기업에 의한 기부에 대한 면세조치의 확대가 크게 요구된다. 이것은 학술·문화·예술활동에 대한 기부를 촉진하고 보다 고도의 활발한 활동을 지지하는 것이 될 뿐만 아니라 다음과 같은 두 가지의 커다란 의미를 갖는다.

하나는, 이러한 활동을 사회에서「가치 있는 일」「바람직한 일」「권장해야 할 일」이라고 평가하고 있다는 가치관의 표현이다.

다른 하나는, 모든 활동이 국가주도형이었던 메이지 이후의 모습에서 탈각하여 문화나 예술은 그 활동을 지지하고 싶어하는 사람들의 심정을 반영한 것으로서 키워가는 것이 바람직한 사고의 전환이다.

「문화」예술 활동에의 적극적인 지원은 사람들의 자율성을 고양시키고, 다른 사회활동까지도 활성화하는 역할을 다할 것임에 틀림없다.

2. 라이프 스테이지·분산협조형 네트워크사회를 지원하는 정보와 과학기술

▌정보−공유와 커뮤니케이션에 의한 새로운 커뮤니티를

컴퓨터 네트워크를 기본으로 한 정보사회의 도래는 누구나가 인정하는 것이다. 그리고 정보화가 퍼스널 컴퓨터라는 기계로 상징되고, 그것을 다룰 수 있는 것이 취직의 조건이 되는 일이 많아서 중·고년층을 위협하고 있다. 이러한 현상에 대하여 여기에서는, 정보사회란 사회에 존재하는 방대한 데이터를 누구나가「이용」하고 그것을 의미있는 정보로 「활용」할 수 있는 사회라는 점을 확인하고 싶다. 이렇게 생각하면 21세기에는 전화 같이 메뉴얼 없이 누구나 사용할 수 있는 커뮤니케이션 전용 기기가 사회에 퍼지고, 이것을 단말로, 모든 기구나 가구가 네트워크로 연결된 상태를 만든다는 방향성이 기대된다. 이것이 실현되면 개인이 기계의 취급을 위해 필요 이상의 노력을 하거나 시간을 쓰지 않고 풍요로운 정보를 활용할 수 있는 환경이 정비되고 기계에 휘둘려지는 것이 아니라, 인간주체의 정보사회를 형성할 수 있다.

이것을 지원하는 컴퓨터 소프트웨어의 개발이 우선 중요하지만, 이미 리눅스(LINUX) 등 누구나나 자유롭게 활용할 수 있는 컴퓨터 시스템, 즉 경제적 대가 없이 제공되는 소프트웨어에 의해 보편적인 시스템을 만드는 움직임이 있는 것은 기쁜 일이다. 이 경우, 소프트웨어의 제공자는 다수의 사람으로부터의 존경과 감사를 대가로 하고 있다. 네트워크 중에서의 유용한 정보제공도 또한 많은 사람들과의 접촉과 감사가 원동력이 되어 이미 움직이고 있다. 이것은 인간주체의 커뮤니티 형성을 기술이 지원하고 있는 좋은 예라 할 수 있고, 네트워크를 통해 지역을 넘어선 커뮤니티가 생기고, 분산 협조형 네트워크 사회가 구축되어 가는 흐름을 볼 수 있다.

또 의료나 복지관계의 정보를 입수하거나 정보단말에 개인의학 데이터가 들어있어 먼저 기술한 마을 보건소와 연결되어 있으면, 고령자의 안심은 본격적으로 확보될 수 있을 것이다. 누구나 언제라도 안심할 수 있는 생활을 보내는 것을 목표로 하는 라이프 스테이지 사회의 큰 지원이 된다.

한편, 이러한 컴퓨터를 포함한 사회는 때때로 그것이 작동을 하지 않거나, 오작동하거나, 악용될 위험이 있다는 점에 유의하지 않으면 안 된다. 존경과 감사를 대가로 하는 시스템을 기본으로 둔 사회라면 악용도 적을 것이라고 기대하지만, 시스템의 안전성 확보는 불가결하다. 또 대량의 정보를 처리하고 고속으로 보낼 수 있는 컴퓨터는 유용한 도구이지만, 이것을 왜곡된 가치관으로 사용하면 사회를 통제하는 방향으로도 될 수 있다. 공유된 정보를 다양한 가치를 추구하는 사람들이 유효하게 활용하는 방향으로 이끌어가는 데에는 사회를 구성하는 사람이 자율적일 필요가 있고 그러한 사람을 만드는 교육이 중요하다.

▎과학 및 과학기술─자연·인간·인공의 관계 재구축

일본은 과학기술 창조입국을 지향하고 있고, 21세기도 20세기와 마찬가지로 과학 및 과학기술을 발전시키고 보다 살기 좋은 생활을 추구하게 될 것이다.

그러나 이미 논한 바와 같이 과학기술이 현재의 가치관 속에서 그대로 발전해 나아가는 것은 어렵다. 20세기의 과학기술이 추구해 온 효율이 거의 한계에 다다른 면도 있을 뿐 아니라 환경문제도 심각하고 자원, 에너지의 유한성도 고려하지 않으면 안 된다. 효율, 양적 확대 일변도의 방향을 재고하는 것이 요구되고 있다. 자연, 인간, 인공의 관계를 재고하고, 자연의 일부인 인간에게 바람직한 생활은 무엇인가를 생각하여 과학기술을 개발할 필요가 있다. 외부의 자연뿐 아니라 인간 내부의 자연도 이제 이 쫓기는 듯한 생활에는 비명을 지르고 있다. 여기에서 요구되는 것은 생명론을 기본으로 한 가지 축이고, 총론에서 논한 바와 같은 패러다임 전환을 한 과학 및 과학기술을 활용하고, 생명·생활·일생을 소중히 하는 사회 만들기이다.

여기서 먼저 접근해야 할 것은 자연을 살린 환경형 사회의 구축이다.

그 모델의 하나로 농업을 신중히 재고해 보는 것을 제안하고자 한다. 농업은 본래 환경형 산업인데, 효율을 추구하면서 공업화가 일어났다. 물론 농업도 생산성이 중요하지만 그것이 자연을 상대로 하고 있다는 점을 잊었기 때문에 오히려 토지가 갖는 능력을 저하시키고 작물의 다양성을 잃고, 심지어는 식품의 안전성, 농민의 건강에도 문제가 생기지 않을 수 없었다.

특히 일본의 경우, 수입하는 편이 경제적이라는 판단에서 쌀 이외의 식품 대부분을 수입에 의존한 결과, 자급률이 세계에서 가장 낮은 상황이 되었다.

순환형, 유기형 농업을 확립하고, 맛있고 영양가 높은 안전한 식품을 자급한다면, 안심의 기본이 될 것이다. 더구나 이러한 농업은 시골이라는 형태로 가까운 자연환경을 지키는 것이 되고 어린이가 접해야 할 자연의 보호도 된다. 물론 이러한 농업에는 바이오 테크놀로지에 의한 품종개량, 작물발육의 컴퓨터 제어나 경영의 컴퓨터 관리 등 첨단기술의 개발과 적극적 활용이 불가결하다. 또 기업화하고, 경영합리화해 가는 것도 중요하다.

이러한 농업의 확립에 접근하는 것이 사회 전체를 순환형으로 하려는 가치관을 정착시키고, 방법론을 개발해 가는 것이 되고, 과학기술 전체의 변환의 계기가 될 것이다.

또 하나의 모델을 일본의 산업기반이 된 자동차 산업에서 보자. 환경형이 되면, 생산 시점부터 소재의 조립을 고민하고, 재활용을 가능하게 하는 것은 하나의 기본이다. 이것은 이미 시작되었다. 그러나 여기에서는 생명론적 가치관에서 보면 불충분하다. 자동차의 운행시스템을 포함하여 전체로의 에너지절약, 자원절약이 되도록 하지 않으면 안 된다. 나아가서는 편리하고 쾌적하게 물건이나 사람을 운반하기 위한 기술로 자동차를 어떻게 자리매김하는가까지 생각할 필요가 있고, 21세기에는 자동차에 제한되지 않고 환경사회를 지원하는 교통·운송으로의 종합교통시스템을 생각하는 것이 요구된다.

그 외에 라이프 스테이지형 기술의 개발도 중요하다. 이것은 인간의 일생에 대응하는 기술이고, 의료는 실로 이 시점에서 생각하지 않으면 안 된다. 치료뿐 아니라 예방이나 건강유지도 포함한 의료를 고려한다면, 실로 개인의 탄생에서 죽음까지 안심을 지원하는 의료시스템의 구축이 요구된다.

라이프 스테이지형 기술에는 사회기술이라고 불리는 시스템이나 빗물을 중성수로 이용하고 생활폐수는 가능한 한 가까운 곳에서 정화하여 강에 흘려 내보내는 것이 있다. 대형 하수도는 낡은 발상인 것이다.

요는 기술발전을 목표로 한, 그 활용으로 생활을 척척 바꾸어 가는 것이 아니라, 생활 쪽을 주체로 하고 자신이 바라는 생활을 위한 기술을 개발하는 것이 안심의 기본이라 할 수 있다. 이러한 기술개발이야말로 선구적인 사람에 의해 이루어질 것이고, 전문가도 이 의식을 강하게 갖지 않는 한 일은 진전되지 않는다.

VI 맺음말

모두가 꿈을 가지고 서로 신뢰하는, 안심과 윤택함이 있는 사회를 확보하기 위한 기본은, 어디까지나 우리들 한 사람 한 사람이 어떻게 살아가려 하는가에 두고자 한다. 개인에서 출발하는 것이다. 그 개인은 자율적이고 내발적, 즉 항상 자원하며 행동하는 사람이고, 타인과의 관계에서는 관용과 협조성을 갖는 사람이다.

그러한 사람이 생명·생활·일생을 소중히 하는 사회, 개인이 주체적으로 참여하는 사회를 만든다. 자율적 인간이 충실한 인생을 보내고, 나아가 다음 세대가 보다 나은 생활을 보낼 수 있도록 깊이 생각하여 도전해 가는 사회이야 말로 안심과 윤택이 있다.

4
아름다운 국토와 안전한 사회 ● ● ● ● ● ● ● ● ● ●

아름다운 국토와 안전한 사회

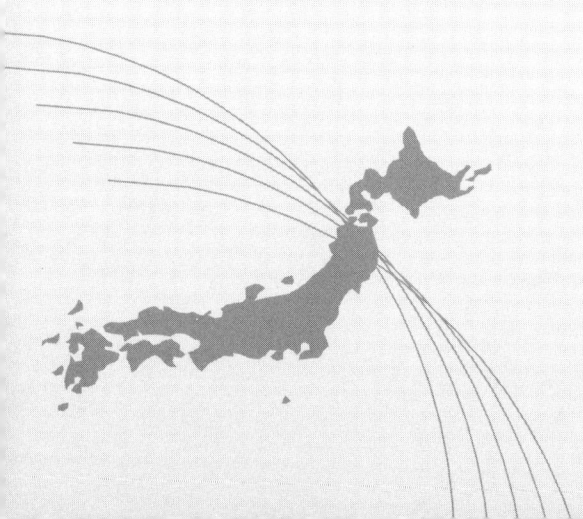

I 열려진 사회의 환경과 안전의 확보를 향해

일본의 국토는 원래 지진·분화·산사태·수해·해일 등의 자연재해에 지형적으로 고유한 취약점을 가지고 있다. 이러한 자연재해에 대해서는 안전확보를 위해 과학기술을 이용한 부단의 노력을 기울여 왔다.

그러나 천재(天災)로부터 완전히 피한다는 것은 불가능하다. 게다가 인재(人災)가 있다. 일취월장한 과학기술의 발달은 새로운 위험을 낳고, 위험의 성질을 바꾸어 간다. 미지에 대한 불안감은 오히려 높아졌다.

일본뿐만이 아니라, 현대사회는 의료의 진보, 항공기 등의 편리한 교통기관의 발달, 커뮤니케이션 기술의 발달 등으로 대표되는 과학기술의 눈부신 성과를 향유하는 반면, 그 발달에 수반되는 반대급부, 예를 들면 지구환경 문제, 내분비 교란물질 등 안전을 위협하는 요소가 너무 많아서 일일이 셀 수가 없다.

또 급격한 진전을 보이고 있는 인터넷 등의 정보기술은 국내외의 사람들을 통신망으로 묶는 새로운 길을 열었으나, 프라이버시의 침해로부터 사이버 폭력에 이르기까지 종래에 없던 위협을 낳고 있다. 자연이 가져다 주는 천재(天災)에 더하여 지금까지 보다 더욱 늘어가고 있는 인간활동이 가져오는 인재에 직면하는 시대에 있어서 생활의「풍요로움」을 다시금 물어 보지 않으면 안 될 것이다.

자연계가 다양한 것처럼 인간의 사회도 다양하고, 각지에서 살고 있는 인간의 가치관도 다양하다. 글로벌화, 정보화, 교통의 발달에 의해 이동하는 인구(유동인구)도 급격히 늘어나 있고, 앞으로 일본에 사는 외국인도 더욱 증가할 것이다. 21세기의 일본은 서로 다른 가치관이 공존하고 다양성을 존중하는 열려진 사회가 계속되어 가고 있다. 그것은 사회의 활력을 높이는 것임에 틀림없다.

그런 한편으로 아름다운 국토라든지 안전을 지켜가기 위해서 일본인 이외의 사람들과의 협력을 포함해, 이제까지는 없었던 노력이 요구되고 있다. 더구나 인간의 활동이 환경파괴 등 새로운 위험을 만들어 내고 있다고 한다면 그러한 인간의 다양성을 존중하면서 환경이라든가 안전을 수호하기 위해서는 정부·기업·개인 등의 다양한 사회의 주체가 각자의 역할을 되물어 새로운 관계를 형성해 가지 않으면 대처할 수 없다. 그것은 종래 일본특유의 수직적 사회조직을 개선하게 될 것이다.

여기에서는 아름다운 국토와 안전한 사회를 실현하는 구상으로서 ① 생활의 풍요로움이란 무엇인가를 되물어 볼 필요가 있다는 것, ② 환경의 안전과 안전의 확보를 위해서는 개인과 사회와의 새로운 상호관계가 필요하다는 것, ③ 그 새로운 관계의 실천의 장으로서의「지역」의 자결(自決)이 필요하다는 것, 그리고 ④ 새로운 시대의 위기관리의 전략이 필요하다는 것의 4가지 점을 제언하고자 한다.

많은 사람들에게 있어서「자기가 사는 지역사회가 아름답고 안전하다」라며 자연스럽게 자랑할 수 있는 삶이 이상이다. 아름다운 자연환경·생활환경을 보유하고 안전한 사회를 구축하는 것은 지구상에 살고 있는 사람들의 소망이기도 하다. 교통·통신의 여러 가지 다양한 네트워크를 통해서 세계 각지가 연결되어 상호의존을 심화시켜 가고 있다. 지구는 점점 좁아져 가고 있다. 일본은 선진국의 일원으로 지구사회에 공헌할 책무가 있다. 아름다운 환경이라든가 안전을 위한 일본의 나라만들기는 자신이 사는 지역사회를 위해서 뿐만 아니라 다양한 네트워크를 통해서 지구사회에 대한 공헌이 될 수 있을 것이다.

II 물질과 정신이 함께 하는 풍요로운 삶

1. 매력 있는 문화의 창조

국민이 일본에 대해서 자랑스럽게 생각하는 것 중「아름다운 자연」「안전한 치안」「유구한 역사와 전통」은 항상 상위에 있다. 그러나 경제성장을 중시한 획일적인 개발이 진행됨에 따라 그런 것들을 잃어버려 온 것 같다.

따라서 환경과 안전의 문제의 검토에 즈음하여 우선 일본의 정체성의 기초를 이루는「문화」에 대해 경제와의 관계라는 측면에서 다시 생각해 보도록 하자.

이미 20년 전, 경제성장 일변도의「캐치업 시대」가 일단락되고 이제부터는「문화의 시대」라는 인식 하에 오히라(大平) 내각은 문화중시(文化重視)로 방향을 전환해 가려 했었다. 그 뒤 기업은 메세나1)의 일환으로서 문화를 활발하게 지원하고 국민도 그것을 환영했다. 그것은 기업사회에 있어서 문화에 대한 이해의 폭이 넓어졌음을 보여준 것이었다. 그러나 버블이 무너지자, 끊임없이 고양된 사명감을 가지고 문화활동의 지원을 중단하지 않고 계속해 가고 있는 기업도 있으나, 어쨌든 전체적인 규모는 축소하고 있다. 「문화의 시대」의 정착을 도모함에 있어 지금 다시 한 번 원점에 서서 지혜를 모으지 않으면 안 된다.

---

1) 학문, 예술의 보호. 특히 기업 등이 사회공헌의 일환으로서 행하고 있는 것을 말함.

우리가 일상적으로 사용하는 「문화」라는 말은 차(茶)·노(能)·가부키(歌舞伎)·박물관·미술관·콘서트·강연회·마쓰리(祭)라는 예술이나 예능, 학문, 문화재 등에 사용되는 경우가 많다. 물론 그것들도 문화의 일부이다. 다만, 그것들은 문화를 식물에 비유해 보았을 때, 꽃에 해당하는 부분이고 꽃을 떠받치고 있는 잎, 줄기, 뿌리, 흙도 그것들과 마찬가지로 문화라는 사실이 망각되고 있다. 일본의 문화란 일상생활에 꽃을 곁들이는 행위뿐 아니라, 일본인이 이러한 풍토 속에서 태어나 성장하며 익숙해져 가는 행동양식, 의식주 생활, 가치관, 생활양식 등의 총체이다.

문화란 학문적으로는 「생활양식」으로 정의되고 있다. 문화의 정의인 생활양식이란 쉽게 말하면 「생활방식」이고 「삶의 방식」이다. 일본의 문화란 말 그대로 한 사람 한 사람의 삶의 방식의 총체임에 틀림없다. 다시 말해 문화의 시대는 한 사람 한 사람의 「생활」과 「삶」을 소중하게 하고 각 개인에게 있어서 단 한 번뿐인 「인생의 질」을 높이는 시대라고 하는 것이다. 한 사람 한 사람이 그 삶의 방식에 있어서 인생의 질을 높이는 것, 그것이 다름 아닌 문화를 고양시키는 것임에 틀림없다.

하나 더 잊어서는 안 되는 것이 있다. 문화는 경제활동과 불가분의 관계에 있다는 것이다. 지금까지 문화는 경제와는 떼어놓고 생각되던 경향이 있었다. 그것은 경제활동이 생산활동에 편중해서 이해되어 왔기 때문이라고 생각된다. 경제활동은 생산과 소비로 이루어진다. 물론 일본에는 훌륭한 생산문화가 있으나 소비의 존재도 삶의 방식, 생활의 방식, 생활양식을 결정짓고 있다. 소비는 경제행위임과 동시에 문화행위이다. 국가, 그리고 국민 한 사람

한 사람이 소비의 질에 신경을 쓰는 것도 문화를 재발견한다는 점에서 중요하다.

21세기를 앞에 두고 문화의 대교류 시대가 막을 올리고 있다. 세계의 총인구 60억의 1할에 해당하는 6억이나 되는 사람들이 사업·관광·유학 등의 다양한 목적을 가지고 활동하고 있다. 교류 인구가 창출하는 경제규모는 각국의 GNP(국민총생산)의 세계 합계의 10분의 1에 달하고 있다. 2010년에 그 규모는 10억 인구에 달할 것으로 전망되고 있다. 대지구의 대교류가 가속화하고 있는 것이다. 교류의 이면에는 당연한 것이겠으나 마찰과 충돌, 때에 따라서는 대립항쟁조차 일어나고 있다.

그러나 규모면에서 대립보다도 교류 쪽으로 나아가고 있는 지구사회의 현상을 근거로 하게 될 때, 세계인들의 서로 다른 삶의 다양성을 존중하는 것에 그치지 않고 그것을 즐기는 방법에 익숙하도록 하는 것이 중요하다. 어떤 나라 사람들이 자신들의 문화를 다른 문화를 가진 사람들에게 강요하는 것은 도의에 어긋나는 것이다.

서로 다른 문화를 소유하는 사람들끼리의 교류의 기초는 서로 배제한다든가 어느 한 쪽이 다른 쪽을 강요하는 것이 아닌 상호간의 끌고 끌리는 만남이 바람직하다. 배제와 강요를 삼가고 이질적인 문화적 배경을 갖는 다양한 사람들도 끌어들일 수 있는 매력 있는 문화를 갖는 것, 그것은 사회가 점점 외부로 개방되어 가는 시대를 맞이하는 데 있어서의 기본적인 자세이어야만 한다.

그러기 위해서는 무엇보다도 국민 각 계층이 자신의 삶의 방식에 긍지를 느끼며 일본인의 생활상(생활환경과 자연환경)이 국적이라든가 문화의 차이를 뛰어넘어 찾아오는 사람들에게 매력있고 아름다운 것이라는 인상을 주어 존경받는 것이 중요할 것이다. 그것은 교류를 촉진하고 신뢰의 고리를 넓히게 될 것이다. 그것은 문화교류를 통한 안전보장이다.

문화라는 것은 반복되는 것이라 한다면, 각개인의「삶의 방식」임에 틀림없다. 그 총체로서의 삶의 생활모습이 아름답고 치안상태가 좋게 되는 것은 구심력을 획득하는 것이다. 끌어당기는 힘을 지닌 매력있는 문화는 다른 지역사회로 확대해 간다. 그것이 확대되면 문명이라 지칭될 수 있을 것이다. 21세기의 일본의 과제는 일본인의 삶을 한층 더 매력있는 것으로 해야 하는 것은 아닐까. 그것은「문화의 시대」라 하기보다는 뛰어나고 참신한「문명의 시대」를 열어가는 것이라 할 것이다.

2.「모노」(物)의 가치의 재발견

경제가 문화와 불가분의 관계에 있고, 경제성장이 각 개인의 인생의 질, 즉 문화를 고양시켜 가는 수단이라고 한다면, 경제성장을 자기목적으로 하는 자세는 반성을 수반하지 않으면 안 된다. 그것은「풍요란 무엇인가」「부(富)란 무엇인가」에 대해서 처음부터 다시 생각해 보아야 한다는 것이다.

부를 화폐가치로 본다면, 일본의 GNP는 세계 제2위이다. 그것은 20세기의 일본이 달성했던 근사한 실적이다. 그러나 물자가 아무리 풍부하다하더라도 반드시 마음이 풍요로운 것이라고는 할 수 없다. 실제 고도성장 이후 일본사회에는 물질의 풍요보다도 마음의 풍요를 갈망하는 사람이 많아지고 있다. 마음이 빈곤하게 되면 악한 일과 연계되어 가기 쉬운 경향으로 인해 사회에 불안을 초래할 것이다.

한편, 물자가 정말 부족하면 마음도 황폐해질지도 모른다. 빈곤은 악의 온상이 되기 쉽다. 그렇지만 일본은 그 노력 덕분에 물자는 넘쳐날 정도로 풍부해서 세계 곳곳을 덮치고 있는 빈곤의 고난으로부터는 벗어나고 있다. 물자의 풍요와 마음의 풍요를 양립시키는 것이야말로 현대일본인에게 제기되고 있는 노력의 목표가 아닐까.

「물」(物)과 「심」(心)은 분리되기 쉬운 경향이 있다. 물질과 마음의 이항대립은 근대서양의 특유한 사상이지만 일본에는 「물심」(物心)이란 말이 있기도 하고 토지에도 혼령이 들어 있다고 말한다든지, 「물」(物)과 「심」(心)을 분리할 수 없는 사상이 있다. 그러면 새로이 경제지표에 끌어다 붙여 받아들이게 된 「풍요」 내지는 「물」(物)에 관해서 삶의 양식이라든가 생활이라고 하는 문화의 관점으로부터 다시 살펴보도록 하자.

「물」(物)의 풍요로움이 생산·소비된 물자의 화폐가치로만 측정될 수 없는 것은 분명하다. 가로수, 시골의 산, 호숫가의 경관 등은 화폐로 환산될 수 없다. 그러나 가치 있는 것들임에 틀림없다. 일반적으로 말하면 어떠한 「물」(物)에도 그 고유의 가치가 있다. 쓰레기는 화폐가치는 없으나 재활용이 가능한 잠재적인 가치를 가지고 있다.

화폐가치로는 측정할 수 없는 「사람」(人)이라든지 「물」(物)의 잠재적 가치를 발견하여 그것을 취함으로써 생활의 깊이를 더하는 것은 환경과 조화를 이룬 순환형경제(循環型經濟)로 사회를 개혁해 가는 추진력이 된다. 대량생산·대량소비·대량폐기형 경제사회시스템 하에서는 지금까지 생활의 풍요보다는 오히려 국가레벨에서의 매크로(macro)한 경제량을 추구해 왔다. 그러나 그것이 생활을 위협하는 폐기물에 의한 환경부하(環境負荷), 유해인공화학물질로 인한 환경오염 등의 미해결 환경문제를 엄청나게 야기시키게 되었다. 그래도 폐기물의 재활용하고자 해도 현상은 낙관을 용납하지 않는다. 재활용에 관한 제도, 산업구조, 과학이나 기술 등의 기반이 정비되어 있지 않다. 현행에서는 폐기물의 발생억제라든가 발생한 폐기물을 재활용하는 것은 높은 비용을 요한다. 그 비용을 낮추고 나아가서는 폐기물이 적은 사회로 만드는 데 있어서는 각별한 연구가 필요하다.

과학이라든가 예술은 「물」(物)의 고유한 가치를 발견해서 생활 속에 취해 가기 위한 중요한 역할을 가진다. 지역이 소유하고 있는 박물관, 미술관, 콘서트홀 등을 그 지역에 거주하는 모든 세대 사람들이 전부 활용하고, 서로 만나서 교제를 넓혀 생애학습에 기여할 수 있는 연구가 필요하다. 또 야외활동, 자연관찰(field work) 등 어린이들, 젊은 청년들이 일본 여러 지역의 다양한 자연이라든 가 그 곳에서의 삶을 보다 깊게 이해할 수 있도록 교육과 연결하는 조직을 고려해봐도 좋을 것이다.

과학이라든가 예술은 「사람」이 자기의 능력을 신장시키고 「물」 (物)의 고유한 가치를 발견하기 위해서 중요한 역할을 지닌다. 과학적 탐구심이라든가 예술을 사랑하는 것은 마음을 풍요롭게 하는 것임에 틀림없다.

Ⅲ 「서로 활력을 주는 사회」 만들기
- 개(個)와 공(公)의 새로운 관계

1. 서로 관계하는 「강건하고 유연한 인간」

환경의 보전과 안전의 확보는 매일 매일의 생활에 있어서 사람들이 추구하는 가장 기본적인 사항이다. 동시에 사람들의 협력이 없다면 얻어질 수 없는 것이기도 하다. 개인은 어떻게 환경의 보전과 안전의 확보라고 하는 공공적인 요청에 대해 관여하고, 사회는 어떻게 해서 사람들의 협력의 힘을 하나로 합쳐 가면 좋은 것일까.

무엇보다도 아무리 국가가 주도해서 환경이라든가 안전의 확보에 노력한다 해도 국토가 갖고 있는 취약성이라든가 사회의 안전성에의 불안을 모두 들어내어 제거할 수는 없다. 재해라든가 사고는 필연적으로 일어난다. 재해라든가 사고라든가 환경의 악화로 인한 영향은 지역에 집중한다. 거기에서는 국가나 지역정부뿐 아니라 지역사회 전체의 대응력이 시험받게 되는 것이다. 한신(阪神) · 아와지(淡路) 대지진이 일어났을 때 볼 수 있었듯이 긴급시에 있어서 지역사회의 역할은 너무나 크다. 환경의 보전과 안전의 확보는 이제는 정부만이 개선할 수 있는 일이 아니다. 그것을 정부에게만 내맡기게 되면, 대응능력을 떨어뜨리게 될 것이다. 정부뿐 아니라 NPO · 자원조직(自願組織)이라든가 지역사회의 주민이 협력해서 주체적으로 대응해 가야 할 사항이다.

그러나 정부주도로 근대화를 이룩했던 일본은 공공성에 관한 국토의 보전이라든가 안전의 확보를 정부에 위임해 왔다. 공공성은 정부가 일임하고 있다는 무관심한 태도가 확대되고 정부는 이익유도, 종적관계(縱割り)의 행정이 되어, 정부에의 의존체질을 심화시켰다. 그것이 시스템 전체에 윤리붕괴를 낳고 있다. 우리는 지금 한 번쯤 그동안 잃어버린 개인의 자립과 자기책임의 원점으로 되돌아와서 인간이 지니는 공공성에 대한 생각을 되돌아보지 않으면 안 된다.

전후 일본경제는 고도 성장하는 한편으로 사회에 있어서 인간관계에는 커다란 변화를 가져오게 되었다. 가족이라든가 지역사회에 있어서 예전의 밀접했던 관계가 허물어져 내리고, 각자 자유를 추구하며 자기주장을 강하게 하게 된 반면에 고독하게 되었다. 그리고 자기중심·이기주의의 경향이 강해졌다. 개인주의 사상의 기저에 자아의 확립을 추구했던 근대일본사회에서는 옛부터 전해 내려온 인간관계를 「굴레」로서 마이너스 요인으로 받아들여 혼자가 되어 「강한 인간」이 되고자 해 왔다. 가정이라든가 지역사회 등에 있어서 사람과 사람과의 관계의 단절은 관습이라든가 전통의 경시, 인간의 심적 고통을 이해하고자 하는 마음의 결여를 초래했으며, 구래(舊來)의 사회적 관계가 이룩해 온 안전기능을 약화시키고 있다. 타인이라든가 사회에의 무관심은 「공공성을 담당하는 것은 정부의 역할」이라고 하는 의존체질을 강화해 「사고가 일어난 것은 정부의 책임」이라는 책임회피가 되어 나타나고 있는 것이다.

인간은 태어났을 때 「보배 같은 자식」(子宝)이란 말을 듣지만, 그런 것을 구태여 말할 것도 없이 공공성을 가지고 태어난다. 사람이 갖는 본래적인 공공성을 회복해 가기 위해서는, 젖먹이 아이와 엄마가 서로 눈길을 주고받으며 마음을 통하듯이 서로를 살려 가는 것이 근본일 것이다. 가족으로부터 사회 전체에 이르기까지 낡은 일본사회에서 흔히 볼 수 있었던, 자기와 다른 의견을 가진 사람을 배제하는 것이 아니라 오히려 서로 활력을 주어 살려가는 관계가 중요하다.

무엇보다도 사람은 한 개인으로서 존엄성을 갖는 존재다. 그러나 천재(天災)라든가 인재(人災)에 대한 안전은 혼자서는 확보할 수 없다. 협력은 불가피하다. 거기에 사람이 지니고 있는 사회성이 있고, 공공심을 발휘해야 할 근거가 있다. 각자가 개인으로서 자립하는 것뿐 아니라 타인의 자립을 돕는「늠름하면서도 유연한 인간」이 되는 것이 추구되고 있는 것은 아닐까. 그것은 고립해서 타인과의 관계를 절연해 버리는 성향으로 되는 것이 아니라 사람이나 물(物)에 적극적으로 관계를 갖는 연대하는 인간의 일인 것이다. 헌걸찬 인간이야말로 위기상황에서 의지가 된다. 자기 책임의식도 사람과 사회에 관계하는 생활 속에서 저절로 생겨 나오는 것일 것이다. 자립하여 그 위에서 사회와 관계를 맺어 가는 인간이야말로 유연하면서도 강건함을 지닌 인간이라 말할 수 있을 것이다.

인간은 생명, 자유, 행복을 추구할 권리를 갖는다. 그러나 그것은 공공의 복지를 함께 실현해 간다는 데 있어서에 한한다. 국민주권의 기초가 각 개인의 자기책임에 있다는 것을 자각하게 된다면, 각자가 자연환경·생활환경의 개선에 적극적으로 관여할 용의가 있는 것, 바꿔 말하면 공공적 역할을 담당하는 것이 국토의 보전과 사회의 안전을 확보해 가는 데 있어서 최대의 관건이다.

2. 서로 활력을 주는 투명한 제도

인간이 개인으로서 자립하면서 환경보전이라든지 안전확보를 위해서 연대하기 쉬운 사회구조는 어떠한 것이 될 수 있을까.

개인의 다양성을 존중하는 사회에서는 위로부터 관리하는 수직형의 규제는 부적절할 것이다. 정부가 위로부터 방침을 제시하고 그것에 사람들을 따르게 하는 방법은 이제는 받아들일 수 없을 것이다. 정부도 국민도 근본적으로 완벽한 안전은 보장되어 있지 않다는 것, 또 정부만으로는 환경이라든지 안전을 유지할 수 없다는 사실을 명심해서 양자가 파트너쉽을 형성하는 것이 가장 바람직하다. 서로의 장·단점을 인식하여 서로 보완하는 것이 성숙한 사회이다. 서로 다른 이해에 관계된 정책의 의사결정 과정을 투명하게 하여 국민 각층의 이해를 깊게 하고 응분의 부담을 해 가는 것이 필요하다.

우선 개인은 다양성을 존중받고 자유를 누림과 동시에 지금까지 이상으로 자기결정과 자기책임이 요구된다. 개인의 자기책임의 전제로서 정보의 제공이 불가결하다. 인폼드 컨센트[2](informed consent)라는 사고방식은 의료에 있어서 의사의 설명과 환자의 동의에서뿐 아니라 훨씬 넓은 범주에서 응용되어야 할 것이다. 건축물의 안전성 등도 안전도의 평가를 정보공개하고 시장에서 가격으로 반영시키는 구조가 필요하게 될 것이다.

자발성이 중시되어 자기책임의 원칙이 공유된다면, 정부의 역할

---

2) 시술해야 할 수술과 치료내용에 관해서 의사가 환자에게 충분히 알기 쉽게 설명해서 동의를 얻어내는 일.

은 자신의 결정에 따르도록 강요하는 것으로부터 다양한 가치관이나 이해 속에서 하나의 정책을 수립해 가기 위한 조정기능을 담당해 가는 쪽으로 변모해 갈 것이다. 자기책임의 원칙 위에 서 있는 사회를 만들어 내는 데에는 각 개인이 주체적으로 환경보전이라든지 안전확보를 위한 힘을 발휘해 갈 수 있는 구조가 요구된다. 자발적인 참여는 개인이 자기책임을 완수하는 전제라고 말할 수 있을 것이다.

그뿐 아니라 사회는 그러한 개인의 다양한 의견을 전제로 해서 공공심을 구축해 가야만 한다. 국토라든가 환경의 보전, 사회의 안전이라고 하는 공공의 선을 위해서는 개인의 자유라든가 사적 권리를 제한하지 않으면 안 되는 경우가 발생할 수 있다. 그것을 실시하는 데에는 투명한 제도를 갖추는 것이 반드시 필요하다. 여러 가지 다양한 의견을 하나의 의사로 규합해서 그렇게 구축된 뜻을 가지고 실행하는 공공도덕심이 높은 사회를 만들어 가기 위해서는 정보를 공개하고 안전이나 환경에 대한 다양한 기대치나 허용치 속에서 의견을 일치해 가기 쉬운 구조의 형성이 요구된다. 정부는 정보의 공개를 주저한다든지 정책결정과정을 불투명하게 해서는 안 된다. 정책담당자에게는 설명해야 할 책임이 있고 정책의 투명성을 보증할 의무가 있는 것이다.

그렇지 않으면 이익유도라든지 무임승차의 폐해가 생겨나 사람들로부터 신뢰를 잃게 된다. 그것이 국토의 보전, 환경보호라고 하는, 한 개인의 자발성으로만 해결할 수 없는 정부의 역할이 반드시 필요한 문제에 관해서 정부의 정책을 일단 현실로 실행할 때의 효력을 손상시키고 실시능력을 저하시키는 원인이 되기도 한다.

또 사전에 규제하는 수법으로부터 규칙을 명확히 하고 규칙위반이 있는 경우에는 벌칙 등의 사후적인 규제조치를 발동시킬 수 있는 구조로 바꿔 가는 것도 필요하다.

IV 「지역」의 자결 — 주민주체의 지역형성

1. 생활의 장으로서의 지역

생활의 장은 「지역」이다. 아름다운 환경이라든가 안전한 국토를 조성해 가기 위해서는 먼저 지역형성에 있어서 새로운 개(個)와 공(公)의 관계가 구축되지 않으면 안 된다. 「지역」이란 정치, 경제, 풍토, 생활 등 다양한 기준으로 잘라낼 수 있는 지구사회의 구성단위이다. 그것은 생활 폭의 확대를 나타내는 지표이기도 하다. 깊이 생각해 보면 지역의 총체가 지구사회를 구성하고 있다고도 말할 수 있다. 21세기에는 지금까지에서처럼 매크로(macro)한 국가레벨에서 경제량을 고려한 것으로부터 한층 더 매크로한 생활레벨의 풍요로움으로 시점을 옮기고 그에 응해서 지역사회에 있어서 바람직한 조직을 생활의 장으로부터 새롭게 형성해 갈 필요가 있을 것이다.

지역은 다양하며 어느 지역에도 고유의 「물」(物)이 있을 것이다. 그것은 지역의 매력을 형성하여 사람을 끌어당기는 보물이다. 지역의 보물은 가치를 낳는「지역고유재」(地域固有財)라 할 수 있다. 지역고유재를 발견하여 활용할 수 있는 힘을 갖는 것은 바로 지역주민이다. 지역의 부(富)가 과학에 의해 발견되고, 예술에 의해 마음이 통하는 지역고유재가 쌓이게 되면 그것은 깊이가 있는 두툼한「부」로 되는 것임에 틀림없다.

아름다운 환경과 귀중한 자원을 다음 세대에게 계승시키면서 지속적인 경제성장을 실현하는 것은 현세대의 의무이다. 그것을 실현하는 데에는 생활의 장인「지역」에 입각하는 것이 중요할 것이다. 생활공간으로서의 지역은 생산자, 소비자, 행정 등의 각 주체가 자각적, 효율적으로 의무를 완수하고자 하는 인센티브(incentive)가 쉽게 기능할 수 있는 장이다.「지역」이라고 하는 생활의 장에 있어서 예술을 즐기며, 과학기술의 성과를 취할 수 있다면 그것은 확실히 지역의 힘을 강화시키고 지역의 매력을 높여갈 것이다. 생활의 장으로서의「지역」을 개선해 가는 공동의 작업을 통해서「물질의 풍요로움」과「마음의 풍요로움」의 괴리도 해소되어 갈 것이다. 그것은 또한 지역사회를 구성하는 행정·기업·개인 등, 각 주체의 지역형성에의 참여가 가능하도록 제도면에서의 구조개혁이 요구된다.

2. 주민주체의 지역 거버넌스를 향해

지역이 지역고유재를 생활에 받아들여 지역을 활성화하기 위해서는 정책결정과정의 투명성의 확보는 물론, 정책결정과정에 사람들이 관심을 갖고 자신들의 생활의 장인 지역형성에 참여해서 자치능력을 고양시키는 것이 중요하다.

전후, 경제가 중시되고 정부가 부를 국민에게 분배하는 분배형 경제국가가 되었다. 부를 공평하게 분배하는 데에는 중앙집권형 시스템이 합리적이었다. 국토의 개발이라든가 사회자본정비는 지역에 대한 소득보장의 기능을 달성했다. 그러나 지역의 개성을 빼앗았고, 도시도 획일적으로 되었다.

그러나 그에 대한 반성 속에서 전체의 흐름은 중앙주도의 수직형의 지배나 규제로부터 지역주민이 크고 작은 다양한 지역을 기초로 수평형의 네트워크 사회를 만들어 가는 방향으로 끊임없이 변화해 가고 있다. 그것은 지금까지의 중앙과 지방과의 상하적인 관계를 청산하고 대등한 지역간의 관계로 일변시켜 가는 움직임이다.

이미 집권에서 분권으로라고 말한 지 오래다. 투명성이 높은 수평형·네트워크 시대에 있어서 분권의 단위로서 사람들의 생활에 밀착되어 있는 장이 지역이다. 분권의 단위라고도 말할 수 있는 지역사회에 있어서 거버넌스가 과제이다.

지역은 생활의 장이고 그 주체는 주민이다.

주민은 서명운동, 주민투표 등을 통해 자결(自決)하는 힘을 갖는다. 지역의 거버넌스를 실효성있게 하는 데 있어서는 그 실태에 맞게 국가집권형보다는 지역분권형이 더 어울린다. 지역의 거버넌스는 지역주민에 의한 직접적인 참여를 가능하게 하기 때문이다.

전술한 것과 같이 지역고유재를 발굴해서 그것을 예를 들어 거리를 만드는 데 도입해 가는 것은 정부만이 이루어 낼 수 있는 것이 아니다. 주민의 협력이 필수불가결이다. 오히려 주민이 지역의 특성을 근거로 알맞는 가로수 등에 관한 판단을 내려야 하는 것이다. 그것이 거주하고 있는 지역에 대한 긍지를 낳는다. 정부의 역할은 그러한 가운데 발생할지도 모르는 지역 내의 이해를 조정하는 역할을 담당하여 관계자의 합의형성을 위해서 적극적으로 정보를 공개하고 정부, 지역주민, 거리를 만드는 NPO, 기업 등이 참여하는 수평형, 개방형의 시스템을 정비하는 것으로 중점을 옮겨가야만 할 것이다.

주민의 주체성을 중시하고 다양성을 살려갔던 지역만들기는 국가와 지역의 관계를 크게 변화시켰다. 지금까지의 국토계획이 위로부터 추진되어 왔던 「국토의 균형 있는 발전」이라고 하기보다도 역사와 풍토에 근거한 지역사회의 특성을 지역사회가 자신의 판단과 힘으로 개화시키고 전환하는 것을 뜻한다.

그러기 위해서는 무엇보다도 지역사회가 자치능력을 높이는 것이 긴요하다. 국가로부터의 보조금에 의존하는 체제로부터 탈피해서 재원에 대해서 대폭적인 권한을 가지는 것이 가장 요긴하고 중요한 조건이 된다. 지역은 보조금에 의존하는 체질로부터의 탈피와 중앙은 보조금으로 속박했던 체질의 개선이 요구되고 있다.

지역주민의 참여 하에서 투명성이 있는 의사결정 시스템을 만들어낸다면 정책의 실효성이 높아질 것이다. 주민이 자주적으로 지역사회의 목표를 정하고, 목표를 실현하는 데 드는 부담에 대한 인식을 가지고, 목표달성을 위한 의지와 실시과정에서의 의무, 그리고 사후적인 책임을 부담하는 것이 지역 거버넌스의 기초다.

그러한 조건을 지역사회가 정립하는 데 있어서 전문가의 의견을 수합해서 폭넓은 지식을 근거로 투명하고 공정한 이해조정·의사결정의 제도를 만들어 가는 것이 요구되고 있다.

지역이 살기 좋은 거주공간으로 개발되어 가는데 있어서는 아름다운 경관이라든가 자연의 다면적인 역할이 이해되지 않으면 안 된다. 지역 생활의 기초가 되는 건축이라든가 토지이용에 관한 정책결정에 대해서는 전문가의 참여를 청해서 지역주민의 의사가 사업에 반영되는 시스템으로 변해가지 않으면 안 된다.

실행단계에 있어서는 결정사항의 실시가 일부 반대자라든가 행정의 재량에 의해 방해받는 일이 없도록 신속한 집행을 가능하게 하는 규제가 필요하게 될 것이다. 규제는 그 근거·합리성을 열어 두는 것이 필수 불가결하다.

특히 토지이용, 건축제한, 도로건설 등 지역만들기에 관여된 사항에 대해서는 전문컨설턴트(상담원)가 다양한 선택지(선택답안)를 제공해서 주민이 스스로 규제를 선택하는 방법도 취할 수 있다. 그 때, 가능한 한 시장의 메카니즘을 활용하는 것도 중요하다.

또 21세기를 향한 도시의 재생은 긴급한 과제이다. 목조주택의 밀집시가지는 방재(防災)상 중대한 문제를 안고 있다. 주민자신이 자신들의 거리와 생활을 개선한다고 하는 자발적 의사를 갖는 것이 중요하다. 도시계획, 토목, 건축이라는 분야의 노하우를 살려서 공원녹지라든가 보도의 정비 등 주거와 일체적인 기반정비를 실시해서 쾌적하고 안전한 거리로 재생하는 것이 필요하다. 그러기 위해서는 시책을 기획·입안해 가는 데 있어서 횡단적(橫斷的)인 추진체제가 필요하다. 횡단적인 추진을 효과적으로 하기 위해서는 강력한 지도력이 불가결하다.

더욱이 지역만들기에 있어서는 도시와 다자연지역(多自然地域) 등 지역간의 제휴도 고려에 넣지 않으면 안 된다. 21세기에는 지역간 교류망은 국내에 그치지 않고 해외로도 파급해 갈 것이다. 금후 한층 지역교류가 심화되어 가는 추세에 비추어 보아 국내뿐 아니라 세계의 모든 지역에 대한 이해를 각별히 심화시켜 가는 것이 중요하게 될 것이다. 국내·외 모든 지역의 제휴를 위해서 필요하게 되는 정보교환을 둘러싼 총합적(總合的)·학제적(學際的)인 전문지식을 제공하는 싱크탱크(think tank)의 설립도 시야에 포함시켜야 한다. 세계 모든 지역에 관한 확고한 정보를 발판으로해서 글로벌한 시야로 넓어 지역간의 제휴체제로의 정비도 염두에 두어야 할 것이다.

위기에 강한 나라 만들기

1. 전략적으로 사고한다

전후 일본인은 관민(官民)이 모두 자칫 안전을 타인에게 맡겨버린 채 전략적 사고를 무의식적, 의식적으로 피해 온 것처럼 생각된다. 일본이 평화롭게나 안전하게 있을 수 있었던 것은 행운이었다. 그러나 그것이 신화였다는 것은 한신·아와지대지진에 비추어 보면 명백하다. 재해, 사고, 의도적인 위해(危害) 등의 위기에 대한 감각이 둔해져 있어, 실제로 사고라든가 사건에 직면했을 경우에 대응능력의 결여를 속속 드러내는 일이 많아지고 있다. 안전할까 어떨까에 대한 점검은 위기를 상정해서 전략적으로 취급하지 않으면 안 된다.

예를 들면 발전소라든가 의료 등의 영역에서는 안전성의 문제에 관해 논의하는 것 자체가 「안전하지 않다」는 것을 인정하게 된다는 것을 두려워한 나머지 사고대책에 깊게 파고든 논의를 기피해 온 경향이 있었다. 그것은 사고가 일어났을 경우의 대책을 극히 불충분한 것으로 한다. 국민 측에서도 정보공개가 상식으로 인식되지 않았다는 것이라든가 전문적·기술적인 지식을 이해할 수 없는 데에 있어서도 책임있는 입장의 사람들에게 절대안전이라고 명백히 말하게 하는 것으로 충분하다고 하는 자세로 기우는 경향이 있었다.

아무리 강조해도 부족하다는 것은 완전한 안전은 없다고 하는 사실이다. 과학은 사고가 발생하는 확률을 가능한 한 줄이는 것에 지나지 않을 뿐 제로로는 할 수 없다. 아무리 주의를 기울여도 사람은 실수를 범하고, 사고는 일어나는 것이다. 그에 대비하는 것으로는 가능한 한 재해·사고가 일어나지 않도록 만전(萬全)의 안전대책을 강구하는 것은 물론이나, 재해·사고가 일어났을 때를 상정해 피해를 최소한으로 막기 위한 대책, 재해·사고가 일어난 뒤에 신속하게 복구시키기 위한 백업(back-up)체제를 정비해 놓는 것이 가장 중시되어야 한다.

안전확보 시스템은 사회환경의 변화에 따라서 변한다. 지금까지 유효했던 시스템이 언제까지나 유효하다고는 할 수 없다. 위험에 대해서 할 수 있는 모든 상상력을 동원해서 생각할 필요가 있다.

그것을 바탕으로 위험의 사전방지책을 세우고 위험이 발생한 후의 피해를 최소한으로 막고 신속하게 복구할 수 있도록 방책을 사전에 구체적으로 상정한 전략적 사고를 세울 때이다.

2. 과학과 정보를 익숙하게 운용한다

21세기의 안전을 생각한 결과, 과학과 정보의 영향을 무시할 수는 없다.

과학기술의 발전으로 편리성은 비약적으로 향상되었다. 그렇지만 과학기술의 이용은 때로는 커다란 위험을 초래할 수가 있다. 정보기술의 진전에 따르는 위험으로서는 해커라든가 부정억세스(access, 不正), 프라이버시의 침해, 통신망을 이용한 공갈, 사이버 테러리즘(cyber-terrorism), 게다가 정보전쟁의 위험조차 있다. 정보기술의 진전함에 따라 사회의 치안의 유지와 국가의 안전보장을 구별해서 생각할 수 없는 시대를 맞이하고 있다.

그러나 과학기술이라든가 정보기술을 이용하지 않는다고 하는 선택을 취할 수는 없다. 폐기물이라든가 원자력 등의 안전문제는 자기 자신이 그 위험과 바꾼 편익을 얻고 있어서 그런 의미에서 한 사람 한 사람이 위험의 원인을 만들어내고 있다고도 할 수 있다. 중요한 것은 과학·기술·정보를 만능으로 여기는 과잉된 기대를 버리는 한편, 쓸데없이 마이너스 측면을 강조하지 않는 것이다. 과학기술이 위험을 초래하기도 하지만 그 위험을 방지하는 것도 과학기술에 기대되는 역할이다.

과학기술은 생활에 불가결한 요소이다. 각자가 그것의 밝은 쪽과 어두운 쪽 양면에 시선을 향하는 태도가 필요하다. 과학기술에 대한 기초적인 이해가 없다면, 안전에 대해 지나친 기대라든지 거꾸로 위험에 대한 불안이 쓸데없이 크게 된다든지 할 것이다.

지구환경문제, 생명윤리문제 등은 과학적인 근거를 알고 그 의미하는 점을 냉정하게 이해해서 그 정보를 공유해 가는 구조 만들기가 필요한 것이다. 과학적 근거는 확률론적으로 밖에 이야기할 수 없다고 한다. 그와 같은 최선단의 과학논문적 지식을 이해하기 쉽게 이야기할 수 있는 인간의 양성이 필요할 것이다. 교육에 관해서도 문과계(文科系)와 이과계(理科系)를 기계적으로 나누는 것이 아니라, 예를 들면 의료의 진보가 인간의 존엄과 깊게 관련되어 있는 것에 비추어 본다면 문리융합(文理融合)의 학문의 확립을 촉구하는 것도 중요하다. 여러 전문분야를 뛰어넘는 네트워크를 형성해서 과학자에게는 전문적 지식을 이해하기 쉽게 전해서 과학이 사회에 미치는 파급효과, 윤리적 문제, 다른 학문분야와의 제휴 가능성을 지적하는 등 폭넓은 역할이 기대됨과 동시에 각 사람이 그것을 이해하려는 자세를 취하기 용이한 체제를 만들어 내지 않으면 안 된다.

또한 정보화의 진전에 따르는 위험은 변화의 속도가 엄청나게 빨라졌기 때문에, 대응이 적절하지 못한 경우가 많다. 정보네트워크화가 진행되는 가운데 국가의 문제였던 안전보장이 일반국민의 신변과 밀접한 문제로 되고 있다. 이러한 상황에 대처하기 위해서는 완전한 안전은 없다고 하는 대전제(大前提) 아래서 다양한 정보에 휩쓸리게 되어도 그것을 컨트롤할 수 있는 힘이 필요하다. 개인은 자립하면서도 정보에 휘둘리지 않도록 국가나 지역과의 협력관계를 구축해 가는 것이 요청되고 있다. 또한 사이버 테러에 관해서는 국가간의 제휴에 따른 대응이 요청될 것이다.

3. 제휴해서 위기를 관리한다

한신(阪神)·아와지(淡路) 대지진과 같은 긴급사태에서는 종적 상하관계형·보텀업[3](bottom-up)형의 의사결정시스템은 원활한 기능을 발휘하지 못한다. 의사결정에 시간을 요하며, 밑에서 위까지의 정보전달 루트의 한 군데서라도 두절되는 경우에는 의사결정 그 자체가 이루어지지 않는 사태도 발생한다. 보텀업형의 의사결정시스템을 현장에서의 판단, 수평방향의 조정, 톱다운[4](top-down)형의 지휘명령을 가능하게 하는 시스템으로 보완하는 것도 반드시 필요하다.

피해지의 뉴스가 폭발적으로 발생해서 뉴스의 우선 순위가 즉석에서 이루어질 수 없는 경우나 정부기능이 저하할 경우도 있을 수 있다. 필요한 서비스를 모두 정부에게 기대할 수는 없다. 위기관리는 예를 들어 행정이 정보를 파악할 수 없는 경우, 의사결정이 지연되는 경우, 필요한 서비스를 제공할 수 없는 경우 등을 상정해서 기업, 지역 커뮤니티, NPO 등의 제휴를 구축하지 않으면 안 된다. 행정(경찰, 소방, 자위대 등을 포함), 라이프라인이나 물자공급 등에 관한 기업, 지역 커뮤니티, 지원자(volunteer), NPO 등

---

3) 기업에서 하부의 의견을 상층부가 수렴해서 경영방침 등에 반영시키려는 경영시스템.
4) 말단까지 잘 조직화되어 모든 것을 커버하는 포괄적이라는 뜻.

횡적인 위기관리기구의 설치가 필요할 것이다. 그것은 평상시에는 위기관리를 위한 플랜작성, 훈련의 실시 등을 시행함과 동시에 긴급시에는 이들 관계자가 한 장소에 모여서 대책을 세울 수 있도록 하기 위해서이다.

긴급시에는 각 주체의 위기관리능력이 시험받는다. 행정의 서비스가 기대될 수 없는 상황에서는 피해의 확대를 막기 위해서는 한 사람 한 사람이 자기 자신을 방어할 힘이 극히 중요하다. 그러기 위해 생활이라든가 교육도 위기관리시스템을 편입해서 계발에 노력하는 것은 물론, 실제의 위기에 대비해서 휴일을 설정해서 대규모적인 방제훈련을 실시하는 것도 중요하다. 재해의 처리에는 막대한 비용이 든다. 대규모 재해의 재원을 미리 확보해 두는 것도 중요하다. 민간의 집합주택에 관해서는 지진 등의 피해에 따른 수리복구 비용에 관한 당사자간의 부담규정 정비도 필요하다. 이것들은 일례에 지나지 않는다. 중요한 것은 지역의 실정을 잘 알고, 여러 가지 위기를 상정하는 것뿐 아니라 정부, 기업, 개인, NPO 등의 각 주체의 제휴를 강화하는 것이다.

VI 맺음말―새로운 소프트 파워의 창조

시대는 패권을 다투었던 근대로부터 문화력을 겨루는 방향으로

움직이고 있다. 그것은 대량생산·대량소비·대량파괴로부터 리사이클·자원순환형으로의 전환이기도 하다. 바꿔 말하면 부국강병의 폭력과 위협을 과시하는 하드 파워를 다투는 시대에서 매력과 감동을 겨루는 소프트 파워로의 이행이다. 그러한 시대에는 무엇보다도 문화 즉 삶의 방식과 생활에 자긍심을 가지고, 생활하기 용이하고 안전하면서 아름답다고 자연스럽게 느낄 수 있는 분위기를 실현하는 것이 요구된다. 「사람」과 「사물」을 함께 소중하게 하는 것이 물심(物心)과 더불어 풍부한 부국유덕(富國有德)의 나라를 만드는 것이 될 것이다.

막부말·유신기의 「제1의 개국」에서 일본이 쇄국을 풀고 세계사에 등장했을 때, 「아름다운 국토와 안전한 사회」는 방문하는 외국인의 눈에 비친 일본의 모습이었다. 에도(江戸)를 비롯해 각지의 성하(城下町)는 녹색으로 드리워진 정원도시(庭園都市)의 이름으로 형용하게 하였고, 농촌의 경관은 「에덴동산」「동양의 알카디아(桃源鄕)」에 비유되었고, 산악은 서양인이 찬탄하는 알프스를 상기시켜 「일본의 알프스」라 불렸다. 일본의 모습은 그림으로 그려놓은 것처럼 아름다운 인상을 주었다. 지리적 프론티어가 없는 쇄국 하에서의 경제운영은 희소(稀少)한 자원의 효율적·순환적(循環的) 이용을 촉진시켜 단위당 토지생산성을 세계 제1위로 끌어올려 자원의 리사이클과 손실을 철저히 관리하여 자원의 낭비가 없는 순환형의 사회를 만들어 내었으며, 그것은 간소(簡素)의 미(美)로서 청결하다는 인상을 주었다. 농업은 서양인의 조방농업(粗放農業)의 이미지를 뛰어넘어 깨끗이 손질한 정원과도 같이 보여서 「원예」라 불렸다. 일본인은 규율을 중시하는 예의바른 문명인이라 평가되었다. 당시의 서양인은 스스로를 「문명」, 그 외의 세계를 「야만」으로 보고 있었기 때문에 「문명」이란 일본에게 경의(敬意)를 표했던 말이다. 애석하게도 당시의 일본인이 오랜 쇄국으로 인해 외국과의 비교가 불가능했기에 국토의 아름다운 모습, 일본인의 단정한 앉음새, 사회의 안전에 자각이 없었던 것이다.

그러나 이제는 에도(江戸) 시대와 같이 폐쇄된 세계로 되돌아 갈 수 없다. 세계와 깊은 관계를 맺고 개방된 일본으로서 환경이나 안전의 문제를 생각해 갈 필요가 있다. 생활을 둘러싼 「사물」에 내재하는 고유의 가치를 발견하려는 노력은 지구사회 전체에 요구되고 있다. 아름다운 자연경관·생활경관을 「아름다운 지구」라고 하는 공통감각으로 고양시켜 자연과의 조화와 사회의 안전을 세계로 향해 자각적으로 제시하는 것이 과제이다.

지구사회는 그 자체가 닫혀있지 않다. 최소 수준으로는 가족, 최대 수준으로는 지구로까지 확대된다. 「사물」의 순환이나 「사람」의 네트워크는 지구적인 확장규모를 가지고 있다. 바다로 둘러싸인 섬나라로서의 풍토성은 섬나라 근성으로서 마이너스 이미지가 있는 한편, 역사는 해양으로 열려 전개해 왔다. 「지구」라고 하는 커다란 시스템과 「지역」이라고 하는 작은 시스템의 관계성을 자각하여 지역의 삶을 안전하고 아름다운 것으로 만드는 것이 지구사회의 후생에 공헌하는 것이라는 인식을 갖추는 것이 중요하다.

5
일본인의 미래 ● ● ● ● ● ● ● ● ● ● ● ●

일본인의 미래

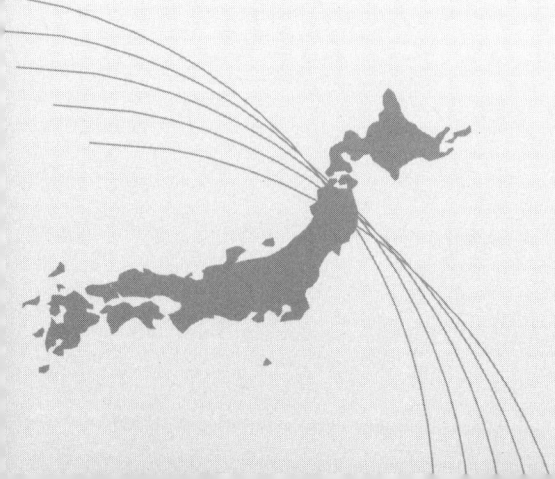

I 머리말

사회나 국가의 미래를 생각하는 것은 앞으로 태어날 인간, 지금 자라고 있는 인간을 생각하는 것이다. 21세기의 일본을 구상하는 것은 넓은 의미에서의 교육, 교양과 활력 있는 인재를 양성하는 구조를 구상하는 것에 귀착된다. 세기의 전환점에 있어서 지식과 정보의 보편화와 고도화가 나타나고, 모든 문화의 상호교류가 진전되고 산업 구조도 크게 바뀌려고 하는 지금, 일본에게는 이 변화에 대응하고 시대를 이끌 인재가 필요한 것이다.

특히 산업구조가 변화하고 새로운 기술의 창조, 새로운 정서적 가치의 생산이 급선무가 되어 있다는 점에서 보아 일본은 세계표준으로 그에 적용할 수 있는 인재가 불가결하게 되어 있다. 또한 세계가 60억 인구로 북적거릴 때 선진국은 단순히 내일의 자국국민만을 위한 것이 아니라, 대량의 인류를 제한된 우주선 지구호상에 생존시키는 것에 기여하지 않으면 안 된다. 그러기 위해서는 창조 의욕에 넘치며 투철한 이성과 풍요로운 상상력을 겸비하고, 미지의 문제와 포괄하는 선구적인 재능을 키우지 않으면 안 된다. 한편, 그러한 선구적인 인간을 배출하기 위해서도 또한 국민이 견실하고 안정된 생활을 영위하기 위해서도 사회전체에 총명한 공통의 인식능력이 나누어 갖추어져 있지 않으면 안 된다. 그와 더불어 일본이라는 사회가 세계의 사람들로부터 존경받고 사랑받기 위해서는 국민이 단순한 지식이나 기술로 인류문명에 공헌하는 것 뿐 아니라 사회로 문화적인 향상심을 견지하고 기품과 매력이 있는 생활방식을 하는 것이 요구된다.

오늘날 세계는 자유시장의 활성화와 함께 국경을 넘어선 커다란 변화의 흐름 속에 놓여 있다. 때로는 시장이 종래의 국민국가의 통치력을 제한하거나 사회에 필요 이상의 혼란을 초래하는 것은 근년에 널리 알려진 대로이다. 그러나 자유시장의 세계화는 역사의 추세이고 인류가 거기에서 받은 은혜도 가늠할 수 없는 이상, 국가는 시장과 협력하고 그에 합당한 궤도수정을 더하면서 공생해 가는 수밖에 없다.

시장이란 하나의 거대하고 독특한 평가시스템이다. 그것은 어마어마한 거래를 더해가는 과정에서 상품에 대해서도 인간에 대해서도 무기명의 대중투표에 의한 선거를 한다. 국가나 그 밖의 사회기관의 평가시스템과는 달리 시장에서는 평가하는 주체의 얼굴도 보이지 않고 평가과정의 의견 대립의 구조도 보이지 않고 평가의 결과만이 어디까지나 자연현상처럼 나타난다. 시장이 때로 국가와 대립하는 것도 국가와는 다른 평가시스템이 국가에 도전하고 국가 그 자체도 평가하기 때문이다. 그 경우에 인간에 대한 평가를 포함하여 시장은 그것이 작용하는 각각의 시점에 있어서 가장 합리적인 선택을 보인다는 점에서 뛰어나다. 시장은 타성적 습관, 정실에 기초한 폐쇄적인 집단 및 그 집단에 의한 평가를 타파한다는 의미에 있어서 인간에게 이익을 가져다 준다. 그것은 끊임없이 지역을 넘어 인습적인 공동체를 넘어서 보편적인 공정을 지향한다는 점에서 다른 것으로 대체하기 어려운 이점을 가지고 있다.

그 반면, 상업적 거래는 항상 현재라는 시간 속에서 행해진다는 점에서 시장에는 역사적인 시간을 넘어설 수 없다는 결점이 있다. 언뜻 봐서 알 수 있듯이 시장은 시간을 넘어선 사회적 공정, 즉 상속의 불평등의 완화를 지향하고 부의 재분배 기능은 지니고 있지 않다. 또한, 미래세대와의 부의 재분배라고도 할 자원이나 환경의 보존을 위해서도 유효한 힘을 지니고 있지 않다. 그와 마찬가지로 그것은 개인의 당면은 보이지 않는 인간의 지적 정조적인 능력을 평가하고, 장기에 걸쳐 육성할 수 있는 가능성을 평가할 힘도 지니고 있지 못하다. 또한 시장은, 평가는 무기명의 대중투표에 의한 것이기 때문에 그때 그때의 대중의 눈에 띄기 힘든 전문적 능력, 장래에 있어서는 높은 평가를 받을 만한 재능을 예견할 수가 없다.

시장이 유효하고 건전하게 기능하기 위해서도 인류는 그 한계를 보완하기 위해 국가를 비롯한 다양한 사회기관, 비시장적인 제도와 인간관계의 구조를 지니지 않으면 안 된다. 인간의 평가와 육성에 대해 말하자면, 그것을 직접 행하는 것은 반드시 국가에 한하지 않는다. 사적인 학교, 기업, 직업집단, 비영리단체, 나아가서는 비평기능을 갖는 저널리즘도 교육에 공헌할 수 있다. 그러나 법에 기초한 강제력을 허가받아 그에 따라 사회 제기관에 안정을 보증할 수 있는 것은 예견할 수 있는 미래에 있어서는 국가뿐이다. 시장과 결합하고 교육제도의 근간을 지지하고, 민간 제기관의 활동을 원조하고 조정하는 역할은 국가에만 기대할 수 있다. 교육의 이상적인 모습을 생각할 때에도, 그것을 결정할 힘으로, 시장과 국가라는 문명의 2대요인의 긴장관계를 전제로 하지 않으면 안 된다.

▌교육이 갖는 이면성

말할 것도 없이, 교육의 장에서는 인간이 성장하는 것이 전제가 되고, 그때 그때의 개인에 대한 가치판단은 항상 그 개인의 장래에 대한 전망 가운데 행해진다. 또한, 교육이 세대에서 세대로 이어져 가는 가치도 그것이 지식이건 미의식이건 윤리감각이건 장시간 속에서 그 정당성, 유효성이 확인되어야 할 것이다.

다른 한편, 인간에 대한 이상상이나 문화적인 모든 가치도 역사 속에서 변화하고 있을 때 비로소 살아있는 가치라 할 수 있을 것이다. 그리고, 그러한 문명적, 문화적인 가치는 너무도 타성적, 인습적인 공동체 안에 갇혀 있으면 필요한 혁신의 힘을 지닐 수 없다. 문명적, 문화적 가치란 한 마디로 말하면, 시대의 변화에 저항하는 동일성과 시대의 흐름에 자극된 유동성이 양면에서 이루어지는 것이다. 인간의 교육을 생각할 경우에 필요한 것은 이 양면성을 교묘하게 양립시키는 방책을 세우는 것이다. 굳이 말하자면, 교육의 국가적인 운영과 시장적인 운영의 양면이 병용되지 않으면 안 된다고 바꿔 말해도 좋을 것이다.

그런데 광의의 교육, 즉 인재육성에 관련된 국가의 기능에는 질적으로 다른 몇 가지 측면이 있는 것에 주의하지 않으면 안 된다. 첫째로 잊어서는 안 되는 것은 국가에 있어서 교육이란 하나의 통치행위라는 것이다. 국민을 통합하고 그 이해를 조정하고 사회의 안녕을 유지하는 의무가 있는 국가는 실로 그로 인해 국민에 대해 일정 한도의 공통의 지식, 또는 인식능력을 지닐 것을 요구할 권리를 갖는다. 공통의 언어나 문자를 갖지 못한 국민에 대해서 국가는 민주적인 통치에 참여할 길을 마련할 수는 없다. 또한 최저한도의 계산능력이 없는 국민의 이익에 대한 공정을 보장하고 사기나 그 밖의 범죄에서 지키는 것은 곤란하다. 합리적 사고력이 결여된 국민에 대해 폭력이나 억압에 의하지 않은 치안을 제공하는 것은 불가능하다. 그러한 점에서 생각해 보면, 교육은 일면에 있어서 경찰이나 사법기관 등에 허가된 권능에 가까운 것을 갖추고, 그것을 보완하는 기능을 지닌다고 생각된다. 의무교육이라는 말이 성립된 지 오래되었지만, 이 말이 언외에 가리키고 있는 것은 납세나 준법의 의무와 나란히 국민이 일정의 인식기능을 습득하는 것이 국가에의 의무라는 것이다.

그러나 동시에 교육은 한 사람 한 사람의 국민에게 있어서는 자기실현을 위한 방도이고, 사회의 통일과 질서를 위한다기보다는 오히려 개인의 다양한 삶의 방식을 추구하기 위한 방법이기도 하다. 이 두 번째 측면에 있어서 국가의 역할은 어디까지나 자유로운 개인에 대한 지원에 머물고 근대국가가 제공하는 다양한 서비스 중 하나에 속한다고 생각해야 할 것이다. 이 측면에 있어서 교육에 대해서는 국가는 결코 강제권을 가져서는 안 되고 또한 가질 수 없다.

그러나 근대의 국가가 좋은 의미에서 개인주의를 장려하고 있다고 한다면, 이러한 다양한 자기실현에 간접적으로 협력하는 것도 국가의 기능 중 하나로 인정해도 좋을 것이다. 나아가 이 서비스에 충실한 결과, 다양하고 유능한 개인이 자기실현에 성공한다면, 그것이 역으로 국가 또는 국민의 이익으로 이어지는 것은 자명한 이치이다. 따라서 선구적인 재능을 지닌 사람들을 국가가 지원하고, 그러기 위해서 재정적인 지출을 행하는 것을 그 자체가 국익이 되는 것으로 국가의 기능 중에 넣어야 할 것이다.

물론 구체적인 교육의 내용에 있어서 어디까지가 공통의 인식능력을 요구하는 통치인가, 어디까지가 다양한 자기실현에 투자하는 서비스인가를 기계적으로 가리키는 것은 불가능하다. 더구나 그

두 개의 영역은 문명의 진전과 함께 변화하였고, 필요한 정책이 언젠가는 불필요하게 된다는 문제도 피할 수 없다. 예를 들어, 문명의 일정 단계에 있어서는 아이에게 손을 씻는 것을 가르치는 것이 필요하다고 인식되었고, 사회 방위상, 바꾸어 말하자면 통치 행위상 중요하다고 인식되었던 적이 있다. 다른 한편, 저널리즘을 비롯하여 다양한 사회적 교육기능이 충실한 문명단계에 있어서는 지금까지 의무교육으로 주어진 많은 지식이 여분의 것으로 된다는 것도 생각할 수 있다. 이렇게 교육의 내용은 유동적이지만, 실로 그렇기 때문에 국가는 항상 주의 깊게 통치행위로서의 교육과 서비스로서의 교육의 경계를 확실히 하지 않으면 안 된다. 그리고 필요 최소한도의 공통인식을 지향하는 의무교육에 대해서는 국가는 이것을 본래의 통치행위로 자각하고 엄정하고 강력하게 실시하지 않으면 안 된다. 동시에 서비스로서의 교육 분야에 있어서는 그 주요한 힘을 시장의 역할에 위임하고 어디까지나 간접적으로 지원의 태도를 일관해야 한다.

III 일본의 교육을 둘러싼 현상(現狀)과 과제

뒤돌아 일본 교육의 역사를 보면, 그것은 통치행위로서의 교육이 눈부신 성공을 보이고 그 위세에 편승하여 내용의 확대로 이어지는 확대에 힘쓴 과정이었다고 볼 수 있다. 그리고 현재로는 서비스로서의 교육이 너무 많은 분야를 그 속에 포함시키고, 강제와 서비스의 경계가 거의 없어진 단계에 있다고 할 수 있다. 메이지의 근대화와 함께 일본은 다른 것과 견줄 수 없이 교육정책의 충실에 힘썼고 당초부터 공립 학교를 전국에 전개하고, 교원의 자격을 표준화하고 교과내용, 교과서 그 자체에 이르기까지 제도화하고 균질화하는 데 힘썼다. 다액의 국비가 교육에 투자되고, 과소지(過疎地)의 한촌(寒村)에까지 학교교육은 문명을 도래시킨 선구자로서 보급되었다. 또한, 국민들도 아이들의 교육에 극히 열심이었고, 그것을 국민의 의무로 이해하는 것을 주저하지 않았다. 100년 교육의 성공은 일본의 근대화, 특히 공업화에 필요한 고도의 균질적인 인재를 대량으로 공급했다. 높은 식자율, 과학적 상식의 전파, 초보적인 계산능력의 보급, 나아가 결벽, 꼼꼼함이라는 국민성은 일본 근대교육의 승리의 증거이다.

그러나 20세기 말에 이르러 많은 사람들이 지적하는 것처럼 실로 이 국민교육의 대성공이 몇 가지 문제를 산출하고 있다. 가장 눈에 띄는 문제는 일본이 공업사회에서 포스트공업사회로 이동하는 중에 그것을 지지하는 선구적인 인재가 다른 선진국에 비해서 육성하기 힘들다는 점이다. 이 경우, 선구적인 능력을 가진 사람이란 단순히 경쟁에서 이겨 사회적 성공을 획득한 인재를 말하는 것이 아니다. 그러한 경쟁능력이 바르게 발휘되기 위해서는 인간은 우선 미지의 세계를 두려워하지 않는 모험심을 갖고 눈앞의 공리성을 넘어선 무상의 호기심에 가득차, 동시에 결과로 일어날

지도 모르는 위험에 대해 스스로 책임을 지는 정신이 필요하다.

그러나 그러한 정신의 미질(美質)은 너무도 균질화되고, 너무 제도화된 교육환경 하에서 육성되기 힘들다. 단순히 교육기술이나 방법론의 다양화뿐 아니라 교육을 받는 인간의 개성, 학생이 교사와 만나는 사회적인 환경, 그것들의 여러 조건이 다양화되지 않으면 이러한 강한 정신력은 나오지 않는다. 이 점에서 보면 성공한 일본의 교육은 지나치게 빈틈없는 교육조건을 준비하고 결과로 교육하고 학습하는 인간에게 긴장감을 잃게 하였다고 할 수 있을지도 모른다. 거기에는 학생에게 있어서 교육의 환경, 교사나 학교를 스스로 선택하는 자극도 없고, 가르치는 교사에게 있어서도 스스로 선택한 학생과 만난다는 흥분은 있을 수 없다.

말할 것도 없이 통치행위로의 교육에는 균질성이 필요하고, 최저한도의 교육의 제도화는 불가결하다고 말할 수 있다. 그러나 만약 앞에 서술한 두 종류의 교육이 안이하게 혼합되고, 서비스로서의 교육이 학생에게 있어서 의무가 되고 통치행위이어야 할 교육이 마치 서비스인 것처럼 보인다면 그 어느 쪽도 본래의 기능을 발휘할 수 없다. 통치에는 강한 권한이 필요하고 서비스에는 공급자의 기업가적인 열의가 요구된다. 그러나 양자의 혼합은 한편으로는 학교에 있어야 할 권위와 권능을 부여하지 않고 서비스에서 시장적 경쟁을 배제해 버리는 결과가 되기 쉽다. 실로 성공의 아이러니라고 해야 할 현상이지만, 현재의 학교에 있어서는 가르치는 입장에서 기꺼이 그에 종사한다는 동기와 의욕이 저하되고 있다고 말하지 않을 수 없다. 통치와 서비스의 혼합은 결과로서 수업내용에 따라갈 수 없는 아이들에게는 과대한 부담을 주고, 그것을 소화하여 보다 넓은 호기심을 채우고자 하는 학생에게는 발목을 잡는 결과를 초래하고 있다.

그리고 주목해야 할 것은 이 일본의 학교교육의 충실이 사실은 광의의 사회교육, 문화행정의 빈곤과 등을 맞대고 있다는 것이다. 선진 제 외국과의 비교에 있어서 우리 나라의 문화행정예산, 바꾸어 말하자면 학교 외에서 서비스적 교육에의 지원이 얼마나 적은지는 통계가 말하고 있다. 제도적인 학교를 마친 사람들이 스스로의 동기에 비롯하여 학습을 반복하고, 또는 예술이나 스포츠를 통해 자기실현을 지향하는 것에의 국가적인 지원은 지극히 적다.

이것이 확연히 외국인의 눈에 비치는 일본사회의 매력을 손상시키는 것이지만, 문제는 그것뿐이 아니다. 우리 나라에서는 개인의 인생이 나뉘어 교양에 있어서 자기를 충실히 할 시기와 그 능력을 단순히 소비하여 노동에 종사하는 단계로 분단되어 있다. 아이와 어른은 다른 존재이고 생활의 다양한 측면에서 다른 처우를 받는 것은 당연하지만, 그러나 자기실현이라는 한 부분을 보면 인생에는 일관된 연속성이 없어서는 안 된다. 근면하게 문화적 관심을 「의무」로 흡수하는 아이와 문화적 관심을 채울 기회를 박탈당한 어른이 구성하는 사회는 어떻게 보아도 너무도 빈곤해 보일 것이다.

한 가지 더 주의해야 할 것은 통치가 서비스와 혼동된 것의 또 다른 폐해로 아이들이 교육을 국민의 의무로 이해하여 그것에 외경의 마음을 갖는 것을 잊게 되었다는 것이다. 의무교육은 서비스가 아니라 납세와 같은 어린 국민의 의무라는 관념을 부활시키지 않는 한 교사 자신도 회복되지 않으며 작금 여러 가지로 우려되는 교실의 혼란이 일어나는 것도 당연하다고 할 수 있다. 무엇보다도 급한 문제는 지금까지 만연하게 혼동되어 온 두 개의 교육을 끊임없는 주의와 노력으로 절연하게 나누어 구별을 의식화해 가는 정책을 세우는 것이다.

Ⅳ 개혁을 위한 제언

21세기 초두, 거의 2010년 즈음의 실현을 목표로 하여 여기에 시사한 노력을 자극하기 위해 하나의 구체적인 방향을 제안해 보고 싶다. 그것은 종래에도 반복하여 교육관계자가 입에 달고 다녔던 것이지만, 의무교육의 교과내용을 정말로 철저하게 정선하는 것이다. 건전한 사회인으로서 살기 위해 무엇이 필수최저의 학습내용이고 의무화되어야 하는 교과내용은 무엇인가를 이 즈음에 근원적으로 재평가하는 것이다. 물론 이것을 기계적으로 결정하는 것은 어렵지만, 그러나 그 어려움을 구실로 하여 각각의 학과의 전문가, 교사나 교과서 편찬자의 주장에 따라 교과내용의 검토를 방치해 둔다면, 그 양은 늘어나기만 할 것이라는 사실은 과거를 보면 명백하다.

여기서 굳이 얼핏 과격해 보이는 목표를 설정하고 각각의 전문가가 각자의 분야의 정선에 임하도록 촉구하는 방도를 생각하고 싶다. 즉, 10년 간의 검토시기와 필요한 경과조치를 두고 현재의 의무교육의 교과내용을 5분의 3까지 압축, 의무교육 주3일제를 지향할 것을 제안한다.

물론, 등교일을 주3일로 삭감하는 것, 교과내용을 5분의 3으로 압축하는 것에 대해 그 숫자를 형식논리로 설명할 근거는 없다. 그것을 말하자면 현재 주5일제의 학교교육은 어떤 근거를 갖고 있는가, 일찍이 주6일제로부터의 감축이 어떤 근거에 기초하는 것인가, 누구도 말할 수 없을 것이다. 제안하고 싶은 것은, 주 7일 중의 절반 이상, 즉 소년기의 절반이상을 학생과 부모의 자유선택, 자기책임에 맡겨보려는 것이다. 동시에 5분의 3을 목표로 하여 절대로 필요한 교과내용을 추려내는 과정 속에서 그 힘찬 노력에 의해 다시 한 번 가르치는 쪽의 강한 교육의욕을 끄집어내려는 것이 이 개혁의 목적이다.

주3일제를 실현하면 당연히 이제까지의 학교제도와 비교하여 학생에게는 2일간의 여유가 생기게 된다. 이 2일간은 학생들의 자발적인, 사회의 양식에 비추어 건전한 목적을 위해 자유롭게 사용하게 하고 싶다. 그러나 5분의 3까지 삭감한 교과내용은 국민이 국민으로서 몸에 익혀야 할 최저한도의 의무이므로, 이것을 달성할 수 없는 학생에게는 별도의 원조를 제공할 필요가 있다. 이 두 가지의 목적을 실현하기 위해 한편으로는 공적인 제도에 근거한 보습수업교실을 개설한다. 이 보습수업은 종래의 학교의 교사가 2일간에 실시해도 좋고, 경우에 따라서는 그 교사들이 학교밖에 나가서 자기가 개설한 학원에서 행해도 좋다. 이 부분은 의무교육의

연장이므로, 국가는 그 비용을 100퍼센트 부담한다.

한편, 주3일의 교과내용을 완전히 소화할 수 있는 학생은 각각의 관심에 따라 더욱 고도의 전문적인 학업, 예술, 스포츠 등의 교양, 또는 전문적인 직업교육의 기초를 배우게 해도 좋다. 이 부분은 민간의 기성 교육기관, 혹은 여기에서 생겨나는 교육집단, 나아가서는 종래의 학교가 자기 자신의 교실을 개방해서 행하는 교육의 장에 맡겨진다. 그리고 이 부분은 국가에서 보면 서비스로서의 행정이므로 그에 걸맞은 정도의 재정적 지원을 행한다. 그 방법에 대해서는 금후 사회 각방면의 논의에 기대하고 싶지만, 예를 들면 생각나는 것은 학생 한 사람 한 사람에 대한 교육쿠폰의 지급이다. 물론 새로운 제도에는 여러 가지의 문제도 있을 것이므로 그 악용을 막기 위해 주도면밀한 검토는 필요할 것이다. 예를 들면 쿠폰 전매의 금지, 또는 민간의 교육기관 내지는 지도자의 자격인정 등 논의할만한 문제는 수없이 남아 있다. 그러나 여기에서 그러한 문제에 구애되어 그것을 구실로 하여 입구에서 개혁을 미루려고 한다면 어떤 것도 가능한 것은 없다.

이 제도는 어떤 의미에서는 교육에의 시장원리 도입이지만 다른 측면에서 보면, 이제까지 시장에 방치되어 온 문화활동에의 국가의 지원을 촉진하는 것이기도 하다. 극장, 음악홀, 박물관, 미술관, 도서관, 생애학습의 강좌, 또한 보이스카우트, 지역 진흥운동 등의 지도자는 서로 시장의 경쟁에 노출되면서도 이제까지보다는 두터운 국가의 지원을 받아서 교육의 장에 참여할 수 있다. 종래의 학교 교사측에서 말하면 일의 기초적인 부분은 공적으로 보증된 뒤에 노력과 열의에 따라서는 이 자유로운 교육시장에 뛰어드는 것도 허용된다.

이 결과 아마 국가교육비의 총액은 현재보다 오히려 늘어날 것이다. 그것이 어느 정도의 증액이 될지는 제도의 세부를 검토하는 과정에서 결정된다. 즉, 교과내용이 5분의 3으로 줄어들고 수업시간수가 5분의 3으로 줄어도, 현재 학교교사의 봉급은 그대로 두고, 보습수업의 분량은 거기에 추가한다는 안도 있을 수 있을 것이다. 혹은, 기본급을 일정한도 감액하여 보습수업 내지는 학외의 자유수업에서 보다 큰 수입을 확보해 준다는 안까지 여러 가지로 생각될 수 있을 것이다. 이 제안은 어디까지나 교육계에 돌 하나를 던져 진지한 논의를 촉진하기 위한 것이므로 여기에서 이 이상의 세부로 들어가는 것은 삼간다.

맺음말

의무교육수료 후의 교육은 현재의 학교도 포함해서 가일층의 자유화와 다양화, 그리고 상호경쟁에 맡겨야 할 것이다. 최종적으로는 대학원과 대학이 각각의 이념과 학풍에 따라 개성화하고, 그것이 추구하는 학생상을 명확하게 표명하는 것이다. 고교교육은 그 절반 정도를 지향하는 형태로서, 동시에 실사회의 다양화하는 목적에 맞추어 가일층의 복선화에 노력해야 할 것이다. 사회에 그만큼의 준비가 되어 있으면 무엇을 선택할까는 아이들과 그 부모의 자유로운, 그러면서도 긴장된 선택에 맡겨지는 것이 된다. 이 다양성은, 한편으로는 젊은이와 그들을 가르치는 사회 전반에 활력을 준다. 다른 한편으로는 생애에 걸쳐 문화에 친숙해지고, 풍부한 모험심을 지니며, 자기책임의 관념에 눈뜬 기품 있는 인간을 만들어내는 것이리라.

또한 의무교육의 시간적인 감소는 아이들의 집단에의 귀속감각을 변화시킬 것임에 틀림없다. 어디에서 배울 것인가를 선택하는 것은 결코 자기타락적인 방임을 인정하는 것은 아니다. 종래와 달리 학생은 자기가 속할 학생집단을 더욱 적극적으로 선택하는 것이 되며 학교, 민간 교육기관, 시민운동단체 등 다양한 집단에 속함에 의해 자발적인 참여, 귀속감각을 기를 수 있게 된다. 한편으로 또한 젊은이는 자신과 다른 환경, 연령의 타인과 사귀게 되어 보다 풍부한 정신적 충실을 얻을 것이 기대된다.

또 하나 덧붙이자면 금후의 일본은 국제화와 문화적인 다양화를 요청 받을 것이므로 그것을 선취하여 촉진하기 위해 정선된 의무교육의 내용은 가능한 한 민족적, 문화적으로 중립성이 강한 것이 바람직하다. 물론 그것은 공정하고 보편적인 인간성에 근거하여 국가를 사랑하는 것과는 모순되지 않는다. 법과 제도를 엄정하게 유지하고, 사회의 질서와 안전을 보증하며, 세계화하는 시장에 적절한 보정을 가하는 국가의 중요성은 자명하다. 그리고 학생에 대해 그것을 경애하는 것을 가르치는 것은 의무교육의 범위 안에 있다. 그러나 아마 이 교육은 협의의 교실 안에서의 설득만으로 기대할 수 없는 것은 아니며, 금후 우리의 국가 일본이 그 행동에 의해 다음 세대의 젊은이에게 교육해야하는 사항일 것이다.

　본래, 교육이란 사회 전체가 주체가 되어 사회 전체를 대상으로 하여 행해야 하는 끝없는 자기개선의 과정이다. 학습은 만인의 생애의 일이며, 그 장소는 사회의 모든 기관에 준비되어 있는 것이 바람직한 모습이다. 이 제안의 본 뜻은 단순히 제도적인 학교교육의 양을 제한하려는 것이 아니라 그것을 자극제로 하여 사회전체의 교육기능을 활성화하려는 것이다.

　아이들의 교육기관이 다양해지는 것을 계기로 해서, 아이들과 부모, 젊은이와 연장자가 더욱 많이 그 선택을 둘러싸고 서로 이야기할 것이 기대된다. 경쟁하는 교육기관은 각각 배우는 것의 매력, 교육내용의 의의에 대해 더욱 강하게 사회에 호소할 것이 기대된다. 예술가, 과학자, 종교인은 본래의 교육자로서의 일면을 더욱 날카롭게 의식하고, 적극적으로 사회에 이야기하는 노력을 더해야 할 것이다. 특히 기대되는 것은 저널리즘의 참여이며 그 자체가 독자적인 교육주체로서, 또한 교육의 비평기관으로서 더욱 유효한 힘을 발휘해야 한다. 그 중에서도 방송은 자기 영향력의 강력함과 사회로부터 받은 특권적 지위를 잊지 말고 교육을 위해 일층의 기여를 해야 한다.

　이즈음 주의를 환기하고 싶은 것은, 일반적으로 규제의 완화, 제도의 자유화란 다양한 전문가에게 있어서 자기책임의 증대를 의미하고 있다는 사실이다. 개인으로서의 교육자, 교육기관, 나아가서 저널리즘은 지적전문직업으로서의 자각을 강화하고, 자율적인 상호비판을 위한 기관을 설치해야 할 것이다. 제도의 자유화가 시장메카니즘의 도입이라고 한다면, 그 다음으로 요구되는 것은 시장에의 비시장적인 평가기능 도입이다. 방송에 있어서 시청률, 교육기관에 있어서 입학자수, 출판물에 있어서 판매 부수 등만이 지배하는 사회에는 대체로 교육도 문화도 성립하지 않는다. 사회의 지적 능력과 품격을 유지하기 위해 전문가의 권위와 신용의 확립, 그것을 원조하는 국가의 노력은 더욱 더 필요하게 된다. 그리고 그것이야말로 거꾸로 자유시장사회의 사활을 결정하며, 「부국유덕」(富國有德) 사회의 성패를 가를 것이라고 생각된다.

6

세계 속에 사는 일본 ● ● ● ● ● ● ● ● ● ● ●

세계 속에 사는 일본

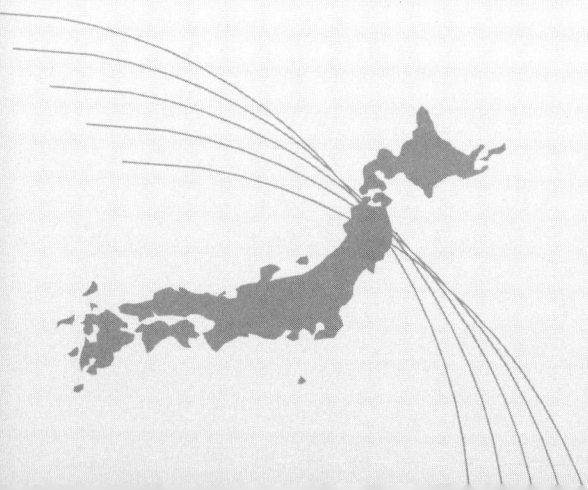

I 머리말

냉전후인 1990년대에 국제질서가 유동하는 가운데, 일본국민은, 걸프전 위기를 시작으로, 북한의 핵미사일 위기, 오키나와 기지를 둘러싼 위기, 대만해협 위기 등 잇따른 국제위기를 경험했다. 그것을 통해 미국이건 UN이건 국외의 누군가가 국제질서를 유지시켜주기 때문에 과거에 잘못이 있는 일본은 국제관여를 피하는 편이 좋다는 전후 일본의 일반적이었던 태도로는 불충분하다고 많은 일본국민들은 느끼고 있는 듯 하다.

새로운 대응이 필요하다는 것은 의심의 여지가 없다 하더라도 그렇다면 어떠한 방향타가 대외정책에서 요구되는가라는 문제가 있다. 일본 외교의 방향성을 둘러싼 인식에는 상당한 진폭이 있다. 한편으로는 90년대 전반의 클린턴 정권 제1기의 미·일 경제마찰을 둘러싼 미국의 대일 압력이 강화되고 미·일 수뇌회담의 결렬을 초래하는 사태로 되자 일본의 관료나 경제계의 지도자들은 미국과의 관계에 지쳐 아시아라는 고향에서 휴식을 추구하는 기운이 높아졌다. 탈미입아(脫美入亞) 지향이고, 미국에서 아시아로의 스위치론이다. 다른 한편, 중국 또는 북한의 미사일 실험을 보면, 일본이 아시아에서 휴식을 취하는 것이 쉽지 않다는 것도 확실하였다. 오히려 근린의 위기에서 자국의 안전을 지키기 위한 수단과 방책을, 일본 자신이 전후의 금기를 넘어서 검토해야 하는 것은 아닌가라는 의견이 많아지고, 내셔널리즘의 부활이 하나의 조류로 나타났다.

그러면 일본국민이 90년대 위기를 통해서 안전보장 상의 현념을 강화하고, 그것을 동기로 국제문제로의 적극적인 자세를 강화하였는가 하면 그렇지도 않다. 압도적인 국민적 관심은 장기화되고 있는 경제불황이고 그것에 기인하는 상실감은 깊어 밖으로 나가기보다는 국내의 신변을 다시 둘러보는 것이 선결해야 할 일이라는 기분이 지배적이었다. 불황 하의 재정 핍박 속에서 방위예산이든, 정부개발원조(ODA) 예산이든 대외관계 경비의 확대를 요구하는 목소리는 그 억제를 요구하는 목소리에 비해 작았다. 안으로만 향하기 쉬운 상황인 것이다.

이상과 같은 상황으로 본 보고서는 21세기를 맞이하는 일본이 다음과 같은 기본적 관점을 취해야 한다고 생각한다.

우선 첫 번째로 일본같이 국제평화와 자유로운 국제경제질서 속에서야말로 생존과 번영을 지킬 수 있는 나라가 국제관여에 대한 의욕을 잃고 국내지향에 빠지는 것은 거의 자멸적이다. 세계를 알고, 세계와 관계하고, 세계와의 관여 가운데 일본을 재건해 나가지 않으면 안 된다. 쇄국이나 독립주의가 하락되는 시대는 아니다. 축소적인 사고에 빠져서는 안 된다. 이 글로벌라이제이션 시대에 세계를 알아가기 위한 새로운 국내건설이라는 근대일본이 성공한 방법을 한 번 더 되새길 필요가 있을 것이다.

두 번째로 스위치론이나 양자택일론과 같이 경직된 사고는 일반적으로 외교를 논하는 데에는 지나치게 미숙하다. 특히 그것은 냉전과 같은 이극(二極) 질서가 사라지고, 다양성과 유동성이 기본적 특징으로 된 사태에 있어서는 현저하게 부적절하다. 각국이 다각적으로 파트너쉽이라 불리는 우호관계를 서로 유지하는 것이 냉전 후의 상태(常態)이다. 미국인가 아시아인가가 아니고, 더욱이 미국에서 아시아로도 아니다. 미·일 관계를 더없이 귀중한 자산으로 계속 활용해 가면서 아시아와의 창조적인 관계 구축을 지향하는 것이 의미 있는 해답인 것이다. 세계 각지에서 지역통합이나 지역협력이 추진되고 있는데, 일본은 역사적으로 근린지역의 국가들과의 사이에 성숙한 상호이익의 관계를 구축하지 못해 왔다. 21세기의 일본은 근린제국과의 사이에 내실 있는 관계를 수립할 수 있을 것인가. 인교(隣交) - 그것이 커다란 과제라 생각한다.

세 번째로 오늘날의 대외관계는 다각적일 뿐만 아니라, 중층적이다. 두 국가간의 총화에 더해서 다국간 지역협력의 틀이 있고 나아가 글로벌한 다양한 제도가 있다. 이 중층적인 국제 시스템이 존재하는 현대에 있어서 어느 한 레벨만을 택일하여 특화하는 것이 아니라 각각에 능숙하게 분류하고 대처하지 않으면, 다원적인 국익을 충족시킬 수 없다. 안전보장 문제도 중층적이다. 일본이 전후기의 제약을 넘어서 스스로 안전보장에 대처하는 것은 당연한 것이다. 그것은 일본국민이 내셔널리즘에 휘둘리고 있기 때문이 아니라 전후와 냉전기의 특수성이 완화된 이상, 기본적으로 신변의 안전보장에 대처하는 자조노력이 당연한 것이기 때문이다. 그렇다고 해서 미·일 동맹을 경시하거나 유명무실화하는 것은 틀린 생각이다. 냉전 후에 있어서도 중대한 안전보장 상의 위기를 진정시킨 케이스는 미국의 힘에 의한 경우가 많다. 또한, UN을 중심으로 다양한 조건 등으로부터 글로벌한 국제안전보장 시스템을 지탱하고, 강화하는 것을 잊어서는 안 된다. 즉, 안전보장을 위해서도 자조노력, 동맹과 우호, 국제 시스템의 세 가지 레벨에서 대응을 중층적으로 하지 않으면 안 된다. 그 가운데 다른 것을 버리고 하나에 몰두하는 것이 아니라, 지금까지 특별히 약했던 자조노력을 보완하여, 균형 잡힌 것으로 해야 한다. 건전한 국제협조주의 하에서의 안전보장 노력을 21세기의 일본은 추구해야 할 것이다.

나아가 안전보장 면의 노력을 강화한다고 하더라도 일본이 군사에 제일의 중요성을 두는 나라가 되는 것은 아니다. 압도적인 중요성은 경제를 중심으로 한 민생부문에 계속 쏟는다. 이 분야가 일본의 강점이고, 국제사회에 보다 더욱 공헌할 수 있는 길이기 때문이다. 글로벌한 역할을 다하는 일본은 뿌리깊은 시빌리언 파워인 것이다.

국제협력 시스템을 강화하여 보다 번영하고 보다 평화적인 국제사회를 구축하는 것은 일본의 생존과 복리의 기반이다. 그것은 개별적으로 구체적인 일본의 국익으로 의식되기 어려우나 국익의 넓은 기반을 이룬다. 그 형성에 기여하는 것을 열린 국익으로 본 보고서는 제창하고자 한다.

II 20세기 재산목록 – 자유, 민주주의, 미·일 동맹

21세기 구상을 이야기할 때, 우리는 먼저 21세기의 유산을 자기신고(自己申告) 해두는 것이 좋을 것이다. 미래가 무에서 생기는 것이 아니라 과거와 현재로부터 탄생하는 것이기 때문이다. 과거와 현재의 제약 없이 미래를 자유롭게 구축할 수 있다고 하는 것은 불성실하고, 자타 쌍방을 속이는 결과가 되기 쉽다. 과거를 사실 그대로 인정하고 자신들이 무엇이었는가를 과거의 현실 속에서 확인하는 것이 모든 것의 출발점이다.

물론, 과거에 제약받는 것과 과거에 지배되는 것은 다르다. 과거에 있어서 무엇이었나 하는 것과 현재 무엇인가 하는 문제는 다르다. 오히려 현재의 아이덴티티는 역사적 체험에 대한 우리들의 평가와 선택을 통해서 형성된다. 우리들이 긍정하는 과거는 우리들이 계승하고 확인하는 자기이고, 우리들이 비판하는 과거는 우리들이 결별하려고 하는 자기인 것이다. 역사에 있어서 연속성은 중요하지만 동시에 역사를 만드는 사람들이 있고, 그 인식과 의사가 역사를 구성하는 중요한 요인인 것은 어느 시대든 변하지 않는다.

일본의 커다란 문제는 훌륭한 것과 꺼림직한 것이 서로 충분한 국민적 자각 없이 행해져 왔다는 것이다. 우리들은 21세기의 항로를 정하는 데 있어서 지금까지 일본이 걸어 온 길을 뒤돌아보고 소중히 남겨야 할 자산, 청산해야 할 부채를 들고 재생하여 활용하여야 할 것, 결함을 보완해야 할 것을 정리하는 일부터 시작하고자 한다. 물론 여기서 역사학의 논의에 들어가는 것은 불가능하지만, 근대사와 전후사 쌍방에 관하여 자산과 부채 양면에 걸쳐 간결하게 부감(俯瞰)해 보고자 한다.

1. 근대 일본

▋ 자산

전전(戰前) 일본의 역사에 관하여 한 가지 좋은 점을 든다고 한다면 근대화의 성공일 것이다. 그것은 세계사적 위업이라고 할 수 있다. 산업혁명을 거친 19세기 서양문명은 점차 강대해지고, 서양 열강만이 세계의 주역으로 지구전체를 지배할 기세를 보였다. 실로 19세기는「서양문명의 세계화」였다. 거기에「비서양」중에서 일본이 19세기 후반부터 근대화에 매진하여 20세기를 맞이할 즈음에는 제1차 산업혁명을 달성함과 함께 러・일전쟁에서 승리한 것이다. 그것은 서양문명의 전유물로 여겨졌던 풍요로움과 강함을, 사실은 누구나 학습하여 자신의 것으로 할 수 있다는 사실을 실증한 것이다. 일본은 예로부터 중국문명에서 폭넓은 분야를 학습하면서도, 섬나라를 둘러싼 바다를 이용하여 독립을 지키고, 일본 나름의 문화를 발전시키는 전통을 쌓아 왔다. 극동의 섬나라라는 환경에 있었던 일본이 근대화에 성공한 이유에 대해서는 강대한 문명 사이에 이러한 선례가 있었던 사실이 중요할 것이다. 근대 서양문명의 힘의 비밀을 열심히 배우면서 그것을 이용하여 외부문명을 극복한다는 똑같은 대응을 용이하게 했다고 생각되기 때문이다.

▍부채

다른 한편, 전전 일본사의 좋지 않은 측면은 무엇인가 모처럼 근대화에 성공하였지만, 강대하게 된 일본제국이 그 힘을 정치적인 지혜로 컨트롤할 수 없었다는 사실이다. 태평양전쟁에 이르는 역사의 상세한 사항에 대해서는, 앞으로 국내외의 역사가에 의한 진지하고 다면적인 규명이 더욱 필요할 것이다. 그러나 「서양의 지배로부터 아시아의 해방」이나 「대동아공영권」 등의 대의를 들면서 독선적인 목표와 질서를 주변제국에 강제하고, 타국의 희생으로 제국의 확대를 추구하고, 아시아 태평양 지역에 대전란과 참화(慘禍)를 초래한 것은 일본근대사의 슬퍼할 만한 큰 우행(愚行)이었다.

오늘날의 감각으로 보면, 주변 아시아 제민족의 희생에서 일본제국의 확대를 꾀하는 시도는 도저히 용인될 수 없으며, 이해할 수조차 없을 것이다. 그러나 노골적인 파워 폴리틱스의 논리로 국제위기에 대응하면 이러한 경향을 초래할 위험이 있는 것은 예나 지금이나 그리고 어떤 나라이든 변함 없는 것이다. 또한, 국제환경의 변동을 파악하여, 대국적 견지에 서서 국익을 재정의하는 것은, 예나 지금이나 일본에 있어서도 쉽지 않다. 미국과 같이 대통령선거 때마다, 국익의 재정의를 시도하는 시스템을 가진 사회와는 대조적으로 일본사회는 각별하게 안정과 계승을 추구한다. 환경이 변해도 일찍이 성공한 낡은 방식 하에서 더욱 열심히 노력하는 방향으로 기울기 쉽다. 큰 국가전략적 시점이 약한 점, 기득권익과 시야가 협소한 내부화합의 요청이 큰 것에 비해, 전체적 합리성에 따라 결정을 내리는 리더쉽이 약한 정치문화 등이, 일본이 자멸적인 전쟁에 말려드는 문제점이 되었다. 그리고 그것은 일본정치에 있어서 반드시 과거만의 문제는 아니다.

2. 전후 일본

▍자산

① 평화적 발전(경제국가로의 재생)

전후 일본의 평가할 만한 점은 전쟁과 결별하고 검을 쟁기로 바꿔 들어 평화적 발전의 길을 추구하면서 경제국가로의 재생에 성공한 것이다. 전후 평화주의는 자주 승자의 강제적인 결과로 여겨져 왔다. 그러나 그것은 사실의 한 면일 뿐이다. 한국전쟁 하에서 미국정부가 일본의 조속한 재군비를 강하게 추구했을 때 요시다 시게루(吉田茂) 내각은 국민의 광범위한 평화로의 희망을 배경으로 경제부흥을 최우선으로 하고, 미국의 압력에 굴하지 않았다. 그 선택은 그 후에도 일본의 엘리트와 국민 쌍방의 의사에 의해 지지되고, 이윽고 일본은 60년대를 중심으로 고도성장을 이루어 세계의 선진경제권의 삼극(三極) 중 하나를 이루기에 이르렀다.

② 자유, 민주주의, 미·일 동맹

그러한 성공을 지탱해 온 것이 자유, 민주주의, 미·일 동맹이다.

전후 일본의 경제국가로 재발전을 지탱해 온 것이 무엇보다 우선 자유로운 국제경제질서였다는 사실은 자명한 것이다. 전전기(戰前期)에 자원과 시장의 결핍에 고통받으며 경공업에서 중공업으로 발전해 온 일본은 전후 미국을 중심으로 구축된 자유무역체제를 이어받아, 단숨에 비약할 수 있었다.

일본의 민주주의는 전전(戰前)의 우왕좌왕 속에서 진전을 지나 점령개혁으로 방향을 결정하고 그 후 정착했다. 노동자의 권리확보가 매년 임금상승을 초래하고, 농지개혁과 그 후의 농업부문에 대한 소득유지 정책과 맞물려 국민생활의 전반적 향상을 초래했다. 그것은 국내 구매력을 높이는 효과를 가지고, 높은 저축률, 기술이전, 교육수준 등과 함께 국내에서의 시장확대가 60년대 내수주도형 고도성장을 허용하고, 일본상품의 국제경쟁력을 높이게 된 것이다.

전후 일본의 안전을 보장하고, 자유로운 국제경제 질서에의 참여와 번영을 가져와 민주주의를 지탱해 온 것이 미·일 동맹을 근간으로 한 미국과의 우호관계였다. 자유와 다원성을 허용하고, 국제질서를 유지시킨 영미양국과의 동맹이나 협력관계는 전전기에 있어서도 내실 있는 것이었는데, 전후의 미·일 관계는 더욱 뿌리 깊게 안전보장, 경제, 정치, 문화의 제영역에 미치는 전면성을 띠기에 이르렀다. 그것은 냉전 하에 일본의 안전을 유지시키고, 오키나와 반환이라는 역사에 드문 사적(事績)을 가능하게 한 것만이 아니다. 일본을 세계적인 경제질서에 연결시켜 글로벌한 파트너쉽이라는 시야를 가져왔다. 일반적으로 미·일 동맹은 양국에 대해 극단적인 과잉 또는 과소(過小)의 행동을 억제하고 협조적·안정적으로 행동하는 방향으로 작용한다. 주목되는 것은 90년대의 한반도를 둘러싼 위기에 대처하는 가운데, 미·일 동맹의 기능이 명확하게 됨과 함께 한국을 포함한 삼국의 협력구조도 강화되는 데 이른 점이다. 공격적·팽창적으로가 아니라 지역의 안정을 지키는 척추적 역할로 미·일 동맹을 활용하는 전망이 오히려 위기 속에서 열렸다고 할 수 있다. 앞으로도 급속한 변동 속에서 일어날 수 있는 다양한 동란에 대비해 미·일 동맹은 아시아태평양 지역의 안전장치 기능을 다하는 것이 가능하며, 이것을 유지하는 것은 일본의 국제사회에 대한 작지 않은 공헌이다.

▌부채

① 국제적 책임감과 결정능력의 저하

다른 한편, 전후 일본에도 곤란한 점이 있다. 전후 일본의 경제 중심 노선은 커다란 성과를 이끌어냈지만, 자국의 안전보장과 국제질서 유지를 미국에 크게 의존하는 것이 냉전하의 습성이 되었고, 일본의 국제적 역할에 대한 책임감과 자기결정능력을 저하시

컸다. 나라의 행방에 대해 큰 청사진을 스스로 그리지 못하고, 전례답습주의로 정책을 진전시켜 온 연약함이 90년대의 위기에 직면했을 때 드러난 것이다. 전후 일본이 경제적 성공을 이룬 만큼 그 도상에서 형성된 이익단체나 국가제도의 기득권은 강대하다. 냉전종결 후, 환경은 격하게 변하고 그와 함께 일본 사회도 정치·외교도 변화를 요구하고 있는 가운데 커다란 국가 전략적 관점에 서서 국익의 재정의가 필요로 되고 있다.

② 아시아와의 관계

또 하나의 과제는 일본과 아시아, 특히 근린제국과의 관계가 아직 충분히 심화되지 못한 점이다. 70년대 말경부터 일본은 동아시아의 경제발전에 무역, 직접투자, 정부간 개발원조(ODA) 등을 통해 기여하게 되었다. 일찍이 탈아입구(脫亞入歐)가 아니라, 또한 아시아의 희생으로 일본이 팽창하는 제로섬적(zero-sum) 구도가 아니라, 일본과 아시아 제국과의 플러스섬적(plus-sum) 상호발전의 구조를 형성한 점은 평가해도 좋을 것이다. 그러나 전후 반세기를 지나도 중국, 한국 등의 이웃나라와의 교류는 아직 충분히 심화되었다고 말하기 어렵고, 지역협력도 충분히 제도화되지 않았다.

▎21세기로의 자산과 과제

이상을 정리해 보면, 전후 일본의 좋은 면을 지탱해 온 자유, 민주주의, 미·일 동맹을 20세기의 자산으로 지켜가면서 여전히 충분하지 못한 아시아와의 협조를 발전시켜 경제에 몰두하고 있는 사이에 저하되어 버린 국제사회에 대한 책임감과 자기결정능력을 향상시키고, 국제시스템의 구축에 참여하는 것이 21세기 세계를 살아갈 일본의 과제이다.

III 21세기의 과제

1. 열린 국익

▌「열린 국익」의 제창

국제적인 장에서 자국의 필요는 일반적으로 국익이라 불린다. 전전에 있어서 일본의 파멸은, 국제환경이 크게 변하는 데 반해 국익의 재정의를 게을리하고, 원초에 결정하여 성공한 과거의 방침을 묵수(墨守)하여 계속 달린 결과였다. 눈을 감고 질주하는 위험을 피하기 위해 스스로 필요로 하는 것을 정확하게 자기인식하고, 그 국제정치적 의미를 고려하여 행동해야 할 것이다. 냉전종결 후의 국제환경이 산사태처럼 변화하는 가운데 오늘날의 일본이 국익의 재정의를 게을리해서는 안 된다는 것은 말할 필요도 없다.

국민의 이익을 증진시키지 않는 대외정책은 국내적으로 지속 불가능하다. 다른 한편, 자국이익의 일방적 추구는 국제적으로 지속 불가능하다. 중요한 것은 「열린 국익」(enlightened self-interest)을 추구하는 것이다. 그것은 상대국의 이익도 중시하는 상호성에 서서 우호국을 늘리고, 국제환경을 개선하는 것을 통하여 자신의 필요를 우회적으로 만족시켜 가는 장기적·간접적인 접근을 중시하는 것이다. 끊임없이 제로섬적인 양자택일에 자타를 몰아세우는 경직된 자기이익의 추구가 아니라, 국제경제 시스템과 국제질서의 유지 강화, 도상국의 발전과 민주화라는 국제 공공선에 기여하는 것을 통하여, 타국과 함께 자국도 이익을 얻는 방법이다. 그러한 평온한 국제 공익을 둘러싼 국익관에 서는 것이 아니라면 21세기 일본은 넓은 외교지평을 가질 수 없을 것이다.

국가는 지구환경과 같은 글로벌한 문제를 취급하기에는 너무 작고, 반대로 지방이나 개인 등의 특수하고 신변적인 문제를 다루기는 너무 큰 존재가 되었다. 국제화에 동반하여 국경 없는 경제가 진행되고 돈, 물건, 사람의 국경을 넘어선 이동이 속도를 더하고 있다. 또한 국가 내외에 다양한 비국가조직이 탄생하여 의미있는 활동을 하고 있다. 자유와 민주주의를 정통원리로 하는 오늘날의 정부는 NGO(비정부조직)이나 NPO(비영리조직) 등 국내외의 민간단체와 시빌 소사이어티(civil society)를 중시하고, 그 성장을 지원하고, 책임감 있는 단체에 가능한 한 공적인 일을 위임하여 그 자신은 부담을 덜면서 그들과의 협력관계를 구축하는 것이 요구된다.

그러나 누가 마지막으로 사회전체의 통치의 책임을 질 것인가. 국민의 의사에 의해 선택되고, 강제력과 징세권을 독점하는 정부가 그 책임에서 도망칠 수 없다. 정부는 많은 민간단체의 참여와 협력을 획득하고, 그 지혜와 경험에서 가르침을 구하여 「협치」(協治)와 「다원적 통치」를 모색하면서 나아가 그 조정이나 총괄의 책임을 방기해서는 안 된다. 그렇지 않으면 사회와 국민은 쉽게 예정조화설에 배신당하고 결정자가 없는 표류상태로 전락해 버릴 위험을 피하기 어려울 것이다. 국익이란 국민이익의 총화 또는 그것을 위에서 봤을 때의 표현이고, 그것은 다양한 개별적 이익이 교차하는 가운데, 사회가 전체적 합리성을 잃지 않기 위해 필요한 시점이다.

▌국민에게 열린 국익

「열린 국익」이라 할 경우, 그것이 국민에게 열린 국익이라는 것을 중시하고자 한다.

한 가지는, 크게 봐서 실질 내용적으로 국민적 필요를 충족시키는 정책일 것, 또 한 가지는 국익을 정의할 때 국민과의 사이에서 피드백이 행해지고 정보와 인식이 공유되고 국민이 각각의 방법으로 정책결정에 참여하는 것이다. 자신들이 어디를 향하고 있는가를 국민들이 거의 모른다는 것은 곤란하다.

예를 들어 시민의 개별적인 대응에 역량이 부족한 대규모 재해나 범죄, 또는 외부 적의 위협에 대한 대처는 정부의 가장 중요한 책무 중 하나이다. 위기에 봉착해 정부는 국민의 안전이라는 지상의 급무를 위해, 평상시의 약속을 일시정지해서라도 전력을 다해 과감하게 대처할 필요가 있다. 위기관리는 사태의 중대함과 신속성의 필요에 따라 권한의 집중을 본질로 하는데, 그렇더라도 더욱 시민의 이해와 협력이 불가결하고, 정보와 인식이 시민에게 열려 있는 것이 결국은 사회 전체로서의 효과적 대처를 가능하게 하는 것이다. 큰 희생을 낳은 한신(阪神)·아와지(淡路) 대재해 때에도 직하형(直下型) 지진의 가능성과 그에 대한 대책에 대한 정보가 미리 제공되어 있었다면, 보다 많은 시민들이 자조노력으로 안전을 꾀할 가능성이 있었다. 또한 교통규제를 비롯하여, 위기관리에는 강제의 요소도 동반된다. 그러한 강제가 실효성을 갖기 위해서는 법제도면에서의 공적인 결정과 함께 현장에서 시민에게 사태를 명확히 알리고 시민의 협력을 구하는 것이, 국민이 본래 가지고 있는 큰 힘을 끌어낸다는 점에서 효과적일 것이다. 한신·아와지 대재해에 나타난 백만을 넘는 자원봉사자들의 활동은, 그러한 새로운 지평을 시사하는 것이다. 비상사태법의 제정을 향해 열린 형식으로 의논을 진행해 감과 동시에, 위기관리 전문가 집단의 조직화 등 사회적인 체제정리를 진행해 가는 것이 급선무이다.

국익과 부분이익(업계나 그룹 등의 특정이익, 지역이익, 개인이익 등)이 대립하는 것도 드물지 않다. 공공의 복지를 위해 사적인 권리가 제약받을 수 있는 것은 헌법에도 나타난 대로이고, 필요한 경우 국가가 일정의 대가를 지불하고 국익을 실현하는 식의 해결책이 도모되는 것이 보통이다. 대가는 어떤 종류의 업계처럼 큰 정치력을 갖는 이익단체의 경우에는 상상을 뛰어넘게 과대하고, 조용히 감추는 사람에게는 과소 또는 전혀 없다. 전체적인 합리성에 따라 공평한 이익양을 이루기 위해서라도, 국민에게 열린 공개문제에 책임감과 넓은 시야를 지닌 전문가(public intellectual)의 참여를 이룬 정치적 리더십이 필요하다.

1995년 9월 미해병대원에 의한 오키나와 소녀 폭행사건은 미·일 안보체제의 유지를 둘러싸고, 국익과 지방이익의 대립을 날카롭게 제시하는 문제가 되었다. 일본전체 안전에 있어서 미・일 안보조약은 가장 중요한 수단이고, 그것을 위해서 오키나와 기지는 불가결하다. 한편 오키나와에 있어서 기지의 집중은 주민 안전과 환경에 고된 하중이다. 오키나와는 일본국내에서 문화적 다양성을 가장 잘 나타내는 곳이다. 지역으로서의 독자성을 유지하면서 일본사회의 일원으로 역사를 공유하고, 제2차 세계대전 말기에 전장이 되었을 때에는 어마어마한 수의 주민이 희생되었다. 일본 땅으로는 유일하게 전장이 되었던 비참함에 더해 전후 일본 본토에서 따로 떨어져 미군정 하에 놓이고 미군기지의 섬으로 변했다. 1972년 복귀 후에도 본토의 기지가 다수 정리 축소되는 가운데 오키나와에 미군기지의 약 4분의 3이 집중되게 된다. 이 땅이 역사적 고난에 더해 무거운 기지의 중하를 받아들여 일본전국과 아시아 태평양의 안전보장을 지탱하는 특별한 지위에 있는 데에 대해 일본국민은 무지해서는 안 된다. 가능한 한 기지의 정리 축소에 힘쓰면서 이 땅이 장기적 발전을 위해 힘을 쏟는 일은 당연한 것이다. 민주주의 세계에 있어서는 지역에의 공평성을 간과하지 않는 것이 국내적・국제적인 신뢰성의 한 요인이기도 하다.

2. 인교(隣交)－근린 아시아와의 협조

▎인교의 제창

유럽을 비롯해 세계적인 조류로 여기저기에서 지역통합이나 지역협력이 진행되고 있는 가운데, 동북아시아는 냉전기의 빙괴(氷塊)가 마지막까지 남아 있는 지역이다. 이 지역에 있어서 문제는 냉전뿐 아니라, 예를 들어 지하에는 종횡으로 활성단층이 지나고 있는 지역이었다. 냉전하의 동·서로 세계를 나누는 전단층선뿐 아니라 남·북으로 경제적인 빈부를 나누는 단층선도 뿌리깊은 곳이었다. 그에 더하여「지리와 역사」를 둘러싼 과거와 미래의 와해를 곤란하게 하는 단층선도 도처에 숨어있었다.

그러나 지역의 공동이익의 시선을 향하여 협조정신을 공동으로 활성화하고 이 지역의 뿌리깊은 균열과 대립을 완화해 가는 것이 이 지역의 신세기에 있어서의 발전을 위해 불가결한 것이고 더구나 그것은 일본의 국익인 것이다. 긴 교류의 역사와 근대에는 신민지 지배와 침략의 과거를 가지고 상호 사람의 이동도 많았으며 중요한 무역 파트너이기도 한 근린제국과의 관계가 건설적으로 이루어지는 것은 21세기 일본국민에게 있어서 귀중한 정신적, 실제적인 기반이다. 아시아지역에 자유 경제가 뿌리내리고 각국이 경제발전을 추진해 가는 가운데 문화의 다양성을 유지하면서도 민주주의가 점차 보다 넓게 공유되는 데 이른다. 일본은 그러한 방향성을 분명히 하면서 인근 제국과의 관계의 비약적 발전·강화를 즉「인교」를 적극적으로 추진해야할 것이다.

다행히 사태는 급속히 변화되고 있다. 이 사반세기의 동아시아에 있어서 공업화의 집단 연쇄적 발전을 다양한 동아시아 각 국 간의, 그리고 일본과 아시아 사이에서도, 일정의 공통기반을 양성하게 되었다. 권위주의체제에서 민중화로의 흐름은 많은 나라에서 시차와 지그재그를 동반하면서도 장기적 동향으로 관찰된다. 동아시아 경제위기에 의한 흔들림도 이 동향을 바꾸지는 않았다. 스스로도 제정위기에 있는 때에 일본정부가 행한 지원도 현지에 발판을 두고 고통을 함께 한 일본기업이 적지 않았던 사실과 맞물려 일본이 스스로 이전의 신뢰관계를 아시아에서 구축해 가고 있는 시기에 「인교」를 본격화하는 것은 의미 깊다.

▌장해의 극복과 국민적 교류 촉진

21세기에 걸맞은 일본과 근린국가들과의 관계를 구축하는 데 넘어서야 할 장해는 무엇일까. 하나는 지리적으로 근접하고 있어 일어날 수 있는 분쟁, 즉 영토 문제를 들 수 있다. 영토는 국가의 근간을 이루는 요소이고, 어느 국가든 의연한 태도로 임할 필요가 있다. 동시에 영토 문제로 인해 공통이익을 간과하는 것은 부적당하고, 영토가 두 나라간 관계, 또는 지역 다국간 관계의 건전한 발전을 방해하지 않도록 서로 냉정한 자세가 요구된다. 영토 문제는 평화적 해결밖에 있을 수 없다는 일본의 입장을 밝히고, 이 기본방침이 영토분쟁을 몇 번이고 겪은 동아시아 국가들의 공통된 이해가 되도록 추구하고자 한다. 장기적으로는 제3자의 참여에 의한 분쟁처리도 고려하면서, 당면한 문제는 냉정함을 잃지 않는 지혜가 중요하다.

넘어야 할 또 하나의 장해는 사상과 인식의 차이이다. 문화, 역사가 다른 이상, 국가관이나 세계관이 다른 것은 당연한 일이고 그 다양성은 환영받아야 할 것이다. 그러나, 관념상의 대립이 인교를 진행해 가야 할 모든 국민의 공존을 위협하는 것이 되지 않도록 대처 가능한 범위에 두고, 오히려 한층 더 대화와 상호이해를 쌓아감으로써 지역 공통이익을 발견해 갈 필요가 있다.

예를 들어 역사인식은 특히 한국, 중국 사이에서 긴 시간에 걸쳐 정치문제화 해왔는데, 도리로 냉정한 학술연구를 추진하고, 그것을 바탕으로 공통이해로의 기반을 구축하는 노력이 불가결하다. 연구자 중심의 지적 교류 축적이 공통의 미래에 대한 방향안내가 될 것으로 기대된다.

관념상의 상이(相異)는 정부간만으로 극복할 수 있는 것이 아니라 사회 레벨에서의 폭 넓은 상호교류로, 의식의 변화가 일어나면서 해소되어 가는 부분이 크다. 다행히도 한·일 양국정부간에서는 자유무역협정을 향해 공동작업 등 관계긴밀화가 진행되고 있다. 월드컵 축구 공동개최 등을 계기로 정부 수뇌간의 상호신뢰관계에 기반한 한·일 파트너쉽을 양국국민에게 정착시키는 노력이 중요할 것이다. 셔틀편을 운행하고, 국내에 준하는 인적 흐름을 일상화함과 동시에, 일본에서의 한글학습을 장려하고, 서로의 언어습득 기회를 확대하는 것을 통해 양국민의 관계에 더욱 건설적인 변화를 불러일으킬 수 있을 것이다.

동아시아의 장래를 장기적으로 결정하는 데 있어서 최대의 요인은 중국이고 중일관계일 것이다. 중국이 개혁·개방 속에서 안정적으로 경제발전을 지속시키고, 민주화를 향해 가는 것은 일본을 포함한 주변제국에 있어서 가장 큰 중요 관심사 중 하나이다. 그러기 위해서는 중국 자신의 노력을 지원해 감과 동시에 중국이 가장 중시하는 대만문제에 관해 어디까지나 평화적인 해결 방침이 취해질 수 있도록 환경의 양성이 요구된다. 중일 양국은 동아시아에서 타입이 다른 2대 대국으로, 자칫하면 경쟁적 측면이 강조되기 쉽지만 새로운 협력구조 형성이야말로 상호이익이다. 중국과 일본이 적대시하면, 동아시아는 정치적 빙하기를 맞고 아시아와 함께 쓰러지는 사태가 있을 수 있다. 중국과 일본이 각각의 문제를 남겨 두면서도 대국적 협조를 신장시킨다면, 동아시아는 미래를 향해 활발한 땅이 될 수 있을 것이다. 중국 측에 있어서도 천안문 사건 후나 최근의 중·미관계 악화 가운데 일본외교가 중국의 국제관계 개선에 한 역할 및 일본의 대중국 경제원조 등은 높이 평가되고 있다. 정부 레벨의 관계에 그치지 않고 서로의 언어 학습 보급, 기업, 유학생, 자치단체, NGO 등의 국민적, 사회적 레벨에서의 교류가 촉진되어야 할 것이다.

▌동아시아의 다국간 협조체제

동아시아 국가간의 협조관계는 두 국가간의 우호관계를 기초로 하고, 그것을 묶는 지역구조 형성이 바람직하다. 두 국가간에 해결 곤란한 쟁점이 제3국을 개입시킴으로써 쉽게 협의가 이루어지는 경우도 있고 환경의 월경(越境)오염 문제와 같이 두 국가간만으로는 원리적으로 대처 불가능한 문제도 많다. 다국가간의 국제회의는 일반적으로 협조를 원리로 성립되는 것이고, 참여 각국은 가능한 한 협조하도록 압력을 자연스럽게 받고 있다. 유럽에서도 ASEAN(동남아시아 국가연합)에서도 관찰되는 것으로 지역협력을 추진하면 할수록 각국은 상호 평화적인 것이 이익이라는 사실을 확인하고, 한 국가만으로는 있을 수 없었던 국제적 영향력이나 역할의 크기를 알게 된다. 이러한 다국가간 관계를 두 국가 간 관계에서 중층적으로 조립해 가는 것이 중요하다.

① 동북아시아 안전보장에 관한 협조

군사적으로 유일한 초대국인 미국과 현지의 한·중·일·러가 북한을 둘러싼 행동자이다. 어떤 관계국도 북한의 평화적 이행을 바라고 있다. 1998년 가을 이래, 한·일관계가 극적으로 개선되고, 또한 미사일 발사를 기로로 해서 북한에 대한 포괄적 정책이 한·미·일 삼국간에 합의된 것에 의해 이 지역에 안정적인 구조가 나타나고 있다. 북한은 두 국가간의 교섭을 분류하는 것을 좋아하고, 2+4와 같은 국제회의 방식에 소극적이지만, 북·미, 북·일, 남·북 관계수립이 추진됨에 이르러서는 한반도를 둘러싼 관계국에 의한 보장이 필요로 되고 동북아시아의 안전보장회의가 열릴 가능성이 있을 것이다. 이러한 회의의 개최는 지역을 둘러싼 국가간에 냉전기의 구조를 넘어선 신뢰양성과 협력을 부상시킬 수 있다. 지역의 안전보장 확립에는 한·중·일·미에 덧붙여 러시아도 중요하다. 러시아에서는 체제이행과 시장경제화의 곤란함으로 인해 불안정한 정치상황이 계속되고 있지만, 본래 러시아는 대국이라는 사실을 잊어서는 안 된다. 장기적인 러·일관계의 관점에서 극동아시아가 일본과의 경제교류를 중심으로 한 친선을 불가결하게 느끼는 실질적인 관계를 형성하고 지역질서 구축 과정에서도 러·일 양국이 협력해 가는 것이 바람직할 것이다.

② ASEAN+3

ASEAN 10개국에 한·중·일 3개국을 더한 수뇌회담(ASEAN +3)은 사실상의 동아시아 서미트이다. 일찍이 말레이시아의 마하틸 수상이 EAEC(동아시아 경제회의)를 제안했을 때에는 미국의 반발에 직면하여 좌절됐다. 그러나 지금은 같은 멤버로 이루어진 모임이 개방적인 ASEAN을 더욱 확장시킨 것으로 성립되었다. 이것을 반미, 반서양, 반글로벌리즘이 아닌 지역협력 구조로 키우는 것이 중요한 일이다. 이 지역에는 지역협력으로 해결할 수 있는 문제가 적지 않다. 다양한 균열이 그 협력을 방해해 왔지만, 21세기를 맞아 더욱 지역협력 구조가 존재하지 않는 것은 이상한 일이 되었다. 동아시아 경제위기 시의 아시아 통화기금(AMF)은 미국과 중국의 반대에 실현되지 않았지만 시기를 잡아 동아시아 국가간에 다시 창설에 관해 토의하여도 좋을 것이다. 그때 미국은 물론, EU(유럽연합)도 초대하는 배려가 필요하다. 또한, 이 지역에서는 자유무역 협정(FTA) 체결의 가능성도 열리고 있다. 동아시아의 다양성을 생각하면 최종적이고 포괄적으로 FTA에 이르는 것은 쉽지 않겠지만 그것을 향한 과정은 공동체 의식을 높이는 것으로 의미 깊다. 나아가 경제발전이 계속되는 동아시아 태평양연안에서는 환경문제가 심각화되고 있고 지진을 비롯한 재해도 많다. 환경이나 재해와 같은 민생적인 이슈를 둘러싼 상호협력과, 지역협력을 계기로 탄력을 주는 수단이 효과적일 것이다. 그 외에도 이미 일본이 제안한 인재육성과 교류계획 등 지역에 공동이익이 되는 플랜을 순차적으로 세워가면 될 것이다. 만일 미·일·중 간에 기본적 이해를 얻을 수 있다면, 이 조직은 동아시아 전체의 공익을 관심으로 하는 다국가간 협조체제로의 가능성을 내포하고 있는 것이 될 것이다.

③ APEC

APEC(아시아태평양 경제협력회의)은 아시아태평양 지역의 무역자유화를 주된 관심으로 하면서 다양성 속의 완만한 자발적 협력이라는 제약 아래 최근은 정체상태에 빠져 있다. 물론 태평양을 둘러싼 국가의 수뇌가 연 1회 회합하는 것의 의의는 작지 않다. 예를 들어 중·미관계가 어떤 사건으로 악화돼 있다 하더라도 다국간 협의의 장에서 얼굴을 마주하는 것을 관계개선의 계기로 할 수 있다. 한 마디로 말하자면, APEC라는 광역모임은 이 지역의 동·서, 남·북, 그리고 「지리와 역사」를 비롯한 다양한 균열을 끌어안고 완화하는 공통의 지붕으로 기능하면서 냉전 후 지역협력의 장식으로 귀중한 역할을 하고 있다. 이 지구상에서 가장 큰 광역 지역구조를 살려 무역자유화 이외에도 지역의 공동이익을 구체적으로 추출해 추진하는 것이 과제일 것이다.

동시에 이것을 보완하는 보다 가까운 지역구조를 운영하는 것이 불가결하다. 이미 미·일 동맹은 이 지역 안정을 뒷받침하는 근간으로 기능하고 있다. 한·미·일, 한·중·일, 중·미·일이라는 구조, 그리고 ASEAN+3과 같은 동아시아 포괄적 회의는 각각 존재이유를 가질 수 있고 중층적으로 발전시키는 것이 바람직할 것이다. 일본에 있어서는 이와 더불어 호주, 뉴질랜드와의 사이에 있는 도서 모임(해양국가회의)도 생각할 수 있다.

이상과 같이 다양한 레벨의 지역협력에는 조금씩 국제정치의 양상을 변용시켜 가는 가능성이 있다. 이에 대해서 앞으로 10년을 텀으로 생각하여도, 예를 들어 한반도에 큰 변화가 일어나도 어떤 이상한 것도 아닐 것이다. 중국이 어떠한 과정으로 민주화를 향할 것인가에 대해서도 쉽게 상정하기 어렵다. 그러면서 그것들은 지역과 세계전체의 운명을 좌우할 수 있을 정도로 중대한 문제이다. 큰 시련을 막는 데에는 위대한 예지와 협력이 필요하다. 원하는 것이나 대립이 있을 때에는 검을 드는 것이 아니라 대화로 문제를 해결하고 협력을 추진하는 구조의 구축을 향하여 우리들이 역사를 전진시킨다면, 일본도 어느새 근린에 친구와 동료를 갖고, 지역공동체를 구축할 가능성이 열린－그러한 21세기를 볼 수 있을 것이다.

3. 시빌리언 파워

시빌(civil)이라는 말에는 몇 가지 의미가 있다. 비군인이라는 의미로 「문민」(시빌리언)이라는 단어가 헌법에 사용되고 있다. 이 의미로 시빌리언 파워는 비군사국가 또는 문민우위 국가를 의미한다. 군사가 전혀 없는 국가는 있을 수 없지만, 군사에 제일의적 중요성을 두지 않고, 문민우위 하에 민생적 활동을 중심으로 운영되는 국가가 시비리안 파워이다. 또한 「시빌리언 소사이어티」와 같이 관(官)보다는 민(民)에 역점을 두는 용어법도 있다. 관존민비(官尊民卑)의 권위주의가 아니라 민간단체와 시민사회가 충실하고, 민존도 달성된 국가가 시빌리언 파워이다. 나아가 시빌리언에는 태도나 매너가 문명적이라는 의미도 있다. 20세기는 문화의 다양성을 남기면서도 국제화가 급속히 진전하고, 세계적인 가치・기준・규정의 공유가 추진된 시대이고, 21세기에는 그것이 더욱 진행될 것이다. 인간존중, 자유, 민주주의를 공유하는 세계로 열린 사회가 이 시대에 문명적인 시빌리언 파워라 불릴 것이다.

전후 일본은 오로지 비군사 경제중심주의적 국가라는 의미에서 시빌리언 파워였지만, 앞으로는 이상 세 종류의 의미를 포함하는 시빌리언 파워로 국제사회에서 건설적 역할을 짊어지는 방식을 제창하고자 한다. 그 주요한 기능으로, 첫 번째로 안전보장에 관여, 두 번째로 국제경제질서를 중심으로 하는 글로벌한 제도 참여, 세 번째로 도상국 협력(ODA)의 취급에 대해 논해 보도록 한다.

▌ 시빌리언 파워 일본의 변용

전후 일본은 비군사 민생부문을 우선시 하는 점에서 계속 시빌리언 파워였다.

자위란 이름으로 침략전쟁을 일으킨 것을 후회하는 기운이 지배적이었던 전후기에는 자위대에 대해서도 미·일 안보조약에 대해서도 강한 반대의견이 존재했다. 어떠한 군사활동도 군국주의 부활로 이어질 위험이 있다는 논법으로 침략전쟁, 자위전쟁, 국제 안전보장을 위한 전쟁, 이 세 가지를 구분하지 않고 모두 부정하는 것이 전후 평화주의의 입장이었다.

그렇다고 해도 비군사라는 부정형으로 인해 사람들은 생활을 성립해 나갈 수 없다. 전후 평화주의의 내실은 경제주의로 충족되었다. 전후 일본을 통상국가로 재건하는 선택에 따라 1952년에 IMF(국제통화기금)에, 55년에는 GATT(관세무역일반협정)에 가맹하고, 60년대에는 IMF 8조국으로 이행, OECD(경제협력개발기구) 가맹 등을 이루어 냈다. 75년에 창설된 구미·일 삼극 서미트는 경제국가로 재발전한 전후 일본에 있어서 그 글로벌한 역할을 구상하는 장이 되었다. 시빌리언 파워의 내용은 경제국가였던 것이다.

1970년대부터 80년대에 걸쳐 일본은 경제대국일 뿐 아니라 더욱 다면적인 기능을 하는 올라운드 플레이어가 되지 않으면 안 된다는 관점에서부터 정치적 역할도 모색하게 되었다. 후쿠다(福田) 독트린과 같이 경제를 수단으로 하면서도 아시아 지역의 안정에 역할을 담당하는 구상도 표명되었다. 오히라(大平) 내각기에 「환태평양 연대」 구상이 나오고, 80년대 초에 PECC(태평양 경제협력회의)가, 89년에는 APEC이 창설되었다. 나카소네(中曾根) 수상은 전후 일본 정치가 중에서는 드물게 G7 서미트에서 세계안전보장문제를 적극적으로 논했다.

1980년대 후반에 경제국가로의 일본이 피크를 맞이했을 당시, 경제뿐 아니라 전체성 있는 일본(Total Japan)의 필요성을 의식하고 종래의 ODA나 문화교류를 확충함과 동시에 요원을 분쟁지에 파견하는 것을 포함해 세계평화에 공헌하는 구상이 준비되었다. 국내정치의 급변으로 인해 평화로의 공헌에 대한 구체화는 중단되었지만 90년대의 걸프지역 위기 때에 일본의 국제공헌 결여가 큰 문제로 되고 92년에는 드디어 국제평화협력법이 성립하여 UN의 캄보디아 PKO(유엔평화유지활동)에 처음으로 참여했다.

캄보디아 PKO(UNTAC)가 캄보디아의 평화와 정부 재건에 성공한 1993년에 일본의 평화를 둘러싼 여론은 전후적인 평화주의로부터의 탈피를 나타냈다. 일본국민의 압도적인 다수가 평화주의와 국제협조주의를 계속 지지하고 있고, 침략전쟁의 부정은 일본국민에게 있어서 자명한 것으로 정착되어 있었다. 동시에 유엔 하에서 국제안전보장을 위한 활동에 자위대가 참여하는 것에 캄보디아 PKO 성공 후의 국민은 이제 이의를 제기하지 않았다. 즉, 침략전쟁과 무분별한 내셔널리즘에는 NO지만, 건전한 국제협조주의에 선 안전보장활동이라면 YES라는 관점이 부상되었다. 침략전쟁, 자위전쟁, 국제안전보장을 위한 정쟁은 국민들 사이에서 구별되기에 이른 것이다.

▌ 시빌리언 파워의 안전보장

① 일본의 안전을 위한 준비

21세기 일본의 안전보장은 이 단계를 밟고 생각하는 것이 좋을 것이다. 침략전쟁도 극단적인 내셔널리즘도 20세기의 슬픈 사실이었다. 21세기의 일본은 분쟁해결을 위해 군사력을 쓰지는 않는다. 스스로 정당한 고유의 영토라 믿는 것을 위해서 일본국민은 군사력을 가지고 수복하려고는 하지 않는다. 힘을 가지고 무언가를 수행한다고는 생각하지 않지만, 그렇다고 해서 대외안전을 잊어도 될 만큼 축복 받은 국제환경을 21세기의 세계에 주어질 것이라는 보장은 없다. 대외안전보장에는 만일의 사태에 대비해 지역신뢰 양성촉진 등 국제환경 전반의 개선과 양면적 노력이 필요하다.

만일의 사태에 대비하는 궁극은 자조노력이다. 만일의 사태의 성격에 따르지만, 사태가 중대하면 할수록 자조노력을 정신으로 하면서 국제협조주의적인 공동대처야말로 결정적인 것이 된다. 그렇기 때문에 위기의식에 휘둘리고, 자조노력에 지나치게 걸어서도 안 된다. 세계 제2의 경제대국이 만약 스스로 안전보장체제를 구축하려 한다면, 적어도 현재보다는 훨씬 많은 군사비를 요하고 현재보다도 훨씬 낮은 안전도 밖에 기대할 수 없고 그러면서도 주변 아시아국에 커다란 충격을 주게 될 것이다. 국제안전보장의 일익을 담당하는 관점이 코스트 퍼포먼스와 국적 신뢰성 쌍방에서 보아 지혜로운 대응이다. 그런 의미에서 미·일 동맹을 중시하고, 그 틀 내에서 일본의 역할을 다시 검토하는 접근방식이 타당성이 있다.

만일에 대비한 대응 중심은 미·일 동맹의 실효성 유지이다. 무엇보다도 동맹이 원활하게 기능하기 위한 조건을 정비해 둘 필요가 있고 가이드라인 법제 정비, 기지문제의 적절한 대응, 호스트 네이션 서포트(접수국지원)의 계속 등은 이러한 문맥에서 진행해 가고자 한다. 정책당국자, 유직자 등 미·일 양국관계자 간의 정책대화, 전략대화의 활성화를 통하여 인식과 질서관 공유가 추진되지 않으면 미·일 동맹의 유연성과 활력은 유지되지 못할 것이다. 비정부간 회의에 정부관계자도 개인 자격으로 참여하는 트랙2 등 폭넓은 교류는 여기까지 하면 충분하다는 것은 없다. 보다 적극적으로 일본이 미국의 좋은 상담상대로 건설적인 조언을 할 수 있는 파트너 역할을 다하고, 미·일 관계 전체를 적절하게 운영하는 한편 주체로서의 기능을 높이는 것이 중요한 과제이다. 또한 미·일 동맹은 미·일 양국국민의 합리적 선택의 결과로 밖에 존재할 수 없는 것이고 동맹이 양국과 아시아태평양 지역의 공동이익이라는 것이 국민들에게 이해되어 있는지 어떤지에 유의할 필요가 있다.

② 국제적인 안전보장활동 참여

미국을 중축으로 하는 강고한 질서는 21세기 세계에도 반드시 예기할 수 없다. 팍스 아메리카나(미국주도에 의한 평화와 질서)가 세계 구석구석까지 이르기에는 세계는 너무 넓고 너무 다양하고, 그리고 너무 유동적이다. 대국에 의한 본격적인 전쟁은 곤란하더라도 세계 각지에 민족분쟁과 내란이 끊이지 않고 더구나 그 분쟁과 내란은 지리와 역사에 얽힌 대립과 함께 경제적 빈궁을 온상으로 하고 있어 해결은 쉽지 않다. 21세기의 세계를 조망하면, 미국의 단극지배라는 첨탑이 우뚝 솟은 질서의 정연한 거리가 보인다. 그러나 내부로 들어가 보면 말단의 액상화, 유사(流砂)화로 인한 질서의 토대는 군데군데 이가 빠져 있는 것이다. 특히 염려되는 것은 미국이 국제 공공성을 지지하는 뜻을 후퇴시키고, 단락적인 자기이익에 기반하여 행동하는 경향이 1990년대에 눈에 띄게 되었다는 점이다.

미국의 최량(最良)의 자질은 다양성에 찬 사회에서 나오는 복원력이며, 냉전 종결 후 무적이 되었기 때문에 존대함도 이윽고 극복할 수 있다고 기대되고 그것을 끌어내도록 작용하는 것이 중요할 것이다.

일본은 지역에서 많은 저강도 분쟁이 일어나는 사태에 어떻게 관여해야 할 것인가. 일본의 주요 역할은 시빌리언 파워로서의 민생부문에 있지만, 그런 것은 국제안전보장 상의 책무를 면할 수 있는 것은 아닐 것이다. 국제안전보장 공동사업에서의 이탈이 일본 국익에 있어서 깊은 의미를 갖는 것은 걸프위기의 경위가 분명히 하고 있는 바이다. 긴 21세기를 생각하면 일본이 참여하지 않고 있는 것에 대한 정통성은 잃어가기만 할 것이다.

일본이 국제안전보장상의 공동행동에 참여하는 것도 원칙적으로는 긍정되어야 할 것이다. 유엔헌장의 기본 골격인 침략을 행한 국가 등에 대한 국제사회의 이름으로 가맹국이 제지하고 처벌하기 위한 전쟁을 일본국민도 부정해서는 안 된다고 생각한다. 유엔이 결의하고 조직한 특정 군사활동이 정당한지의 문제는 일본이 거기에 참여하는 것이 타당한가 아닌가, 참여한다면 어떤 식의 역할을 담당하는가, 그러한 문제에 대해 특히 무력행사를 목적으로 하는 부대 파견에 대해 일본이 한없이 신중한 것은 당연한 것이고 그것은 실제적 영지를 요구하는 바일 것이다. 그밖에도 목적의 정통성, 수단·수속의 타당성, 코스트 베너피트(cost benefit) 등의 요소를 아울러 일본은 국제안전보장을 위한 군사활동 참여에 대해 서서히 정책방침과 원칙을 형성시켜 나가지 않으면 안 된다. 침략이나 인도주의 상 대규모 침범에서 국제사회가 사람들을 지켜야 할 때, 만약 우리가 질서와 정의를 사랑하는 국제 커뮤니티의 일원이라면, 안전보장의 국제적 공동대처에서 무책임한 일반적 도망을 21세기 일본인에게 요구해서는 안 되는 것은 아닐까. 이런 면에서도 헌법 문제라든가 집단적 자위권 문제를 포함한 안전보장에 대한 국민적 논의가 필요하다.

국제안전보장을 중시하는 관점에서 보면 21세기 일본이 유엔 PKO에 적극적이어야 한다는 것은 말할 필요도 없다. 문제는 일본의 PKO에 임무나 무기사용 등에 대해 과도한 제약을 받아 활동이 곤란해지거나 위험에 처하는 것이다. PKO 본체업무 동결을 해소하고 구체적 상황을 검토하여 일본이 참여할 경우의 미션을 정의하고 그에 따라 활동과 장비를 결정해야 할 것이다. 인명존중은 물론 기본적 원칙이지만 평화구축과 유지를 위해 위험을 무릅쓰고 일하는 것의 가치를 국제사회 속에서 일본만이 원칙적으로 인정하지 않는다면 어떻게 그것을 국제적으로 설명할 수 있을 것인가.

나아가 일본사회에 연구기관을 증강해서 세계 각 지역에 대한 본격적인 연구를 추진하고, 축적된 지식과 인재를 다면적인 정책 수요에 응해 제공하는 체제를 구축해 두고자 하는 바이다. 예방외교, 평화구축정책, PKO, 부흥 등 일련의 과정에 대해 싱크탱크인 연구자와 실무가가 공동으로 연구 플랜을 만드는 것이 바람직할 것이다.

③ 국제안전보장 시스템 구축 참여

개별 평화로의 공헌에 더하여 글로벌한 안전보장 시스템 그 자체의 재구축을 지지하는 것은 일본의 국익에 강력하게 요구다고 있는 바이다.

NPT(핵확산방지조약) 체제가 인도, 파키스탄으로 핵확산이 일어남에 따라 흔들리고, 미 상원이 CTBT(포괄적 핵실험금지조약)를 거부한 것에 의해 핵을 둘러싼 국제안전보장 체제에는 어두운 구름이 드리워져 있다. 이미 일본정부는 도쿄포럼을 설치하고 앞으로의 대응에 대한 국제적 검토의 장을 제공하였는데, 독일, 호주, 캐나다, 북유럽국가 등 핵기술과 능력을 충분히 갖췄으면서도 일부러 개발하지 않는 국가들과 함께 지구의 공동이익을 위해 솔선하는 것은 어떨까. 예를 들어 NPT체제는 그것을 지탱하는 상설 사무국조차 없고, 제네바 군축회의는 66개국이 전원 일치하지 않으면 움직이지 않는다. 문제의 중대성에 비해, 너무도 취약한 국제제도를 개혁·강화하지 않으면 안 되는 상태에 있다. 일본을 포함한

비핵 시빌리언 파워가 한편으로 핵보유에 유혹 받는 지역 대국이
나 분쟁국으로 불확산을, 다른 한편으로 핵보유국의 핵군축을 함
께 철저해야 할 쌍방을 움직이고, 핵보유에 유혹받는 지역 대국이
나 분쟁국으로의 핵의 불확산과 그리고 핵보유국의 핵군축이라는
쌍방을 모두 철저히 관리하고 자국과 국제사회 전체의 이익을 위
해 책임있는 역할을 모색하지 않으면 안 되는 것이다.

환경, 지뢰, 마약, 지진, 난민, 인구, 식량, 의료, 에이즈 등「인간
의 안전보장」(human security)에 관한 글로벌 이슈(지구규모의 과제)에
앞으로도 더욱 힘을 쏟고, 일본의 국제활동 장르의 하나로 정착시
키는 것이 기대된다. 또한 이러한 국제안전보장 상의 다중적인 필
요를 채우도록 유엔이 인류의 장래에 대한 책임을 지는 효과적인
활동을 하도록 개혁을 추진해 갈 필요가 있다. 일본은 그러한 역
할을 중심적으로 담당하는 국가 중 하나가 되지 않으면 안 된다.
유엔안전보장이사회 상임이사국이 되면 군사공헌을 강요받는가 아
닌가 하는 문제를 왜소화하는 것이 아니라 평화와 안전보장을 둘
러싼 국제시스템 재구축을 위해 일본은 비핵 시빌리언 파워를 대
표하여 상임이사국이 되어 건설적인 역할을 담당해야 할 것이다.

이상과 같이 시빌리언 파워는 군사로 자국의 발전을 꾀하거나
분쟁해결을 꾀하는 것을 거부하지만, 국제사회 안전에 무관심하지
는 않다. 열린 국익을 생각하면, 국제안전보장은 일본의 안전에
불가결한 조건이다. 그렇기 때문에 국제안전보장을 우리의 것으로
하여 공감을 가지고 공동 대처의 국제협의에 적극적으로 참여하
는 것은 당연하다. 군사적 위협에 대한 안전보장에 한해서도 그에
대한 대응은 ① 자조노력(스스로의 방위력), ② 동맹국과 우호국의 지

원협력, ③국제협조 시스템을 강화하고 국제환경 전반을 평화적으로 하는 노력, 이 세 가지 레벨이 있고 그 조합이 필요하다. 시빌리언 파워로서의 일본은 ③의 글로벌한 노력이라는 간접적인 방법에 상당한 비중을 두고 있는 것이 특징이다.

▌국제 경제질서의 재편

① 글로벌라이제이션의 응답

21세기 세계를 생각할 때의 요점은 산업혁명 이래 변화의 파도라고 불리는 정보기술혁명을 도구로 하는 글로벌라이제이션의 공죄(功罪)를 직시하는 것이리라. 그것이 거래의 속도를 높이고 가격을 낮추는 변화를 광범위한 분야에 파급시켜 미국의 경제적 활력의 회복과 국제적 우위를 초래한 효과는 거듭할 필요가 없다. 국제시스템에의 충격의 전모는 아직 확실하지는 않지만, 한 가지 확실한 것은 이것을 도입한 사회는 경제를 중심으로 하는 국제활동에 있어서 우위에 서고 그렇게 하지 못한 나라는 침몰한다는 것이다.

한편, 동아시아 금융위기 등을 계기로 하는 국제금융 규제의 필요성, 혹은 신자유주의의 진전에 의한 빈부격차 시정의 필요성은 명확하며 글로벌라이제이션의 파도가 인간사회에 파괴적인 방향으로 달려가지 않도록 제어하는 것이 급선무이다. 구해야 할 것은 제어이지 반동은 아니다. 산업혁명에 대한 비젼없는 반동이었던 러다이트(luddite) 운동의 어리석음을 범해서는 안 된다. 강력한 신기술은 오래된 시스템을 변화시킬 수도 있으나 인간과 사회를 위해 선용하는 것도 가능하다. 신기술은 태어난 이상 그것을 없앨 수는 없으며, 의미가 있는 대응은 이것을 공공선을 위해 활용하는 것이다. 현재, 정보기술혁명의 중심에 있는 인터넷의 약 60%를 미국이, 90% 이상을 선진제국이 점유하고 있다고 하며, 점점 더 미국과 타국, 선진국과 도상국의 빈부격차를 넓히는 방향으로 기능하고 있다. 이것에의 대처는 신기술을 때려 부수는 것이 아니라 이것을 도상국과의 지적교류, 교육보급, 경제발전 등에도 기능하게 하여 더욱 공평한 국제시스템의 도구로서도 사용하는 것이리라. 또한 지구환경문제 등 새로운 과제와 신기술을 적극적으로 활용하는 가능성에 언제나 눈을 빛내면서 아이디어를 내는 젊은 정신이야말로 신시대의 창조를 가능하게 하는 것이다.

② 국제금융체제의 재구축

경제국가 일본에 있어서 G7(G8), 서미트, IMF, WTO, OECD 를 중축으로 하는 국제경제제도는 가장 중요한 장이다. 일본은 이미 그들의 운영에 오랫동안 관여해 왔으나 그것들을 리드하여 재구축에 기여할 수 있을까 없을까는 금후의 문제이다. 국제경제와 금융의 실체, 금융기술이나 국제기관에의 참여국 수는 크게 변화하고 있다. 21세기의 실정에 적합한 국제금융제도로 바뀌어야 하는 것은 명백하지만, 개혁의 내용에 대해서는 모색이 계속되고 있고, 변혁에의 정치적 의사도 동아시아나 브라질의 금융위기 무렵에는 높았으나, 지속성을 결여하고 있다. 동아시아 위기를 체험했을 뿐으로 일본에는 변혁의 필요에 대한 인식은 있으나 지구와 세계의 공통이익을 대변하는 자신에 찬 지적 제안력은 충분하지 않다.

IMF가 세계 전체를 고치는 대형병원이라고 한다면, 근처에서 돌봐주는 홈닥터로서의 AMF(아시아통화기금)을 병설하는 것은 생각할 만하다. 글로벌한 레벨과 지역레벨, 그리고 이국간 관계를 중층적으로 사용하는 시대를 맞이하고 있다. 또한 국제적으로 엔의 이용을 높이기 위해 외국인의 엔에 의한 자금운영, 조달을 용이하게 하는 국내금융시장정비, 세제개혁, 결제시스템의 개선, 엔 환율의 최대한의 안정화 등이 필요할 것이다. 일본시장에 세계가 매력을 느끼게 함으로 엔의 국제화에 힘쓰면서 주요통화간의 교환비율을 바꾸고, 환전변동 리스크를 작게 하는 것은 아시아 제국을 포함한 신흥시장국에 있어서도 기본적인 이익으로 생각된다.

③ 국제무역체제의 전개

WTO(세계무역기구)를 중심으로 하는 다각적 무역체제는 착실히 폭넓은 참여국을 얻음과 동시에, 커버하는 분야의 확대·심화도 진전되고 있다. 일본국민의 생활에 있어서 자유무역체제의 유지·발전이 근원적인 중요성을 지니고 있다는 것은 말할 필요도 없다. 그 때문에 금후에도 질서의 전개·유지에 참여하고 기여해 가는 것이 필요하지만, 더한 진전을 구하려면 선진 각국의 이해대립이나 사회 내부에서의 입장, 이념의 상위(相違), 나아가서는 남·북 격차가 눈에 띄는 분야로 문제가 될 것이다. 더욱이 WTO는 가맹 135개국의 일국일표의 의사결정방식을 취하고 있고, 1999년의 시애틀에서의 회의에서도 보여진 바와 같이 글로벌한 합의형성은 더욱 더 곤란해져 갈 것이다. 그러한 중에 합의를 향해 상호의 양보를 확보하는 노력을 계속하면서도 지역레벨의 자유무역협정 등의 연계, 통합을 진전시켜 이들을 보완적으로 잘 사용해 가는, 역시 중층적인 국제무역체제의 구축을 노릴 필요가 있을 것이다.

▌ 도상국 발전에의 공헌 — ODA의 활용

① ODA의 중요성

시빌리언 파워로서의 일본이 국제사회를 지지하기 위해 스스로의 손으로 할 수 있는 사업 중 중요한 것이 ODA의 유지·개혁이다. 일본의 ODA는 근대화의 도상에서 익힌 유용한 기술을 도상제국에 이전하거나 인도적 필요에 대응하는 증여(무상협력)와 경제인프라를 정비하여 국가경제적 규모의 부상을 지지하는 것을 목적으로 하는 차관(유상협력)의 쌍방을 갖는 것이 특징이다. 더욱이 냉전전략상의 필요가 아니라, 원조 상대국의 발전을 통해 국제경제가 한층 활발해지고 동시에 우호관계가 진전하는 것을 기대하는 열린 국익관으로부터 진전되어 온 것도 특징적이다.

오늘날 일본의 ODA는 국내와 국제의 쌍방에서 시련에 노출되어 있다. 국내에서는 경제불황과 재정상의 곤란으로부터 ODA소멸론이 높아지고, 일본의 언타이드율(제한없는 원조율)이 국제적으로도 높아서 일본기업이 수주하기 어렵게 된 사태를 고쳐「국익」에 알맞은 운용을 해야한다는 업계의 의견이 강해지고 있다.

그러나 잊어서는 안 되는 것은 일본의 대외관계 속에서 도상국의 발전을 돕는 ODA는 가장 잘 기능하고 있는 활동이라는 점이다. 일부에서 무리가 있고, 환경파괴가 있고, 민중에게 쓸모없다는 등의 비판이 있다. 그러한 케이스도 없지는 않다. 그러나 종합적으로 보면 이 정도로 타국의 지원이 되고 감사받고 있는 사업은 존재하지 않는다. 군사력에 의존하는 것을 포기하고 시빌리언 파워로서 국제사회에 필요한 존재여야 할 일본이 ODA를 방기하거나 경시하거나 하는 것은 치명적 오류이다. 일부의 균형을 잃은 보도나 논의에 혼동되어서 일본의 ODA가 도상국에서 얼마나 높은 평가를 받고 실제로도 역할하고 있는가를 놓치면 안 된다. 또한 일본의 ODA 총액이 세계 제1이라는 것을 두고 일본이 끝도 없는 거액의 부담을 지고 있다는 이미지가 국내 일부에 있다. 그러나 일본의 GDP비의 ODA 부담율은 DAC(개발원조위원회) 제국 21개국 중 하위에서 3번째를 점하고 있다. 「북풍」보다도 「태양」 정책을 취하는 시빌리언 파워로서 일본의 ODA 수준이 너무 높다고는 생각되지 않는다. ODA 예산의 증감이 아니라, 어떻게 의미있는 활동을 효과적으로 행하는가가 문제의 중심이어야 한다.

② 종합적 메뉴 유지의 필요
현재 국제적인 원조 커뮤니티의 강조점은 인도적, 이상주의적 관점에서 빈곤박멸이나 모자보건 등을 중시하고, 물자공여가 아닌 제도개혁, 인재육성 등 소프트원조에 비중을 두고, NGO를 통한 참여형 원조를 촉진하는 점에 두고 있다. 일본의 ODA도 이러한 새로운 강조점에 따라 변화를 이루어가고 있으며, 그것은 그것대로 진전시켜야 한다.
그렇지만 이들 이념은 도상국의 실제 필요에 대해 자세를 낮춰서 인도했다고 하기보다는 선진국 측의 자기완결적 원조사상의 산물인 경우도 적지 않다. 주는 측의 자기만족에 빠지지 않도록 유의해야 한다. 예를 들면 빈곤자의 비율을 감소시킨다고 하는 훌륭한 목표를 제안하는 것은 좋지만, 그 수단이 식량, 의료 등 인도원조와 사회소프트원조만으로는 달성 불가능할 것이다. 굶주린 사람에게 물고기를 주기보다도 물고기 잡는 법을 가르쳐 주지 않으면, 언제까지라도 자립할 수 없다는 비유는 정확하다. 그러나 당장의 어려움을 극복하는 인도원조로부터 갑자기 장기적인 인재 육성이 되어 버려서 구체적인 경제건설(물고기 잡는 법)의 지원이 국제적 유행의 논의에서 빠져 있다. 자유주의의 원리를 한쪽 측면으로만 강조하는 국제경제 시스템이 필연적으로 경쟁의 패자로서의 빈곤층을 대량으로 만들어 내는 가운데, 인도원조나 소프트원조만으로는 빈곤자율을 줄일 수 없다. 만약 정말 빈곤을 줄이려고 생각한다면, 국제경제 시스템의 개혁이 본원적 요건이며 원조라고 하는 레벨에서 빈곤의 감소를 생각한다면, 오히려 일본형을 중시해야 한다.

즉, 인도원조와 무상원조에 의해 최저빈곤 레벨을 도와주고, 어느 정도 자조능력이 만들어진다면, 엔차관도 가미하여 경제발전의 인프라를 정비하고 그에 의해 외자도입을 유도하면서 도상국의 국민경제적 부상, 이륙을 꾀하는 일본형 원조 밖에는 실효성이 없을 것이다. 그리고 결국 국민경제적 부상이야말로 장기적으로 그 사회의 다원화와 민주화를 불러오는 가장 좋은 기반이라는 것을 우리는 동아시아 근년의 역사에서 목격하고 있다.

일본 ODA의 최대 장점은 폭넓은 메뉴를 옹호하는 원조수단의 종합성에 있다. 상대국의 발전단계와 상황에 맞추어 다양한 원조

수단을 조합하여 종합적으로 당사국의 자조노력을 측면에서 지원
하는 방식을 이제는 일본 밖에 갖고 있지 않다는 것이다. 이 정도
로 보기 드문 국제공헌의 수단을 지닌 일본은 이것을 국제공공재
로서 소중하게 사용해야 한다.

Ⅳ 21세기의 세계에 살아남기 위한 국내기반

이제까지 서술해 온 것을 한 마디로 말한다면 「자유, 민주주
의」미·일 동맹을 20세기의 유산으로서 계승하고, 시빌리언 파워
로서 글로벌한 책임을 「열린 국익」관에 서서 부담해 가면서 이제
까지 결여되었던 아시아 지역의 「교린」을 다른 쪽의 축으로서 열
어간다는 구상이다. 그런데 이들을 전개하기 위해서는 국내에 어떤
리소스나 인프라가 있으면 좋은 것일까.

1. 언력정치(word politics)의 강화

▌언력정치 강화의 필요성

전전의 일본은 군사력을 최종수단으로서 사용할 것을 서슴치
않았던 권력정치(power politics) 지향의 국가였지만, 전후에는 경제
활동에 전력을 다하는 금력정치(money politics)형으로 바뀌었다. 양

자에 대해 오늘날의 국제관계에 있어서 급속하게 중요성을 높이고 있는 것은 언어를 무기로 하는 언력정치(word politics)이다. 예를 들면 다국간 회의에 있어서 무언가를 결정할 때 군사력으로 위협하는 것은 아니며, 경제력으로 매수할 수 있는 것도 아니다. 양자 모두 배후에 있는 요인으로서 무시는 할 수 없지만, 그것보다도 많은 나라의 필요를 기반으로 하면서도 정통성이 있는 설득적, 매력적인 발언이 회의의 흐름을 바꾸는 것이다. '교황청은 몇 개의 사단을 갖고 있는 걸까'라는 말은 스탈린의 리얼리즘이 만든 유명한 말이지만, 이제는 국제적으로 훌륭한 표현력을 가진 인재는 몇 개 사단에도 상당하는 국력인 것이다.

오늘날의 일본은 군사력을 제약하고, 경제력도 1990년대에 후퇴했을 뿐만 아니라 위에,「침묵은 금」등의 말에서 보듯이 말의 힘의 활용은 뛰어나지 못하다. 셰익스피어의 『줄리어스 시저』는, 시민을 향한 연설에 있어서 안토니우스의 말의 힘이 칼에 의해 탈취한 부르터스의 권력을 뒤엎고, 역사의 흐름을 바꾼 드라마이다. 그리스 로마 이래의 이러한 전통을 이어온 구미에 비해 일본에는 언력정치의 전통이 강하지 않다. 각료급의 정치가가 관료의 메모 없이는 답변도 연설도 어려워한다는 나라는 드물지 않을까. 구미는 물론 아시아의 정치가도 많은 경우 그 나라의 엘리트로서 자부와 지식을 갖고 있어서 당당히 자신의 언어로 국책을 말하는 것이 보통이다. 언어능력의 면에서 정치가가 국제경쟁력을 갖지 않으면, 언력정치의 국제관계를 행하는 것은 어렵다.

「언력」의 내용은 정보력이며, 구상력이며, 그들을 기반으로 한 제안능력과 표현력이다. 그에 의해 논의하고 결정시키는 힘이며,

실시할 때 사람이나 조직을 움직이는 힘까지 포함할지도 모른다. 이들을 어떻게 배양하는가가 문제이다.

▌ 정보공개의 중요성

이와 같은 능력을 가진 개인이 정치가를 비롯하여 각 분야에서 배출되는 것이 중요하며, 거기에는 정보력을 즐기고 언어능력을 존중하는 사회문화가 불가결하다. 관이 정보를 전유·은닉하고, 논의없이 중대문제가 처리되는 권위주의적 사회구조에서는 언력정치의 국제경쟁력이 저하될 뿐이다. 정보공개는 공적인 책임을 지는 자의 정통성의 증명이며, 설명능력에 의해 국민적인 이해·지지를 얻을 수 있고 민도를 높이기 위해 불가결한 조치이며 또한 국제적인 언력정치에 침몰하지 않기 위해 활용해야하는 수단인 것이다.

끊임없이 문제가 일어난 뒤에 변명에 힘쓰는 정치가 아니라 일어날 수 있는 과제를 예측하고, 스스로 문제를 제기하고, 적극적으로 정보를 공개하며, 스스로의 관점을 이해·보급시켜 버리는 「소명외교」의 존재방식이 열린시대에는 현명한 국익옹호수단일 것이다.

▌ 관민 통합력의 발휘

정보공개에 의해 국민의 정책적 관심을 끌고, 국민의 정책논의 수준이 높아지면, 정부는 다시 그것을 이용할 수 있다. 일본에 있어서 거의 유일한 거대한 정책 싱크탱크(think tank)인 관료기구는, 의사결정권한이 세분화되어 있기 때문에 종합적 정책을 만들어 말하는 메카니즘이 결여되어 있다. 더구나 문제가 복잡화하고 또한 움직임이 빠른 시대에는 전체적인 합리성을 끊임없이 발휘하여 그에 의한 정책질서를 부단하게 재구축하는 것이 요구된다. 관저의 권한강화가 근년 늦게나마 꾀해지고 있으나 강화된 권한을 좋은 인재로서 덮지 않으면, 그림 속의 떡으로 돌아갈 수밖에 없다. 구상력이나 표현력이 탁월한 정치가, 관료만이 아니라, 민간의 인재도 널리 정부에서 모아 보좌관, 비서관, 스피치라이터로서 활용하는 것이 언력정치시대의 외교에는 불가결하다.

언력을 높이기 위해서는 각 정권마다 관민에서 모인 팀에 의해 국익을 재정의하고, 외교전략을 만들어내는 관행이 필요하다. 거기에서 행해지는 논의야말로 국내설득력과 국제경쟁력이 있는 언어를 만들어내는 모태가 되며 정책혁신에의 기폭제가 될 것이다. 또한 정부수뇌가 때때로 행하는 연설은 관료조직마다의 주장·요망을 포함한 작문에 머무르지 않고 그것을 토대로 하여 적극적으로 내외에 어필하는 메시지로 관철되어야 한다. 또한 중요한 문제가 생기고 중대사가 일어났을 경우, 관할관청의 보고를 기다릴 뿐아니라 민간의 전문가를 포함한 조사위원회를 개설하여 문제의 분석과 정책제안을 구하는 것을 관행화해야 한다. 이러한 활동에 의해 국민에게 열린 외교가 됨과 동시에 언력정치의 능력을 높일 수 있게 된다.

2. 국제지식의 집적, 인재육성

글로벌 파워는 물론 국제관계를 소중히 하는 나라는 어느 나라도 외교기관과 외교전문가의 충실을 꾀한다. 그 점에서 보면, 일본은 국제관계를 경시하는 나라라고 말할 수밖에 없다. 선진국 중에 대외교전문가의 비율은 각별히 낮고, 대사관이 설치되지 않은 나라나 설치되어 있어도 충분한 능력을 행하지 못하는 빈약한 재외기관이 드물지 않다. 인재와 기관이야말로 정보력과 외교력의 중핵이며, 그에 대한 과감한 강화가 불가결하다.

그와 함께 강조해야 하는 것은 외무관료만이 국제지식을 갖고 외교정책제안이 되면 좋다는 시대는 아니게 되었다는 점이다. 내정과 외교의 연계는 점점 더 긴밀하여지고, 내정과 외교의 경계는 점점 더 낮아지고 있다. 국제관계, 외교 혹은 국제교류는 금후 모든 공무원의 중요한 연수과목일 것이다. 관료만이 아니라 민간을 포함한 일본사회 전체로서 널리 인재의 층이 두터워지지 않으면, 일본은 21세기의 세계에서 잘 살아갈 수 없다.

캄보디아 평화에 대해 일본이 역할을 다할 수 있었던 것은 본성 담당부국의 의욕과 함께 현지의 사정, 인맥에 통한 전문가가 외무성에 있었기 때문이었다. 이러한 내부사정에 능통한 질 높은 정보를 일본정부가 동맹국에 계속적으로 제공한 점에 대해 부시 대통령이 일본정부에 공적으로 감사를 표한 일이 있었다.

한편, 세계 각국에서 일어나는 사건을 진실로 이해하고 설명하고 금후를 전망할 수 있는 전문가가 일본에 한 사람도 없을 때 일본외교도 서치라이트 없이 암흑에서 손을 더듬는 사태에 빠질 수밖에 없다.

관민에 걸친 국제지식을 집적하고, 인재를 육성하기 위해 다음의 조치가 필요하다.

▌세계, 지역연구소 등 싱크탱크의 창설, 대폭적인 확충

좋은 전문가를 세계 각지에 대하여 가질 것인가 아닌가, 그것은 일본 국익에 있어서 사활적이라고 해도 좋을 정도의 의미를 갖는다. 그러한 인재를 갖는 사회가 되기 위해 세계의 각 지역을 커버하는 연구소를 창설하고 혹은 확충해야 한다. 관료이든 학자이든 기업이나 NGO의 사람이든 상관없다. 그 지역에 대한 확실한 근거를 갖고 정책론을 전개할 수 있는 인재의 존재가, 국가전략적으로 필요한 것이다. 지역전문가 육성을 위해 ODA 예산을 할당해야 할 것이다.

지역과 함께 여러 가지 전문분야의 인재도 필요하다. 환경, 인구, 식량, 난민, 테러리즘, 지뢰 등 글로벌한 인간의 안전보장에 관한 전문가를 육성하는 연구소도 확충해야 한다. 오가타 사다코(緒方貞子) 씨를 이을 사람들이 나타나야 한다.

또한 국제경제나 안전보장 등 각 분야의 국제기관에 출입하면서 국제레벨의 논의를 교환하고 그 속에서 이윽고 그 재구축에 공헌하는 인재가 자라나야 한다. 많은 싱크탱크나 연구자 그룹이 정부·관료의 정책에 대한 대안을 제기하는 능력을 기르는 것이 필요하다.

▌대학의 국제화

국제문제를 취급하는 전문가의 출발점은 고등교육기관이다. 일본의 대학에 있어서 연구와 교육의 수준은 구미에 비해 불충분하며 국제화도 충분히 진행되어 있지 않다. 대학의 교원은 국내·국외의 다양한 인재의 문호를 열고 사회적, 국제적인 경쟁력을 길러 매력있는 연구와 교육을 전개해야 한다. 유학생을 양방향으로 증대하기 위해 장학제도의 증강과 함께 단위교환제도를 외국대학과의 사이에 진전시켜 국제적인 지적 교류를 행하는 인재층을 두텁게 할 필요가 있다. 예를 들면 APEC 대학 등 국제레벨의 고등교육기관을 일본에 창설하는 것은 극히 의미있는 일일 것이다.

▌시빌 소사이어티의 충실

일찍이 E·메이 교수는 『역사의 교훈』 속에서 미국의 외교여론의 담당자는 베트남전쟁과 같이 과열된 사태를 별도로 하면 보통은 기껏해야 전 인구의 5%라고 논했다. 겨우 5% 밖에 외교정책을 지지하는 시민이 없다는 것은 민주주의 사회로서 받아들일 수 없는 사실이지만, 그러나 그 수는 약 1,200만 명으로 과연 미국은 그만큼 외교에 관한 관심층이 두텁다고 생각한다. 같은 비율이라면 인구가 약 절반인 일본은 600만 명이 되는데, 아무리 봐도 그 정도로 많은 외교관심층을 찾아 낼 수는 없을 것이다.

앞으로는 일본도 국제문제를 미국에 맡기는 것이 아니라 스스로 대처하기 위한 국내적 기반을 필요로 한다. 외교문제를 논하는 경우가 전국 각지로 확산되지 않으면 안 된다. 일미협회, 유엔협회 등 국제문제를 다루는 민간조직이 일본 각지에도 없는 것은 아니나, 예를 들면 제1차대전기에 생긴 미국의 세계문제평의회(World Affairs Council)가 지금도 전미 각지에 약 100단체, 37만 명의 회원을 갖고 연간 2400만 명의 미국인이 그 은혜를 받고 있다고 말할 정도로 광범위하게 활발한 활동을 전개하고 있는 것에 비하여 너무나도 규모가 미미하다.

매스미디어의 역할은 특히 중요하다. 텔레비전에 있어서 BBC나 CNN, 활자미디어인 뉴욕 타임즈나 이코노미스트, 포린 어페어즈 등 세계를 리드하는 미디어의 수준은 그 사회가 정부만이 아니라 시빌 소사이어티를 포함하여 국제인식을 중시하고 있음의 발현이다. 시청률 만능주의와는 별도의 퀄리티(품질수준) 원리도 병용하고 있다. 매스미디어를 기능시키는 것은 국민의 눈과 귀에 있어서 장기적으로 극히 큰 의미를 갖고 있을 것이다.

외교정책을 논의하고 여론형성을 리드하는 NPO를 비롯해서 국제문제에 관여하는 민간단체는 국제적으로는 많은 수가 있고 뒤쳐진 일본에서도 착실히 증가하고 있다. 정부간의 국제회의(트랙1)는 계속 늘어나고 있는데, 그보다도 더 팽창하고 있는 것이 비정부민간인을 섞은 회의라는 트랙2이다. 어느 조사에서는 트랙2는 트랙1의 다섯 배를 상회한다고 한다. 외교는 정부의 점유물이 아니라는 정도가 아니라 수적으로는 트랙2의 민간외교 쪽이 크다는 것이다. 시빌 소사이어티와의 제휴, 협력없는 외교는 여론의 지지가 결여된 쓸쓸한 고투가 될 것이다.

3. 국제대화능력(글로벌리터러시)을 위해

정보기술혁명, 글로벌라이즘을 뛰어넘는 것은 용이하지 않다. 인터넷과 영어를 공통언어로서 일본 국내에 보급하는 것 외에는 없을 것이다. 쌍방에 대하여 매스 레벨에서 유소년기부터 익숙해져야 할 것이다.

오해를 피하기 위해 강조해 두고 싶다. 일본어는 어려운 언어이다. 일본어를 소중히 하고 좋은 일본어를 몸에 익히는 것에 의해 문화와 교양, 감성과 사고력을 길러야 하는 것은 말할 필요도 없다. 그러나 그것을 가지고 외국어를 배척하는 것은 잘못된 제로섬적 논법이다. 일본어를 소중히 하기 때문에 외국어를 배우지 않는다, 혹은 일본문화가 소중하기 때문에 외국문화를 배척한다, 라고 하는 것은 근본적인 잘못이다. 일본어와 일본문화를 소중히 하고 싶다면 오히려 일본인이 외국어와 타문화도 적극적으로 흡수하고 그것과의 접촉 속에서 일본문화를 풍부히 하는 동시에 일본문화를 국제적 언어로 편승시켜 빛나게 해야 할 것이다.

이미 국제화의 진행과 함께 영어가 국제적 범용어하여 왔으나, 인터넷 글로벌라이제이션은 그 흐름을 가속시켰다. 영어가 사실상 세계의 공통어인 이상, 일본 국내에서도 그것에 익숙해질 수밖에 없다. 제2공용어로는 하지 않더라도 제2의 실용어의 지위를 주고 일상적으로 병용해야 한다. 국회나 정부기관의 간행물이나 발표는 일본어와 함께 영어로도 행하는 것이 당연한 흐름이 되어야 한다. 인터넷에 의해 그것을 세계에 퍼뜨리고 영어에 의해 행동한다.

그러한 필요에 대처할 수 있는 사회란 쌍방향의 유학생이 증대하고 외국인유학생의 일본 영주라든가 귀화가 제도적으로 용이하게 되며 훌륭한 외국인을 많이 일본에 불러 국내 다양성이 형성된 사회일 것이다. 일본이 국제활동의 흐름에서 탈락되어 버리는 저팬 패싱(Japan passing)을 한탄하는 사태를 피하기 위해서는 일본사회를 국제화하고 다양화하면서 유년화와 고령화 속에서도 창조적이고 활기로 가득찬 사회로 만들어야 한다. 그것이 21세기의 일본의 장기적인 국익은 아닐까.

맺음말

　전전기의 일본에 있어서 국제협조주의를 대표한 시데하라(幣原) 외교는 내셔널리스틱한 국내여론으로부터 대외「연약」「추종」이라는 비난을 받았다. 그에 대해 사이온지(西園寺) 원로는 정부의 외교가 그러한 비판을 받고 있는 한 일본외교는 안전하다고 논평했다. 사실, 1930년대에 정부가 거꾸로 대외강경의 여론에 합류하여 강경한 자주외교로 달린 결과를 우리는 잘 알고 있다. 혁명적인 현상타파 외교는 국민의 민족의식을 만족시키면서 세계에 전란을 일으키고 스스로의 파멸을 부르기 쉽다. 외교에 격변 없다고 말해지는 까닭이다.

　본 보고서가 말하는 바는 적대국을 없애고 우호국을 늘리자는 외교의 기본에 충실한 노선이다. 개개의 외교 전개를 이끄는 가치관으로서 본 보고서는 자유와 민주주의를 강조하고 있다. 그것은 세계에서 독특한 것이 아니라 선진제국을 중심으로 널리 글로벌하게 공유되고 있는 원리이다. 미·일 동맹기축과 구미·일 삼극주의를 중시하는 외교는 그 구체적 발현이다. 이 점에서 격변은 없고 국제적 공감이 기조이다.

그러나 가치관이나 질서관을 공유하면서도 타국의 발언에 따르는 것이 아니라, 스스로의 정보와 판단에 근거한 것을 말하고 행동하는 것이 21세기 일본외교의 과제이다. 동맹국인 초대국에도 좋은 조언을 하고, 아시아태평양의 안정과 번영을 지지하는 역할을 더욱 적극적으로 수행하는 방향으로 전개하기를 추구한다. 일본은 미·일 동맹을 부정 또는 소멸하는 것이 아니라 미·일 동맹을 소중한 기축으로 하면서 아시아와의 새로운 관계를 구축한다. 글로벌한 시스템 아래에서 이 땅에는 APEC이라고 하는 빈틈 많은 유연한 지붕과 미·일 동맹이라고 하는 굵은 기둥이 있다. 본 보고서는 여기에 더하여 동아시아의 두 국간 협조체제의 형성과 한·중·일의 교린을 제창한다. 외교의 세계에 있어서 이것은 상당한 격변으로 보일지도 모르지만 그것은 파괴적이 아니라 건설적인 변화이다. 중층적인 협조시스템이 냉전후의, 그리고 21세기의 국제관계의 기본적 특징이 될 것이다. 일본은 그러한 세계에 살고 있다. 협력─그것이야말로 21세기의 일본의 큰 야심이다.

협력이라고 하는 일본의 큰 야심은 아시아 땅에 한정되지 않는다. 열린 국익을 받들고, 글로벌한 시빌리언 파워로서 활동한다. 세계의 평화와 질서를 위해 일본은 국제안전보장의 활동에 참여한다. 국제경제질서가 효과적이고 공정한 것이 되기 위해 활동하고 싶다. 도상국이 절망에 빠지지 않고 발전에의 희망을 갖고, 실제로 부상하는 것에 일본은 기여한다. 글로벌라이제이션이 일부에 부를 집중시키고, 세계의 많은 사회를 파산국가로 몰아넣지 않도록 국제사회의 다양성과 공정함을 위해 일본은 진력하고 싶다.

과연 21세기의 세계는 어느 정도 혹독한 것이 될까. 20세기가 전쟁과 혁명의 세기였던 만큼 21세기는 평화 속에 문화의 발전을 즐기는 시대일 것을 우리는 희망한다. 그러나 현실을 낙관할 수는 없다. 일본에 있어서는 유년화―고령화가 가장 문제가 될 것이지만, 지구전체를 보면 무서운 인구폭발이 더 중대한 문제이다. 인류는 지구의 식량과 자원과 환경의 능력을 넘어서 팽창하고 있다. 그 임계점에 가까울 때 국제정치는 구조적 위기에 빠질지도 모른다. 그것이 글로벌라이제이션이라는 도깨비의 자식으로서의 지구적 부의 편재 = 많은 나라의 파산국가화라고 하는 사태와 연동한다면, 21세기의 세계는 전세기에 뒤지지 않는 살벌한 것이 되고 종말적 양상조차 보일지도 모른다. 만약 그와 같은 적대적이고 살벌한 국제환경에 21세기의 역사가 도달한다면, 본 보고서의 톤은 너무나도 낙관적인 국제협조주의에 기울어져 있다고 느껴질지도 모른다.

그러나 1930년대의 제2차대전에 대한 역사를 다시 한 번 반복할 자유는 인류에게 더 이상 주어지지 않는다. 그것이 자유라고 한다면 인류파멸에의 자유일 수밖에 없다. 인류가 이성을 잃지 않은 한 상호파멸 앞에서 협조에 의한 존속으로 회귀할 수밖에 없다. 본 보고서가 건설적 톤을 기조로 하고 있는 것은 21세기의 세계에서 곤란과 위기를 보지 않기 때문이 아니라 곤란과 위기가 깊어지면 깊어질수록 그것을 극복하는 의사와 노력없이는 21세기를 뛰어넘을 수 없다고 확신하기 때문이다. 미래에 대한 예정조화적 낙관론은 무위 밖에 부르지 않는다. 숙명론적 비관론도 또 깊은 진흙탕에 빠지는 것을 체관할 뿐이다. 사태의 곤란함을 직시하고 과제를 명확히 하면서 그것에 대한 낙관주의야말로 21세기의 항해에 필요할 것이다.

메이지 초기에 이와쿠라(岩倉)사절단과 함께 구미세계를 관찰한 오쿠보 도시미치(大久保利通)는 제국주의의 국제정치에 긴장감을 느끼면서도 일본자신의 대응의 중심과제가 대외전쟁을 가능한 한 피하고 근대화개혁을 단행함에 있다고 통찰했다. 이른바 세계를 알기 위한 내치우선주의에 의해 백년지계를 생각했다. 21세기의 다원적이고 유동적인 세계로 출항함에 있어서 우리는 다시 한 번 세계를 알기 위한 국내재건에 착수하는 젊음을 기다릴 것을 제안한다.

본서는 「21세기 일본의 구상」 간담회에서 지난 2000년 1월 18일에 오부치 게이조 수상에게 제안한 보고서의 전문이다. 이와 같은 형태로 이것이 간행되어 널리 국민 여러분에게 읽혀진다는 것을 크게 기뻐하고 있다.

이 보고서는 오부치 수상 스스로 '한 내각을 넘는 대담한 중장기 비전'을 기대한다고 들은 것에 응하여, 간담회, 분과회의 멤버가 극히 자유로운 입장에서 일본의 미래에 대해 생각하고 논의한 결과 태어난 것이다. 또한 권두의 '간담회의 경위'에서 본 바와 같이 이 사이에 국민 여러분의 소리를 가능한 한 들으려고 했고, 외국분들과도 간담한 결과를 기반으로 하고 있다는 특징이 있다.

보고서의 발표와 동시에 매스미디어를 통해 혹은 개인적으로도 상당한 반향이 있었다. 내각총리 대신에게 재출한 것으로서는 대담하고 획기적이라는 등의 평가가 있었지만, 다소 단락적으로 영어 제2공용어화, 의무교육3일제, 헌법논의 등이 화제로 되었던 감이 없지 않다. 보고서를 잘 읽으면 이해해 주시리라고 생각하지만, 우리는 이들을 강요하는 것도 아니고, 즉각 시행을 원하고 있는 것도 아니다. 더욱 중장기적 견지 속에서 이것들을 진지하게 논의하면 좋겠다는 바람이었다.

일본이 현재 크게 중요한 시기를 맞고 있다는 것은 많은 분들의 인식이 일치하는 바이다. 본 보고서를 기반으로 일본의 장래에 대한 국민적 논의가 일어나기를 기대한다.

그리고 오늘부터 장래에 걸친 역대 내각이 본 보고서에 담긴 구상을 실행하고 그 열매를 거두기를 기대하고 있다.

본 보고서의 정리에 있어서 정력적으로 심의를 거듭해 주신 간담회와 분과회의 멤버 여러분, 특히 분과회보고의 정리에 진력해 주신 각 분과회의 좌장, 부좌장 여러분, 나아가 간사로서 전체에 임해 주신 야마모토(山本) 씨에게 마음으로부터 감사의 말을 전하고 싶다. 또한 내각관방으로서 민관의 협동으로 간담회의 운영에 임해 주신 담당(와다 준<和田純> 실장) 여러분께도 깊이 감사드린다.

본서의 발행에 관해서는 고단샤(講談社) 생활문화 제2출판부의 후루야, 이노마타 두 분에게 각별히 폐를 끼쳤다. 여기서 깊이 인사드린다.

「21세기 일본의 구상」 간담회좌장 가와이 하야오(河合隼雄)